Am liebsten hätte ich ihr meinen Namen tief in die Haut geritzt. Ava war meine Besessenheit. Was ich für sie empfunden habe, hatte nichts mit diesem Gefühl zu tun, das die ganze Welt Liebe nennt.

Paxton

Klarant Verlag

Bärbel Muschiol wurde 1986 in Weilheim, Oberbayern, geboren. Glücklich verheiratet lebt und arbeitet sie mit ihrem Mann und ihren zwei Kindern heute noch immer im tiefsten Bayern. Im Genre Erotik und in der Belletristik hat sich die Autorin mittlerweile einen festen Platz in den Bestsellerlisten geschaffen.

Bärbel Muschiol

Hell's Fire Rockerclub

Klarant Verlag

Klarant Verlag, www.klarant.de
ISBN: 978-3-95573-965-2
1. Auflage, 2019
Umschlagabbildung / Abbildung Innenseite: Klarant Verlag unter Verwendung von shutterstock-Bildern.

Printed in the EU.

Besuchen Sie uns im Internet: www.klarant.de

Prolog

Ava

Es ist spät, die Sonne geht bereits unter und die wenigen wattebauschartigen Wolken, die sich über den azurblauen Himmel verteilen, färben sich lila.

Die Frontscheibe meines alten Ford ist so verdreckt, dass die unzähligen toten Insekten, die darauf festkleben, kaum auffallen. Die leeren Coke-Dosen, von denen ich mich heute hauptsächlich ernährt habe, rollen im Fußraum vor dem Beifahrersitz herum und stoßen immer wieder zusammen. Das Scheppern raubt mir den letzten Nerv, doch ich bin einfach zu müde, um anzuhalten und sie aus dem Auto zu werfen. Die letzten acht Stunden bin ich hinterm Steuer gesessen – ich habe mir nicht eine Pause gegönnt.

Trotz der Tatsache, dass ich viel zu schnell gefahren bin, kam mir die Strecke unendlich lang vor. Dass ich nicht wegen der überhöhten Geschwindigkeit von den Cops aufgehalten worden bin, grenzt an ein Wunder.

Aber auch ich darf irgendwann einfach mal Glück haben ...

Da ich direkt in den Sonnenuntergang fahre, Gott klingt das kitschig, kann ich kaum noch etwas sehen. Es blendet so stark, dass ich die Augen zusammenkneifen muss und so gut wie blind bin. Das schmerzhafte Pochen hinter meinen Schläfen wird stärker, mein Magen zieht sich hungrig zusammen. Ich brauche dringend etwas zu Essen.

Auch ohne es sehen zu können, weiß ich, dass ich gerade an dem viereckigen Ortsschild vorbeifahre, auf dem in großen schwarzen Lettern ‚Big Lake' geschrieben steht.

Big Lake ist eine kleine Stadt im Sherburne County im mittleren Osten des Bundesstaats Minnesota. Grob geschätzt gibt es hier 3000 Anwohner – nicht so viele, um verloren zu gehen, aber doch ausreichend genug, um untertauchen zu können. Das letzte Mal als ich hier war, war ich in der sechsten Woche schwanger, hatte ein gebrochenes Herz und genau wie jetzt ein blaues Auge. Wie immer, wenn ich an mein Baby denke, reibe ich mir mit der Hand über den Bauch und kämpfe gegen die bitteren Tränen an, die sich in meinen Augenwinkeln sammeln.

Damals dachte ich wirklich, dass es das Beste wäre, Big Lake und all seine Bewohner hinter mir zu lassen. Wenn ich gewusst hätte, wie meine Flucht in die Großstadt schlussendlich enden wird, wäre ich nie gegangen.

Aber ich wusste es nicht. Ich konnte nicht ahnen, dass ich kurz vor Chicago in einen Verkehrsunfall verwickelt werde, durch den ich das kleine Wunder in mir verloren habe. Ich hätte diese Katastrophe als eine Warnung sehen und sofort umdrehen sollen, habe ich aber nicht. Mittlerweile weiß ich, dass ich einem verlorenen Traum nachgejagt habe, der nie in Erfüllung gehen konnte. Jung und dumm wie ich war, dachte ich, dass die Welt nur darauf wartet, von mir erobert zu werden. In Wirklichkeit jedoch habe ich mich mit schlecht bezahlten Jobs gerade so über Wasser halten können. Und was das Veilchen angeht, das trotz der dicken Make-up-Schicht hindurch zu sehen ist, tja, das ist der beste Beweis dafür, dass es auf dieser Welt eben nicht nur Prinzen gibt.

Damals war die Faust, die mich erwischt hat, nicht für mich gedacht gewesen. Ich wurde nur getroffen, weil ich bei einer Schlägerei dazwischengegangenen bin.

Der Schlag, den ich dieses Mal einkassiert habe, war hingegen nur für mich gedacht.

Meine letzte Beziehung war nicht gerade die glücklichste. Aber was soll ich sagen?

Mein Männergeschmack ist kompliziert. Seit meinem ersten Kuss bin ich hoffnungslos in Paxton verliebt. Der Altersunterschied von gut sieben Jahren, der uns trennt, hat mir nie etwas ausgemacht. Für meinen Dad war er jedoch eine Katastrophe. Dass Paxton älter war, wäre für meinen Vater vielleicht noch okay gewesen. Womit er aber überhaupt nicht klargekommen ist, war der Umstand, dass Paxton damals schon zum Hell's Fire Motorcycle Club gehört hat. An sich haben die Bewohner von Big Lake keine Probleme mit den Rockern, ganz im Gegenteil, die Member dieses Clubs werden von allen respektiert und geschätzt. Selbst mein Dad hat immer nur gut über sie gesprochen. Zumindest hat er das, bis Paxton mich eines Tages von der Schule abgeholt, heimgefahren und in unserer Einfahrt geküsst hat.

Ab diesem Zeitpunkt hat mein Vater den MC und all seine Mitglieder gehasst.

Er hat mir die schlimmsten Schauergeschichten über Paxton und die anderen erzählt, und obwohl ich weiß, dass die meisten davon wahr waren, konnte mich das nicht davon abhalten, mich immer mehr in Paxton zu verlieben.

Es kam, wie es kommen musste. Ich bin nicht nur in dessen Bett gelandet, sondern auch auf seinem Bike und in seinem Club.

Es war eine tolle Zeit – im Nachhinein die beste meines Lebens.

Zumindest bis zu dem Tag, an dem ich den Test gemacht und festgestellt habe, dass ich an meinem einundzwanzigsten Geburtstag schwanger war.

Dieses Kind war ein Schock. Aber ich habe es vom ersten Moment an geliebt!

Paxton hat nie von unserem Baby erfahren. Immer, wenn ich es ihm sagen wollte, kam etwas dazwischen. Und dann, tja, dann hat sich alles von heute auf morgen verändert. Er wurde verhaftet und musste wegen schwerer Körperverletzung für achtzehn Monate hinter Gitter. Und obwohl diese Anklage noch gut für ihn war, sie hätte genauso gut versuchter Totschlag lauten können, und dann wären es deutlich mehr Jahre geworden, hat mir dieses Urteil die Augen geöffnet. Mir ist klar geworden, dass ich für mein Kind etwas Besseres will, etwas Beständigeres. Ich musste weg. Weg von dem Rocker, den ich über alles geliebt habe, seinem Club und dieser Stadt.

Das Verhältnis zu meinem Dad war zu diesem Zeitpunkt bereits unwiderruflich zerstört, sodass es mir nicht schwergefallen ist, mir seinen Wagen zu schnappen, alles was ich besessen habe auf den Rücksitz zu packen und abzuhauen.

Soweit ich weiß, hat er nie versucht mich zu finden, ich habe mich nie gemeldet und jetzt ist er tot. Dass ich eine schlechte Tochter war, ist mir klar, und dass ich jetzt auf dem Weg bin, um in das Haus zu ziehen, von dem ich mir geschworen habe, es nie wieder zu betreten, macht die ganze Scheiße auch nicht besser.

Trotzdem ist alles, wie es ist, und ich weiß nicht, wie es mit mir weitergehen soll.

Dank dem Nachlassgericht habe ich erfahren, dass ich nicht nur das Haus, sondern auch etwas über 10 000 Dollar geerbt habe. Schon verrückt. Selbst nach seinem Tod ist es mein Dad, der mich jetzt, wo ich ganz unten angekommen bin, rettet.

Ich werde ihm nie sagen können, wie leid es mir tut, dass ich damals abgehauen bin. Erst Jahre nachdem ich ihn verlassen habe, wurde mir klar, dass er mit vielen Dingen recht gehabt hat.

Nur mit einer Sache lag er absolut falsch. Er hat immer gepredigt, dass ein krimineller Outlaw nicht gut genug für mich ist und dass ich mir jemanden auf der richtigen Seite des Gesetzes suchen soll. Genau das habe ich getan. Und was hat es mir gebracht? Ein blaues Auge, geprellte Rippen und so viele Hämatome, dass mir sogar das Sitzen wehtut. In einer Sache hat sich mein Vater ganz offensichtlich geirrt. Rocker sind nicht automatisch böse und Cops sind nicht immer gut.

Um diese einfache Tatsache zu begreifen, habe ich vier Jahre gebraucht.

Manchmal spielt uns das Leben schon böse Streiche.

Ausgerechnet ich, die sich geschworen hat, nie wieder nach Big Lake zu kommen, bin in der Hoffnung, hier zu heilen, zurückgekehrt. Meine Recherche hat ergeben, dass Paxton, nachdem er aus dem Gefängnis entlassen wurde, wieder zu seinem MC zurückgekehrt ist. Das wundert mich nicht. Für ihn stand der Club schon immer an erster Stelle. Wie er wohl reagiert hat, als er damals festgestellt hatte, dass ich abgehauen bin?

War es ihm egal? Hat er sich einfach ein anderes Mädchen gesucht? Oder hat er mir nachgetrauert? Ich hoffe, Letzteres war der Fall ...

Wir beide haben uns viel Schmerz zugefügt. Es ist nur eine Frage der Zeit, bis wir uns begegnen werden. Wie das wohl sein wird?

Alleine bei der Vorstellung, dem Mann, dem noch immer mein Herz gehört, gegenüberzustehen und nicht mehr das Recht zu besitzen, ihn berühren zu dürfen, wird mir übel. Mit ein bisschen Glück werden Wochen oder sogar Monate vergehen, bis wir uns über den Weg laufen – mit ein bisschen Glück wird es nicht so schlimm werden, wie ich befürchte.

Die kleine rote Kontrollleuchte blinkt auf, mein Tank ist leer.

Seit meinem Fortgehen hat sich in dieser Stadt nichts verändert. Es wirkt so, als wäre die Zeit hier stehen geblieben. Nach Franchise-Unternehmen wie Star Bucks oder McDonald's sucht man hier vergebens.

Die vielen kleinen Holzhäuser, die den Straßenrand säumen, wirken genau wie damals.

Alles ist wie immer, nur ich, ich bin eine andere geworden.

Wie mein Leben wohl ausgesehen hätte, wenn ich nicht geflüchtet, sondern geblieben wäre? Dann hätte ich mein Baby vielleicht nicht verloren. In meinen Träumen ist es ein Junge gewesen. Ein kleiner Bub, der dieselben schwarzen Haare und genauso blaue Augen hat wie sein Vater. Ich stelle mir gerne vor, wie es wohl gewesen wäre, ihn in den Armen zu halten, an seinem weichen Kopf zu riechen und ihn so sehr zu lieben, dass für alles andere kein Platz mehr in meinem Herzen übrig gewesen wäre.

Doch ich bin geflüchtet, habe alles zurückgelassen und zugleich alles verloren. Anstatt das erhoffte Paradies zu finden, bin ich in der Hölle gelandet. *Scheiße!*

Selber schuld, würde ich sagen. Hätte ich auf Paxtons Entlassung gewartet, dann hätte der Club für mich gesorgt. Der Autounfall wäre nie passiert und mein Baby wäre jetzt ein Kleinkind. Ein heftiger Schmerz zuckt durch meinen Brustkorb. Es fühlt sich so an, als hätte ich einen Herzinfarkt, doch aus Erfahrung weiß ich, dass es keiner ist und dass die

Pein gleich wieder nachlassen wird. Ich kann kaum noch atmen, vor meinen Augen wird es schwarz, ich fahre an den Straßenrand und schalte den Motor aus. Keuchend lehne ich die Stirn gegen das Lenkrad und schließe die Augen.

Eine Schauspielerin hat in einem Fernsehinterview mal gesagt, dass das Leben wie eine Karussellfahrt ist, aus der man nicht so einfach aussteigen kann. Sie hatte recht. So sehr ich es auch will, ich hänge in diesem verdammten Karussell fest und ich habe keine Ahnung, ob und wann es endlich anhalten wird. Mir war klar, dass es nicht leicht sein wird, hierher zurückzukommen. Ich bin in dieser Stadt aufgewachsen und mich verbindet mit jedem Baum, jedem Haus und fast allen Einwohnern eine Erinnerung.

Und so gerne ich auch behaupten würde, dass damals alles schrecklich war, kann ich es nicht, denn es wäre gelogen. Obwohl meine Mum gestorben ist, als ich noch sehr klein war, hatte ich eine tolle Kindheit.

Erst als ich begonnen habe, bei den Rockern rumzuhängen und mit Paxton zu schlafen, ist die Beziehung zwischen meinem Dad und mir zerbrochen. Fast so, als wäre er nicht damit klargekommen, dass sein kleines Mädchen erwachsen geworden ist.

Das kraftvolle Knurren von sich nähernden Motorrädern dröhnt über die Straße. Dieses vertraute Geräusch verstärkt den Schmerz in meinem Inneren um ein Zehnfaches. Trotz der Tatsache, dass ich alles andere als bereit bin, Paxton wiederzusehen, hebe ich den Kopf und beobachte die vier schweren Harleys, die an mir vorbeifahren. Keiner der Biker schenkt dem am Straßenrand stehenden, verbeulten alten Ford Beachtung. Dank der schmutzigen Scheiben kann ich nicht viel erkennen und so habe ich keine Ahnung, ob gerade der Vater meines ungeborenen Kindes an mir vorbeigefahren ist. *Paxton ...*

Alleine seinen Namen zu flüstern tut mir in der Seele weh. Anstatt zu der einzigen Tankstelle der Stadt zu fahren, die sich drei Querstraßen weiter befindet, mache ich mich auf den Weg zu dem Haus, in dem ich aufgewachsen bin.

Die Vergangenheit hat mich eingeholt, es wird Zeit, mich ihr zu stellen!

1. Kapitel

Paxton

„Jetzt mach schon, Bro. Schlitz ihm die Kehle auf und gut ist's. Die Kacke hier dauert schon viel zu lange."

Ein Schnauben von sich gebend, dreht Milo sich zu mir um und schüttelt den Kopf.

„Bist du bescheuert VP. Der weiß was, ich muss ihn nur zum Singen bringen."

Genervt lehne ich mich gegen die verrostete Wellblechwand der leer stehenden Lagerhalle und zünde mir eine Kippe an.

„Hundert Dollar, dass du ihn nicht zum Reden bringst."

Den blutverschmierten Dolch durch seine Finger tanzen lassend, zögert er kurz, ehe er sich auf die Wette einlässt.

„Abgemacht."

„Das gilt aber nur, wenn du die Infos in den nächsten zehn Minuten aus ihm rausbringst. Ich habe echt keinen Bock, mir hier die Füße platt zu treten."

„Fünfzehn, dann bin ich dabei."

Da es auf die paar mehr Minuten echt nicht ankommt, stimme ich mit einem Nicken zu. Hundert Dollar sind hundert Dollar.

Wie das rechteckige Patch, das seine Kutte ziert, verrät, ist Milo der Sergeant at Arms des Hell's Fire Motorcycle Clubs. Was bedeutet, dass solche Verhöre zu seinem Tätigkeitsbereich gehören. Eine Aufgabe, der er nur allzu gerne nachgeht und für die er ohne Probleme Stunden aufbringen kann.

Im Gegensatz zu ihm bin ich jemand, der so eine Scheiße schnell hinter sich bringt.

Ich stelle eine Frage einmal, genau ein Mal und entweder wird mir dann gesagt, was ich wissen will, oder das unkooperative Arschloch, das sich mir in den Weg stellt, stirbt.

Effizienz und Gnadenlosigkeit – mehr ist im Normalfall nicht nötig, um zu bekommen, was man will. Als Vizepräsident des MCs landet jede Menge Scheiße vor meinen Füßen, und ich habe weder die Zeit noch den Nerv, mich lange mit ihr zu beschäftigen.

Früher war ich wie Milo – je mehr Blut, desto besser. Mittlerweile ist das anders. Mag sein, dass das an meiner stets schlechten Laune liegt. Keine Ahnung! Ich bin kein verfickter Psychiater. Ich muss nicht alles analysieren. Milo wendet sich wieder dem Mexikaner zu, dem mittlerweile nicht nur ein Daumen, sondern auch mehrere

Schneidezähne fehlen. An dem Ausdruck in seinen Augen erkenne ich, dass er ganz genau weiß, wie es um ihn steht. Es spielt keine Rolle, ob er uns sagt, was wir hören wollen, oder ob er weiterhin schweigt. Wir töten ihn so oder so. Es geht also nur noch darum, ob er als Verräter stirbt oder ob er die Loyalität seiner Organisation gegenüber aufrechterhält. Die meisten wären längst eingeknickt. Einen Finger zu verlieren ist eine Sache, aber seine eigenen Zähne schlucken zu müssen noch mal eine ganz andere.

Die Kippe fertig rauchend, ziehe ich mein Handy hervor und prüfe, ob eine Nachricht eingegangen ist – nichts.

„Hast du was vom Präs gehört?“ Milo unterbricht seine Arbeit und wirft mir über die Schulter hinweg einen besorgten Blick zu.

„Nope. Was ist los? Stimmt was nicht?“

Wenn ich das nur wüsste.

Luthor ist heute Vormittag zusammen mit dem Prospect zu einem Treffen mit den *Bloods* gefahren. Seitdem habe ich nichts mehr von ihm gehört. Als seine rechte Hand wäre es mein Job gewesen, ihm den Rücken zu decken. Doch davon wollte Luthor nichts hören. Kurz nachdem ich vor zweieinhalb Jahren aus dem Knast gekommen bin, hat unser Club mit diesen Wichsern Frieden geschlossen. Bis jetzt war auch alles ruhig, dennoch habe ich ein echt fieses Gefühl bei der Sache. Irgendetwas stimmt da nicht.

„Kommst du hier klar?“

Einen Blick zu dem weggetretenen, mit den Händen und Füßen an den Stuhl fixierten Mexikaner werfend, dreht er sich wieder zu mir um.

„Aye, der wird mir keine Schwierigkeiten bereiten.“

Wie auch. Um sicherzugehen, haben wir pro Gelenk zwei Kabelbinder für die Fesselung benutzt.

„Deine Zeit ist fast um und der Typ wirkt, als würde er gleich abkratzen. Hol schon mal den Hunderter raus.“

Einen Pfiff ausstoßend streckt er mir seinen Mittelfinger entgegen.

„Fick dich, Paxton.“

Lachend verlasse ich die Halle, wähle die Nummer meines Präsidenten und fluche laut, als sofort die Voicebox anspringt. Irgendetwas stimmt da nicht! Genervt öffne ich die Tracking-App und checke Luthors Standort.

Dank dem GPS-Sender an seinem Bike kann ich innerhalb weniger Sekunden seinen Standpunkt ermitteln. Diese Vorsichtsmaßnahme haben wir vor wenigen Monaten eingeführt, ich hätte nicht gedacht, dass ich sie mal brauchen würde.

Als unser Sergeant den Vorschlag mit den Trackern gemacht hat, wollte ich ihm für diese Scheiße den Kopf abreißen.

Im Gegensatz zu ihm habe ich nur die Risiken gesehen. Wenn wir jederzeit nachverfolgen können, wo wir uns aufhalten, dann können das die Bullen auch.

Luthor sah das anders. Als Präsident lag das letzte Wort bei ihm und er hat sich für die Idee ausgesprochen.

Wenn mich mein Gefühl nicht täuscht, könnten ihm diese Tracker jetzt den Arsch retten. Zumindest wenn ich noch nicht zu spät bin. Für einen Moment spiele ich mit dem Gedanken, Verstärkung zu rufen, entscheide mich jedoch dagegen, setze mich auf mein Bike und gebe Gas. Ich habe keinen Beweis dafür, dass er in Schwierigkeiten steckt. Wie würde es also aussehen, wenn ich mit der Kavallerie anrücke und bei ihm alles okay ist?

Während der Fahrt checke ich immer wieder, ob er sich bereits in Bewegung gesetzt hat, was nicht der Fall ist. Immer nervöser ignoriere ich sämtliche Geschwindigkeitsbegrenzungen, lasse Big Lake hinter mir und folge dem Highway für weitere zehn Meilen. Das Signal führt mich in den Wald. Aus der asphaltierten Straße, wird ein Schotterweg. Hier hätte sich Luthor niemals mit den *Bloods* getroffen.

Die Umgebung im Auge behaltend, entdecke ich nach wenigen Minuten die rote Harley meines Präsidenten. Das Handy wegsteckend, ziehe ich meine Waffe, entsichere sie und atme tief durch. Noch bevor ich Luthor sehe, weiß ich, dass er tot ist. Seit ich mit neunzehn beschlossen habe, dem Hell's Fire MC beizutreten, sind der Sensenmann und ich alte Bekannte geworden. In den vergangenen zwanzig Jahren habe ich unzählige Morde begangen. Ich habe viele meiner Brüder sterben sehen, doch der Anblick, der sich mir jetzt bietet, zwingt mich in die Knie.

Luthor war wie ein Vater für mich. Er hat mir beigebracht, wie man ein Bike fährt, wie man eine Frau fickt und wie man tötet. Ihn jetzt in seinem eigenen Blut liegen zu sehen, lässt mir das Blut in den Adern gefrieren. Sie haben ihn schlimm zugerichtet. Ich habe schon einiges gesehen, aber das hier lässt sogar mich würgen. Luthors leere Augenhöhlen verraten mir alles, was ich wissen muss. Der Frieden zwischen den *Bloods* und den Hell's ist vorbei. Das hier ist nicht einfach nur eine Kriegserklärung, sondern der Anfang vom Ende.

Sie haben ihn nicht nur umgebracht, sondern ihm auch seine Kutte genommen, was noch viel schlimmer ist. Sie müssen ihm post mortem das Leder ausgezogen haben, solange Luthor noch am Leben war, hätte er das nie zugelassen.

Dass sie ihm die Augen ausgestochen haben, ist eine Warnung an uns.

Hass, pur und stark, steigt in mir hoch. Die Hände so fest zu Fäusten ballend, dass meine Finger knacken, lasse ich mich neben meinem toten Bruder auf den Waldboden sinken und lehne mich mit dem Rücken an einen Baum.

Ab jetzt ändert sich alles. Die ruhigen Jahre sind vorbei. Es kann nur einen Sieger geben. Nach diesem Anschlag ist eine Koexistenz undenkbar. Die Welt ist nicht groß genug für sie und uns ...

Die *Bloods* stehen in dem Ruf, selbst vor Frauen und Kindern keinen Halt zu machen. In der Vergangenheit kam es nicht selten vor, dass diese Psychos nicht nur ihre Feinde, sondern auch gleich deren Familien abgeschlachtet haben. Echt kranker Scheiß! Doch in dieser Hinsicht droht uns keine Gefahr. Keiner meiner Brüder hat ein Mädchen, mit dem es ihm ernst ist, und das unter die Kategorie Familie fallen könnte. Sie ficken genau wie ich eine Bitch nach der anderen. Manche von ihnen mögen auf der Suche nach einer Old Lady sein. Schön blöd ... Frauen sind wankelmütige Miststücke. Vor langer Zeit war ich einmal so naiv, mich auf ein Mädchen einzulassen. Sie hieß Ava und ich habe sie mehr geliebt als mein Leben. Für diese Kleine wäre ich mit Freuden durch die Hölle gegangen. Wenn ich damals nicht in den Knast gekommen wäre, würde sie längst mein Leder tragen. Für eine Weile konnte ich an nichts anderes denken, als sie als mein Eigentum zu markieren. Am liebsten hätte ich ihr meinen Namen tief in die Haut geritzt. Ava war meine Besessenheit. Was ich für sie empfunden habe, hatte nichts mit diesem Gefühl zu tun, das die ganze Welt Liebe nennt.

Ich wollte sie – habe sie mehr gebraucht als den nächsten Atemzug und sie hat mich verlassen. Kaum dass ich meine Haftstrafe angetreten habe, ist sie aus Big Lake verschwunden und nie mehr zurückgekehrt.

Nachdem ich wieder draußen war, habe ich mit dem Gedanken gespielt, nach ihr zu suchen und sie zurückzuholen. Doch ich habe es gelassen! Es war besser für sie. Ich bin kein guter Mann – kein normaler Mensch! Meine Seele ist schwarz, böse und von dem Blut meiner Opfer durchtränkt. Luthor hat immer behauptet, dass ich die Reinkarnation des Teufels bin, damit könnte er recht gehabt haben. Die Schulmedizin, beziehungsweise die Psychiater des Pflegeheims, in dem ich die meiste Zeit meiner Kindheit verbracht habe, haben mir eine paranoide Schizophrenie attestiert. Ich musste unzählige bunte Pillen schlucken, gebracht hat es nichts. Nachdem ich die Heimleiterin angegriffen hatte, bin ich abgehauen. Seitdem kämpfe ich nicht mehr gegen die Stimme in meinem Kopf an, sondern akzeptiere sie als ein Teil von mir. Sie und ich, wir waren uns beide einig, dass Ava uns gehört. Aber wir wussten auch, dass dieses Mädchen an uns zerbrochen wäre, und darum ließen wir es gehen. Seitdem kämpfe ich jeden Tag gegen den Drang an, sie zu jagen und einzufangen. Bis jetzt ist es mir gelungen, es nicht zu tun. Aber sollte Ava jemals wieder hier auftauchen – sollte sie jemals wieder auch nur einen Fuß in das Revier meines Clubs setzen, gehört sie wieder mir. Und dieses Mal werde ich dafür sorgen, dass sie mir nicht mehr entkommen kann.

Im Gegensatz zu all den Tabletten, die ich in meinem Leben schon geschluckt habe, ist es ihr tatsächlich gelungen, die Stimme in meinem Kopf zu besänftigen. Ava hat diese unglaublich beruhigende Wirkung auf mich.

Zumindest war das früher so, wie es heute wäre, weiß ich nicht.

Jetzt, wo die *Bloods* uns den Krieg erklärt und unseren Präsidenten getötet haben, brauche ich niemanden, der mich beruhigt oder der die Stimme in meinem Kopf zum Verstummen bringt. Ich brauche all das Böse, das in mir schlummert, um das zu tun, was nötig ist.

Luthor ist tot, das Amt des Präsidenten geht nun auf mich über, und ich werde alles und jeden vernichten, der auch nur irgendwie mit den *Bloods* verbunden ist. Wenn ich mit diesem Kriegszug fertig bin, wird der letzte Rest Menschlichkeit, den ich mir bewahren konnte, verschwunden sein.

Die Augen schließend, kneife ich mir mit zwei Fingern in den Nasenrücken, verdränge Ava aus meinem Kopf und lasse zu, dass sich der Dämon in mir ausbreitet und zu seiner vollen Größe heranwächst. Bis heute habe ich alles dafür getan, um ihn kleinzuhalten, ich habe darum gekämpft, mich nicht zu verlieren und die Kontrolle zu behalten.

Das ist vorbei. Luthor ist tot, seine Kutte wurde gestohlen und der MC, der mein Lebensinhalt ist, wird bedroht. Wenn nicht jetzt der richtige Zeitpunkt gekommen ist, um die Schwärze in mir gewinnen zu lassen, wann dann?

Bevor ich Milo und die anderen über Luthors Tod informiere, zünde ich mir eine Zigarette an und denke über die verschiedenen Möglichkeiten nach, die wir haben.

Wenn wir es geschickt anstellen, haben die *Bloods* keine Chance gegen uns.

Den Blick auf Luthors zerstörtes Gesicht gepinnt, lasse ich zu, dass mich der Dämon verschluckt und die Kontrolle übernimmt.

2. Kapitel

Ava

Seit ich vor etwas über einer Woche zum ersten Mal nach Jahren mein Elternhaus betreten habe, fühle ich mich wieder wie ein kleines Kind. Es ist seltsam, hier zu leben – umgeben von all dem Kram meines Dads. Irgendwie rechne ich die ganze Zeit damit, dass die Haustüre aufgeht, er vor mir steht und mich fragt, wo ich so lange gewesen bin. Doch ich bin keine achtzehn mehr, mein Vater ist tot und diese Diskussionen sind Vergangenheit. Damals habe ich es gehasst, wenn er sich in mein Leben eingemischt hat. Mittlerweile habe ich kapiert, dass er das nur aus Liebe zu mir getan hat. Jetzt habe ich niemanden mehr, der sich um mich sorgt, niemanden, der mich fragt, wie es mir geht und ob ich Hilfe brauche. Ich bin so allein, wie ein Mensch nur sein kann. Ein wirklich beschissenes Gefühl. Es hat mich fast umgehauen, als ich mein Kinderzimmer betreten und festgestellt habe, dass sich nichts, absolut nichts verändert hat. Selbst die Jeansjacke, die ich damals auf mein Bett geworfen und dort vergessen habe, liegt unverändert an Ort und Stelle.

Die Erkenntnis, dass mein Dad anscheinend all die Jahre über gehofft hat, dass ich eines Tages zu ihm zurückkomme, erfüllt mich mit bleischweren Schuldgefühlen.

Inzwischen habe ich angefangen, mich um die liegen gebliebene Post zu kümmern, seine Versicherungen zu kündigen und auch alle anderen Formalitäten zu erledigen.

Ich war zweimal im Supermarkt und dank dem Kapuzenpullover, der Baseballkappe, unter der ich meine Haare versteckt habe, und der dicken Sonnenbrille hat mich niemand erkannt.

Doch es wird nicht mehr lange dauern, bis die Nachbarn bemerken, dass ich zurück bin. Ich kann nicht für immer die Vorhänge zu, abends das Licht aus und den Ford in der Garage stehen lassen.

Es fühlt sich falsch an, mich wie eine Einbrecherin zu verstecken, vor allem da mir dieses Haus jetzt gehört. Seit ich damals abgehauen bin, besteht mein Leben aus einem Scherbenhaufen und ich finde, dass ich endlich anfangen muss, mich neu zu sortieren.

James, mein Ex, dem ich das blaue Auge zu verdanken habe, ist zwar ein echtes Arschloch, aber ich glaube nicht, dass er sich auf den langen Weg von Chicago hierher machen wird, nur um mich zu sehen. Hier in Big Lake bin ich sicher. Zumindest fürs Erste. Die nächsten Monate werde ich mich sammeln und mir überlegen, wie es weitergehen soll. Seufzend nippe ich an meiner Kaffeetasse, starre aus dem Küchenfenster und zucke erschrocken zusammen, als mehrere Motorräder vor dem Haus vorbeifahren. Noch so eine Sache, der ich mich stellen muss ...

Die Zeitung nach Stellenangeboten durchsuchend, schnappe ich mir einen gelben Marker und kreise alles ein, was infrage kommen würde.

Die letzten Jahre habe ich so einige Arbeiten übernommen. Im Gastronomiebereich dürfte ich so ziemlich alles durchhaben. Von der Tellerwäscherin, zur Bedienung bis hin zur Empfangsdame eines Hotels. Doch in diesem Bereich wird gerade kein Personal gesucht. Die Tankstelle sucht jemanden für die Nachtschicht. Eine Familie sucht nach einem Babysitter und die alte Mrs McWoran braucht Hilfe im Haushalt. Das mit dem Babysitten ziehe ich gar nicht erst in Betracht. Es ist nicht so, dass ich Kinder nicht mag, aber wenn es um Babys geht, bin ich zu nah am Wasser gebaut. Seit ich die Fehlgeburt erlitten habe, fange ich, wann immer ich eines im Arm halte, zu weinen an. Über diesen Verlust bin ich einfach noch nicht hinweggekommen und so wie es sich anfühlt, werde ich das wohl auch nie.

Mir mit der Hand über den Bauch reibend, klappe ich die Zeitung zu, stelle die Kaffeetasse in die Spüle und beschließe, Nägel mit Köpfen zu machen.

Ja, die Nachtschicht in einer Tankstelle zu übernehmen, ist nicht gerade ein Karrierestart, aber es bringt Geld und das ist momentan das Einzige, was zählt.

In meine Nike schlüpfend, öffne ich die Türe und lasse die Umgebung auf mich wirken. Frische saubere Luft, die Äste der alten Eiche, die gleich einem stummen Wächter neben der Einfahrt steht, wiegen sich im Wind und aus der Ferne höre ich das kraftvolle Dröhnen von Motorrädern. Alles ist genau wie früher. Nur damals ist mein Herz bei dem Röhren der Bikes vor Freude im Kreis gehüpft, heute zieht es sich schmerzhaft zusammen und plumpst mir in den Magen.

Einen Blick gen Sommerhimmel richtend, schnappe ich mir meine Handtasche und mache mich auf den Weg. Jetzt, wo ich endlich genug Mut gesammelt habe und das Versteckspielen vorbei ist, beschließe ich, nicht den Wagen zu nehmen, sondern zu Fuß zu gehen. Ein wenig Bewegung kann sicherlich nicht schaden. Es ist unausweichlich, dass ich mich den vielen Fragen stelle, die unweigerlich auf mich niederprasseln werden. Irgendwann ist auch diese Phase vorbei und die Bewohner von Big Lake haben sich daran gewöhnt, dass Ava, die Ausreißerin, fürs Erste zurück nach Hause gekehrt ist.

Es fühlt sich seltsam fremd und zugleich angenehm vertraut an, die Straße entlangzulaufen und an dem Kaugummiautomaten vorbeizukommen, in den ich als kleines Mädchen mein Taschengeld gesteckt habe.

Von den vielen Erinnerungen überwältigt, bleibe ich kurz stehen und betrachte die süßen Kugeln, die sich hinter der Plexiglasscheibe befinden.

Wenn ich damals nicht abgehauen, sondern geblieben wäre, dann könnte ich jetzt meinem Kind erklären, wie dieser Automat funktioniert. Instinktiv will meine Hand zu meinem schrecklich leeren Bauch rutschen, doch ich verbiete mir diese beruhigende Geste und zwinge mich dazu, weiterzulaufen.

Ein silberner, ziemlich teuer wirkender SUV fährt an mir vorbei. Kaum dass er ein paar Meter weiter ist, bleibt er abrupt stehen. Verwundert gehe ich weiter und riskiere einen Blick. Die schwarz getönte Scheibe öffnet sich surrend und ich blicke in ein nur allzu vertrautes und zugleich verhasstes Gesicht.

„Na sieh mal einer an. Wenn das nicht Ava Miller ist."

Tess die Tussi, wie ich sie während der Schulzeit schon immer insgeheim genannt habe, grinst mich hämisch an. Ihre blonden Locken sind perfekt aufgestylt und ihre Lippen glänzen in einem ekligen Schweinerosa. An dieser Frau ist alles perfekt – zu perfekt, meiner Meinung nach zumindest.

„Hallo Tess."

Sie streicht sich in einer einstudierten Bewegung die Haare nach hinten und präsentiert mir so ihre tropfenförmigen Diamantohrringe. An ihrem rechten Ringfinger funkelt ein protziger Diamant, offensichtlich hat sie einen armen Idioten gefunden, der ihr ein luxuriöses Leben finanziert. *Schön für sie ...*

Der Jeep, in dem sie sitzt, hat wahrscheinlich so viel gekostet, wie ein normaler Durchschnittsarbeiter in einem halben Jahr verdient. Schon früher hat Tess großen Wert auf Marken und den äußeren Schein gelegt. Im Grunde genommen ist sie eine bemitleidenswerte Person, bestehend aus zu viel Selbstbewusstsein und zu wenig Charakter.

„Was bringt dich denn zurück nach Big Lake?"

„Wie du sicher gehört hast, ist mein Dad gestorben. Ich bin hier, um mich um den Nachlass zu kümmern."

Ihre Lippen kräuseln sich.

„Ja, es stand in der Zeitung. Mein Beileid, Ava. Dein Vater war ein *interessanter* Mensch."

Das interessant betont sie ganz besonders, es kostet mich einiges an Beherrschung, dass ich nicht auf sie zustürme, um ihr die Augen auszukratzen.

Nicht bereit, diese Unterhaltung auch nur eine Minute länger zu führen als unbedingt nötig, setze ich mich wieder in Bewegung. Tess, genauso ignorant wie eingebildet, fährt im Schritttempo neben mir her.

Herr Gott!

In der Nähe dieses Miststücks habe ich mich schon früher wie ein Stück Dreck gefühlt. Das hat sich in all den Jahren nicht geändert. Während sie aussieht, als wäre sie frisch aus einem Modemagazin gestiegen, komme ich mir in meinen Turnschuhen und meiner ausgewaschenen Jeans ziemlich hässlich vor.

„Sag mal, Ava. Warst du damals nicht mit diesem Biker zusammen. Paxton hieß er, glaub ich."

Ding Dong! Und hiermit hat sie Runde zwei im Bullshitbingo eingeläutet. Sie weiß ganz genau, dass Paxton und ich knapp drei Jahre ein Paar waren. Die ganze verdammte Stadt weiß das! Mein Herz zieht sich auf Rosinen-Größe zusammen. Tess bemerkt sofort, dass ich nicht über ihn sprechen will, und lächelt zufrieden aus ihrem 100 000 Dollar Auto auf mich herab. Wenn ich jetzt nicht auf das Thema eingehe, ahnt sie sofort, dass ich ihn noch immer liebe. Also lasse ich mich auf dieses Theater ein und versuche, meine Mimik unter Kontrolle zu halten.

„Ja, war ich. Warum fragst du?"

Mit den Schultern zuckend, klimpert sie mit ihren unnatürlich lang aussehenden Wimpern.

„Ach nichts. Weiß er schon, dass du wieder da bist?"

Aha, darum geht es also. Sie will diejenige sein, die die große Neuigkeit überall verkündet.

„Nein, wir haben uns noch nicht gesehen. Und wahrscheinlich werden wir das auch nicht. Unsere Trennung liegt ja schon einige Jahre zurück. Jeder geht seinen eigenen Weg ... Du solltest doch wissen, wie das ist. Oder hast du mit all deinen Ex-Freunden noch Kontakt?"

Dass ihr die letzte Anspielung nicht gefällt, ist ihr deutlich anzusehen. Selber schuld! Keiner hat sie dazu gezwungen, mit dem halben College zu bumsen.

„Wir sehen uns, Ava."

Mit dieser Verabschiedung, die mehr nach einer Drohung klingt, gibt sie Gas und fährt davon. Ich würde meinen alten Ford darauf verwetten, dass sie gerade ihr Telefon zückt und die Gerüchteküche ordentlich anheizt. Keine Ahnung, mit welchen Lügen sie meine Rückkehr spannend ausschmücken will. Wahrscheinlich wird sie überall herumerzählen, dass ich ausgesehen habe wie eine Drogenabhängige, und dass ich wieder da bin, um meine Beziehung mit Paxton wieder aufleben zu lassen.

Was ein Quatsch!

Ich kann nur hoffen, dass ihr mein noch immer leicht bläulich schimmerndes Auge nicht aufgefallen ist. Sonst wird ihre Fantasie gar keine Grenzen mehr kennen. Zumindest werden die Geschichten, die sie über mich in Umlauf bringen wird, garantiert nicht so schlimm sein wie die Realität.

Diese Tussi ist es echt nicht wert, dass ich mir wegen ihr den Kopf zerbreche. Karma ist kein Menü, irgendwann bekommt jeder was er verdient. Manchmal braucht das Schicksal nur eben etwas länger, um für Gerechtigkeit zu sorgen.

Der restliche Weg verläuft zu meinem Glück ziemlich ereignislos. Zumindest bis zu dem Moment, in dem ich die Straße überqueren will und mitten auf der Fahrbahn angekommen bin. Zu jedem anderen Zeitpunkt hätte ich dem einzelnen, sich nähernden Motorradfahrer ausweichen und mich irgendwo verstecken können, aber so? Keine Chance! Vor lauter Panik, dass es sich dabei um Paxton handeln könnte, ist mein Kreislauf kurz davor zu kollabieren. Erst wird mir heiß, dann kalt. Der Schweiß bricht mir aus, mein Puls rast. Ich erstarre zu Stein, kann mich kaum noch bewegen.

Bei allen Heiligen, für diese Begegnung bin ich wirklich noch nicht bereit!

Ein dunkler Helm, breite Schultern und eine schwarze Kutte sind alles, was ich sehe. Erst als das Bike so nah vor mir zum Stehen kommt, dass ich den Gummi der Reifen riechen kann, weiß ich, dass es sich bei diesem Member des Hell's Fire Motorcycle Clubs nicht um Paxton, sondern um Storm handelt. Die Erleichterung, die mich überkommt, haut mich beinahe um.

„Fuck Mädchen! Bist du irre oder warum stehst du mitten im Weg? Ich hätte dich beinahe über'n Haufen gefahren."

Storm ist damals, als ich mit Paxton zusammengekommen bin, dem MC beigetreten. Kurz vor meiner Flucht nach Chicago wurde er vom Anwärter zum vollwertigen Mitglied ernannt. Das letzte Mal, als ich ihn gesehen habe, hatte er kurze Haare und kein einziges Tattoo, das hat sich mittlerweile geändert. Trotzdem erkenne ich ihn sofort wieder, ihm scheint es da anders zu gehen.

„Reg dich ab Gewitterwolke, die Fahrbahn ist breit genug für uns beide, oder willst du etwa behaupten, dass ich einen fetten Arsch bekommen habe?"

Erst als er den Spitznamen hört, mit dem ich ihn früher schon immer geärgert habe, scheint er zu kapieren, wer da vor ihm steht.
„Heilige Scheiße! Ava?“
Ich nicke. Er reißt sich den Helm vom Kopf, springt von seinem Bike, eilt auf mich zu und zieht mich in eine bärenhafte Umarmung.
Täusche ich mich oder ist aus dem einst so schlaksigen jungen Mann ein Gigant geworden? Plötzlich bin ich von breiten Schultern, Bergen von Muskeln und langen blonden Haaren umgeben. Jedes Fleckchen Haut ist von schwarzer Tinte überzogen. Der vertraute Geruch von Mann, Leder und Motoröl steigt mir in die Nase, treibt mir dicke Tränen in die Augen.
„Oh Süße, es tut so gut, dich zu sehen.“
„Ja, das finde ich auch.“
Und das meine ich ehrlich.
Genauso plötzlich wie er mich an sich gezogen hat, lässt er mich jetzt wieder los, packt mich mit beiden Händen an den Schultern und mustert mich mit einem finsteren, sehr eindringlichen Blick. Storm hatte schon früher die beängstigende Fähigkeit, immer genau zu wissen, wie es mir geht.
Sein gemurmeltes „Du siehst heiß und zugleich ziemlich scheiße aus!“ bringt mich zum Lachen. „Auch wenn du dich mittlerweile in eine wilde Mischung aus Grizzlybär und Rocker verwandelt hast, bist du immer noch jemand, der direkt ausspricht, was ihm auf der Zunge liegt, was?“
Seine Lippen verziehen sich zu einem schiefen Grinsen, selbst sein Gesicht ist mit Tattoos übersät.
„Du kennst mich. Du weißt, dass ich es nicht böse meine.“
Oh ja, das tue ich.
Ein betretenes Schweigen breitet sich zwischen uns aus. Da wir mitten auf der Straße stehen, sind die Autos gezwungen, um uns herum zu fahren. Doch niemand hupt oder regt sich anderweitig auf. Warum auch? Alle hier respektieren die Männer des Hell's Fire Motorradclubs. Würde jetzt aber eine Polizeistreife den Verkehr blockieren, würde sich das ganz anders verhalten. Der arme Officer müsste sich ordentlich was anhören.
„Seit wann bist du wieder zurück?“
„Seit einer Woche.“
Storm nickt.
„Wann hattest du vor, es ihm zu sagen.“
Ich weiß sofort, von wem er spricht. Entschlossen reiße ich mich von Storm los, lasse ihn stehen und setze meinen Weg fort.

Sein lauter Fluch übertönt das erstickte Schluchzen, das sich aus meiner Kehle löst.

Keine zwei Sekunden später taucht er, seine Harley schiebend, neben mir auf.

„Verdammt, bleib stehen."

Seine Anweisung ignorierend, kämpfe ich um meine Fassung.

„Ava! Sofort!"

Storms wütende Stimme erinnert tatsächlich an ein Unwetter. Überrascht von der Autorität, die darin mitschwingt, befolge ich seinen Befehl.

Wow! Das hatte er früher noch nicht drauf.

Das Bike am Straßenrand abstellend, kommt er auf mich zu und zieht dabei eine Schachtel Marlboro aus der Hosentasche. Nachdem er mir eine angeboten hat, klemmt er sich selbst eine Kippe zwischen die Lippen und gibt mir zuerst Feuer.

Groß, böse und garantiert tödlich, aber dennoch ein Gentleman.

„Wenn er erfährt, dass du wieder hier bist, wird er ausflippen!"

Meine Lunge mit dem Nikotin füllend, halte ich den Atem an.

„Dann sag es ihm nicht."

Er lacht laut auf, so, als ob ich einen Witz gerissen hätte.

„Oh nein, daraus wird nichts. Er hat das Recht, es zu erfahren! Damals warst du sein Mädchen und für mich hat sich an dem Status auch nichts geändert. Außerdem werde ich wegen dir nicht meinen Präs anlügen, sorry Süße!"

Präsidenten? Habe ich da was nicht mitbekommen?

„Seit wann ist Paxton der Boss?"

Storm wird ernst.

„Luthor wurde vor sieben Tagen gekillt. Die *Bloods* haben ihn regelrecht abgeschlachtet. Einer unserer Prospects wird noch immer vermisst. Wenn er Glück hat, ist er längst tot. Wenn nicht ... na ja du weißt, wie es läuft, Ava."

Oh ja, und wie ich das tue. Die Info, dass Luthor ermordet wurde, trifft mich härter als gedacht. Es fällt mir schwer, zu glauben, dass der Tod diesem großen, stets so unerschütterlich wirkenden Mann etwas anhaben konnte. Blöd, ich weiß, trotzdem ist es so. „Irgendwie war ich mir sicher, dass Luthor und der Teufel einen Pakt geschlossen hatten, in dem es um Unsterblichkeit und solche Sachen ging."

Storms Mundwinkel ziehen sich nach oben.

„Wir alle bestehen nur aus Fleisch und Blut."

In meinem Kopf dreht sich alles, in meinem Hirn ploppen unzählige Erinnerungen auf – in allen kommt der verstorbene Anführer des Clubs vor.

Ich gerate ins Wanken, meine Knie geben nach.

„Hey ... Shit! Was los mit dir, Mädchen?“

Bevor ich auf den Boden knalle, hat Storm mich geschnappt und in seine Arme gehoben.

Vorsichtig, so als ob ich eine zerbrechliche Puppe wäre, setzt er mich auf seinem Motorrad ab und sieht mich besorgt an.

„Alles okay bei dir? Du bist weiß wie eine Wand.“

Die Augen zusammenkneifend, hebt er eine Hand und reibt mit seinem rauen Daumen über mein Make-up, sodass das langsam verblassende Hämatom zum Vorschein kommt.

„Na ja, nicht nur weiß! Wer war das? Sag mir einen Namen und ich kümmere mich um den Bastard!“

Beschützend wie eh und je.

„Das ist nichts, nur eine Erinnerung an ein vergangenes Leben.“

„Was ist dir passiert, Süße?“

Ich zucke mit den Schultern.

„Nichts.“

Er gibt ein dunkles Grollen von sich.

„Nach *nichts* sieht das aber ganz und gar nicht aus.“

„Dann schau weg.“

Wir liefern uns ein heftiges Blickduell, das ich, wie sollte es auch anders sein, nach wenigen Atemzügen verliere.

„Zur Hölle! Das werde ich nicht tun! Nur weil du ein paar Jahre weg warst, bedeutet das noch lange nicht, dass du hier keine Freunde hast, Ava. Ich habe damals auf dich aufgepasst und ich werde das jetzt wieder tun. Wenn Paxton erfährt, dass dich jemand verletzt hat, wird er durchdrehen, an deine Türe klopfen und einen Namen hören wollen. Also stell dich schon mal darauf ein, dein Schweigen zu brechen. Er wird sich sicherlich nicht so leicht mit deinen kryptischen Antworten abspeisen lassen.“

Na klasse, das hat mir gerade noch gefehlt.

Unsicher, wie ich den nächsten Satz formulieren soll, beiße ich auf meiner Unterlippe herum. Storm schüttelt amüsiert den Kopf.

„Wie geil, das hast du früher schon immer gemacht, wenn du was angestellt hast oder was auf dem Herzen hattest. Spuck schon aus, was du sagen willst.“

Er kennt mich immer noch viel zu gut.

„Es geht um Paxton. Ich will nicht, dass du ihm sagst, dass ich wieder hier bin. Ich will nicht, dass du mich beschützt und ich will schon gar nicht, dass ihr alle so tut, als hätte es die letzten Jahre nicht gegeben. Vergiss, dass wir uns getroffen haben! Sag deinem Präsidenten nichts von mir oder meinem Auge und tu uns beiden einen großen Gefallen, und tauch nicht einfach bei mir zu Hause auf, wie du es früher immer getan hast. Die alten Zeiten sind vorbei. Ich bin nicht mehr die Ava, die ich damals war, glaub mir, du kennst mich nicht mehr." Ich schniefe. „Verdammt! Ich kenne mich ja selber nicht mehr ..." Bei jedem meiner Worte ist der Ausdruck in seinen Augen härter und kälter geworden. Er wirkt so wütend, dass ich mich sogar ein bisschen vor dem beeindruckenden Rocker, zu dem Storm geworden ist, fürchte.

„Ach, Ava. Anscheinend hast du vergessen, wie es in Big Lake läuft ..."

Seufzend beugt er sich zu mir vor, haucht mir einen Kuss auf die Stirn und bedenkt mich mit einem nachsichtigen Lächeln. „... wir sehen uns, Süße. Und glaub ja nicht, dass du dich vor uns verstecken kannst. Du gehörst zum Club. Ob du willst oder nicht!"

Mit dieser Warnung setzt er sich seinen Helm auf, hebt mich von seinem Bike, steigt auf und fährt, ohne mich eines letzten Blickes zu würdigen, ortsauswärts.

Wie geflasht lasse ich mich auf den Randstein sinken und versuche, das eben Erlebte zu sortieren. Es gelingt mir nicht.

Storms letzter Satz kreist in Dauerschleife durch meinen Verstand.

... Anscheinend hast du vergessen, wie es in Big Lake läuft ...

Ja, anscheinend habe ich das! Die Lust, mich auf den Tankstellenjob zu bewerben, ist mir gehörig vergangen. Erschöpft stehe ich auf und gehe wieder nach Hause.

Dort angekommen werfe ich die Türe hinter mir zu, drehe den Schlüssel drei Mal herum und lasse mich anschließend samt Klamotten ins Bett fallen. Die nächste Stunde zwinge ich mich dazu, an alles, nur nicht an eine bestimmte Person zu denken, und scheitere kläglich. *Paxton!* Die Vorstellung, dass er hier auftaucht, vor meiner Türe steht und mich sehen will, jagt mir einerseits eine höllische Angst ein, löst andererseits aber auch eine Welle der Sehnsucht aus. Müde schließe ich die Augen, schlafe ein und träume, wie sollte es auch anders sein, von eisblauen Augen, starken Händen und warmen, allzu vertrauten Lippen.

3. Kapitel

Paxton

Etwas Waffenöl auf den Lappen träufelnd, beginne ich damit, die vor mir liegenden Einzelteile der zerlegten Kalaschnikow zu reinigen. Diese Arbeit hat etwas Beruhigendes. Meine Hände brauchen Beschäftigung. Nichts zu tun, ist schwer für mich. Das war es schon immer.

Eine Runde im Ring wäre auch nicht schlecht, in meiner derzeitigen Verfassung wäre das allerdings nicht besonders klug. Ich will keinen meiner Brüder totschlagen.

Ein Klopfen ertönt, fluchend lege ich den Schlagbolzen beiseite und hebe den Kopf. „Was?“

Die Türe geht auf und Storm kommt auf mich zu. Neben Milo ist er einer meiner engsten Vertrauten. Wir sind Brüder im Geiste, den Beiden würde ich, ohne zu zögern, mein Leben anvertrauen.

Sein Blick wandert zu den bereits auf Vordermann gebrachten russischen Sturmgewehren, die neben mir an der Wand lehnen.

„Was hast du vor? Willst du einen auf Putin machen und in die Ukraine einmarschieren?“

Sehr witzig.

„Wir müssen unseren Bestand checken, unsere Munition ist fast aufgebraucht. Es wird bald knallen, das hab ich im Urin. Wir müssen Vorbereitungen treffen, Vorräte anschaffen und dafür sorgen, dass alle, die eng mit dem Club verbunden sind, gewarnt werden. Diese Hurensöhne schrecken vor nichts zurück.“

Storm nickt, lässt sich seufzend auf den Stuhl mir gegenüber fallen und starrt auf das Bild von Luthor, das auf dem Schreibtisch steht.

„Völlig egal wie viele dieser Typen ich kaltmachen muss. Aber wir werden ihn rächen. Niemand tötet einen von uns und kommt mit dem Leben davon.“

Dem kann ich nichts hinzufügen.

Für ein paar Minuten sagt keiner von uns ein Wort. Ich reinige die Waffe, er sieht dabei zu. Es ist ihm deutlich anzusehen, dass er mir etwas zu sagen hat, wenn er so lange zögert, wird mir das, was ich gleich hören werde, wahrscheinlich nicht gefallen.

Erst nachdem ich die AK wieder zusammengebaut habe, holt er tief Luft, beugt sich vor und stützt sich mit den Ellenbogen auf den Knien auf.

„Ich habe heute einen Geist gesehen.“

Nicht sicher, was er mir damit sagen will, zünde ich mir eine Lucky an und lehne mich in meinem Sessel zurück. Schon verrückt. In diesem Büro habe ich unzählige Stunden verbracht, dennoch fühlt es sich jetzt, wo das Präsidenten-Patch mein Leder ziert, völlig anders an.

„Wovon redest du, Alter?"

Er zieht eine Grimasse.

„Ava."

Ein Name – drei Buchstaben, mehr sagt er nicht und das ist auch gar nicht nötig – es fühlt sich auch so schon an, als hätte mir jemand einen Baseballschläger in den Magen gerammt. Ich zwinge mich dazu, frischen Sauerstoff in meine Lunge zu pressen. Meine Hände ballen sich zu Fäusten. Wut, Sehnsucht und Hass brauen sich in meinem Inneren zu einer tödlichen Mischung zusammen. Der Dämon in mir fletscht die Zähne und knurrt leise ‚meins'.

„Wo?"

„An der Tanke. Ich war gerade auf dem Weg zu Joe, da stand sie plötzlich vor mir, mitten auf der Straße. Hat nicht viel gefehlt und sie wäre mir unter die Räder gekommen."

Er macht eine kurze Pause, wartet ab, wie ich reagiere, und spricht erst, als ich völlig reglos bleibe, weiter. „Sie sah nicht gut aus – gar nicht gut."

Trotz der Tatsache, dass sie mich verlassen hat, dass sie nicht auf mich gewartet, sondern beim ersten Problem das Weite gesucht hat, wallt sofort der alte Beschützerinstinkt in mir auf. Zu hören, dass es dem einzigen Mädchen, das ich jemals wirklich wollte, nicht gut geht, stellt seltsame Dinge mit mir an.

Was zum Teufel macht sie hier?

Vor beschissenen sieben Tagen bin ich im Wald neben meinem toten Präsidenten gesessen und habe an diese Frau gedacht. Dort, neben der Leiche meines Bruders habe ich mir geschworen, sie mir zurückzuholen, sollte sie jemals wieder einen Schritt in mein Revier setzen, und jetzt ist sie wieder hier in Big Lake und ich muss hören, dass es ihr schlecht geht. Fuck! Was ein Fuck!

Es kostet mich all meine Kraft, dass ich nicht aufspringe, zu ihr fahre und sie mir packe. Ich will sie schlagen, verletzten und dafür, dass sie mich verlassen hat, leiden lassen. Doch zugleich will ich sie halten, sehen wie es ihr geht, mich um sie kümmern und sie beschützen. So war es schon immer. Wenn es um Ava geht, gibt es für mich nur Extreme. Die Empfindungen, die diese Frau in mir auslöst, sind so stark, dass ich nur schwer mit ihnen umgehen kann.

Es war ihr Glück, dass ich damals, als ich erfahren habe, dass sie abgehauen ist, im Knast gesessen bin. So hatte ich achtzehn Monate Zeit, mich abzuregen.

Wäre das nicht der Fall gewesen ... tja ... dann hätte ich sie so lange verfolgt, bis ich sie gefunden hätte und dann ... *Verdammt!* Es war definitiv besser, dass ich weggesperrt war! Andernfalls hätte diese Aktion für sie ein schlimmes Ende genommen. Loyalität und Treue sind für mich zwei wichtige Dinge. Ava hat mich verraten, das werde ich ihr nie verzeihen. Das Vertrauen, das ich in sie hatte, ist weg. Dennoch will ich sie besitzen. Ich will ihr unbeschreibliche Dinge antun, sie lachen, weinen, schreien und leiden sehen. Ich will all ihre Emotionen in mich aufsaugen und die Bestie, die in mir schlummert, damit füttern.

Anstatt dem Drang, sie mir zurückzuholen, nachzugeben, stehe ich auf und hole mir das nächste Gewehr, das gereinigt werden muss, und zerlege es routiniert in seine Einzelteile. Storm beobachtet mich fassungslos und runzelt die Stirn.

„Was zur Hölle soll das werden, Präs?“

„Nach was sieht es denn aus?“

Meine Kippe im Aschenbecher ausdrückend, öffne ich die unterste Schublade des Schreibtischs und hole Luthors Notfallflasche hervor.

Der Jack Daniels ist schon fast leer, doch fürs Erste wird er reichen.

Erst nachdem ich den verbleibenden Inhalt zur Hälfte geleert habe, setze ich meine Arbeit fort.

„Du willst sie dir nicht zurückholen?“

Oh und wie ich das will! Hierzubleiben bringt mich fast um.

„Das muss erledigt werden. Oder hast du Bock auf Ladehemmungen? Eine schlecht gewartete Waffe ist gefährlich.“

Sein gezischtes „Bullshit, Paxton!“ verrät mir, was er davon hält.

„Sie wurde geschlagen. Ihre rechte Gesichtshälfte ist blau. Außerdem hat sie abgenommen. Sie ist nur noch Haut und Knochen. Als ich sie im Arm gehalten habe, hatte ich Angst sie zu zerbrechen. Sie braucht dich, Alter. Das war damals so und so ist es heute immer noch.“

Die Zähne so fest aufeinanderbeißend, dass es knackt, halte ich so lange die Luft an, bis es sich anfühlt, als würde ich ersticken. Erst als sich schwarze Punkte vor meinen Augen ausbreiten, erlaube ich mir wieder zu atmen.

Keine Ahnung was mich wütender macht. Dass Storm sie angefasst oder dass es jemand gewagt hat, mein Eigentum zu verletzen.

Denn genau das ist Ava – mein Eigentum. Seit ich damals das erste Mal meinen Schwanz in sie gestoßen und ihr Jungfernhäutchen zerfetzt habe, gehört diese Frau unwiderruflich mir.

„Ich will, dass du alles über sie in Erfahrung bringst. Durchleuchte sie. Finde heraus, wo sie die letzten Jahre gelebt hat, mit wem sie zusammen war und ob irgendetwas passiert ist, von dem ich wissen sollte."

Storm springt vom Stuhl hoch, schnappt sich den Whisky und sieht mich wütend an.

„Was soll das, Bro? Es geht hier um Ava."

„Es geht um die Frau, die damals einfach so abgehauen ist! Findest du es nicht merkwürdig, dass sie ausgerechnet jetzt, wo uns die *Bloods* den Krieg erklären, wieder auftaucht? Ava hat uns verraten und ich traue ihr nicht mehr über den Weg. Also check verdammt noch mal ihren Background."

Fluchend genehmigt er sich einen großen Schluck aus der viereckigen Flasche, wirft diese dann durch den Raum und sieht mich herausfordernd an. Es spritzt, das Glas zerplatzt und die Scherben surren durch die Luft.

Anstatt mich provozieren zu lassen, bleibe ich einfach sitzen und kümmere mich darum, mit dem waffenöldurchtränkten Lumpen bis in den letzten Spalt der Glock zu kommen.

„Fuck, Paxton! Glaubst du allen Ernstes, dass Ava dich verraten will?"

„Was ich glaube, spielt keine Rolle! Es ist kein Geheimnis, dass mir diese Frau vor langer Zeit *alles* bedeutet hat. Sie ist meine einzige Schwachstelle. Wenn die *Bloods* schlau sind, werden sie diese nutzen, um dem MC zu schaden. Das werde ich nicht zulassen! Außerdem habe ich keine Ahnung, wie ihr Leben derzeit aussieht. Vielleicht erpressen diese Wichser Ava mit irgendetwas. Falls das so ist, muss ich es wissen. Also finde es verflucht noch mal heraus!"

Mit einem gemurmelten „Fuck" wendet er sich Richtung Türe. Bevor er endgültig geht, stoppt er. Ohne sich zu mir umzudrehen, ergreift er erneut das Wort.

„Wir reden hier immer noch über Ava. Sollte sie so unbescholten sein, wie ich vermute, dann droht ihr durch die Scheiße mit den *Bloods* ebenfalls Gefahr. Du hast recht, sie ist zu einem mehr als ungünstigen Zeitpunkt zurückgekommen, dennoch ist es unsere Pflicht, auf sie aufzupassen."

Storm verschwindet, ich packe den Lauf der Halbautomatik und setze die Waffe wieder zusammen. *Zur Hölle!*

Er hat recht. Es ist meine Aufgabe, Ava zu beschützen. Dass ich sie seit gut vier Jahren nicht mehr gesehen habe, ändert nicht das Geringste daran. Einen Blick auf die zerbrochene Jacky Flasche werfend, hole ich eine Schachtel Munition aus dem Schrank und stecke mir die Knarre hinten in den Hosenbund. Storm kann froh sein, dass Luthor längst tot ist. Wenn unser ehemaliger Präsident gesehen hätte, was Storm eben mit seiner Notfallflasche gemacht hat, würde er ihm dafür die Eier abschneiden. In dieser Hinsicht hat er keinen Spaß verstanden.

Ich will für Storm hoffen, dass er seine Arbeit gut macht.

Jeder Mensch hat so seine Geheimnisse und die von Ava will ich alle wissen.

Eventuelle Unfälle, Krankenhausaufenthalte oder ob sie Stress mit den Bullen hatte. Alles ist wichtig – alles ist interessant. Ohne der Bitch, die mir auf ihren viel zu hohen Absätzen entgegengestöckelt kommt, auch nur die geringste Aufmerksamkeit zu schenken, mache ich mich auf den Weg zu meinem Bike.

Wohin ich will? Fuck! Die Frage sollte wohl eher lauten, was ich will!

Zum Teufel! Ich weiß es nicht ...

Als Erstes werde ich an Avas Haus vorbeifahren und prüfen, ob alles ruhig ist. Danach sehen wir weiter. So lange ich nicht die Infos über sie habe, werde ich mich nicht mit ihr in Verbindung setzen. Sollte sich herausstellen, dass sie zurück nach Big Lake gekommen ist, um dem MC zu schaden, werde ich sie töten.

Mir den Helm aufsetzend, verzichte ich darauf, den Verschluss einrasten zu lassen, starte mit einem Tritt den Motor und fahre vom Gelände.

Die Straßen sind leer. Der wolkenverhangene Himmel ist genauso düster wie meine derzeitige Stimmung. Nicht mal der Mond ist zu sehen.

Die Welt wirkt schwarz und tot – so mag ich sie am liebsten.

Wir müssen sie uns zurückholen! Wir brauchen sie! Wir beide! Ohne sie sind wir verloren!

Der schizophrene Teil meines Ichs weiß ganz genau, was er will, die Frage ist nur, ob ich ihm das Kommando überlassen soll. *Fuck!* Wenn es nach ihm geht, kette ich Ava für den Rest ihres Lebens an mir fest und ernähre mich von ihrem Lachen, ihren Tränen und ihrem Blut.

Unter den alten Ästen der großen Eiche halte ich an, schalte den Motor aus und bleibe reglos sitzen. Nur wenige Meter – nur ein paar Schritte und ich könnte meine Sehnsucht stillen und das Mädchen, nach dem ich mich seit einer Ewigkeit verzehre, wieder in den Armen halten.

Ich kenne Ava. Sie ist so unbedarft. Wenn ich jetzt an ihre Türe klopfe, würde sie nicht zögern, keinen Gedanken an ihre eigene Sicherheit verschwenden und sie öffnen. Im Gegensatz zu mir hat sie keine Ahnung, wie gefährlich diese Welt ist. Wahrscheinlich ist diese süße Naivität mit ein Grund, aus dem sie mich so fasziniert. Während ich in allem immer nur das Böse sehe, hofft sie einfach auf das Gute. Hier, auf dieser Einfahrt, habe ich sie das erste Mal geküsst. Ich erinnere mich noch gut daran, wie sie sich unsicher an mir festgehalten und zögerlich ihre Lippen für mich geöffnet hat. In dem Moment, in dem meine Zunge auf die ihre getroffen ist, war es um mich geschehen. Dieses junge Ding hatte mich an den Eiern.

Die Welt ist gekippt, die Erdachse hat sich verschoben und Ava ist innerhalb weniger Sekunden zum Mittelpunkt meines Universums geworden. Selbst der Umstand, dass sie noch ein Schulmädchen war, und ich längst meine ersten Morde begangen hatte, konnte nichts an der Tatsache ändern.

Sam, ihr Vater, hat mich gehasst. Als er seine kleine Tochter in den Armen des gefürchteten Bikers gesehen hat, ist er durchgedreht und mit einer geladenen Schrotflinte auf mich losgegangen.

Während Ava zu Tode erschrocken war, hat diese Aktion bewirkt, dass ich den alten Mann respektiert habe. Zu wissen, dass ihr Vater bereit ist, bis ans Ende zu gehen, um seine Tochter zu beschützen, hat mir in die Hände gespielt.

Es wäre damals vieles leichter gewesen, wenn Sam akzeptiert hätte, dass ich auf seiner Seite stehe. Genau wie er wäre ich damals für dieses Mädchen über Leichen gegangen. Verflucht, ich tue es immer noch. Selbst jetzt, nach all der Zeit, ist ihr hübsches Gesicht das Letzte, woran ich nachts denke, ehe ich einschlafe.

Storm hat gesagt, dass sie jemand geschlagen hat, ich werde herausfinden, wer es war und ihm die Hände brechen. Niemand bedroht, was mir gehört. Für Ava mag das zwischen uns vorbei sein, für mich war es das nie. Das Handy in meiner Hosentasche vibriert, ich ziehe es heraus und lese die kurze Textnachricht, die auf dem Display angezeigt wird.

>> Beschützen nicht bedrohen! Ava gehört dir. <<

Storm, der Drecksack, wusste genau, dass ich zu ihr fahren werde.

Fluchend stecke ich das Telefon wieder weg, zünde mir eine Lucky an und betrachte Avas Silhouette, die sich hinter dem zugezogenen Vorhang abzeichnet. Die Umgebung ist ruhig, kein Auto – nichts Auffälliges. Irgendwo in der Ferne bellt ein Hund.

Von den *Bloods* fehlt jede Spur. Es wird Zeit, zu gehen. So beschissen es sich auch anfühlen mag, aber das Wichtigste ist jetzt, Abstand zu halten. Es ist keinem geholfen, wenn ich wie ein Wilder in dieses Haus stürme, mir das Mädchen packe und es auf dem Küchenboden vergewaltige. Das hat Ava nicht verdient. Aber genau das würde passieren. Meine Beherrschung ist kurz davor zu reißen – ich muss gehen.

Wir müssen sie uns nehmen. Ich will sie spüren. Beißen, ficken – jetzt.

Wütende Stimmen dröhnen durch meinen Kopf. Fordern Dinge, die ich nicht verantworten kann. Die Kippe in den Mundwinkel klemmend, starte ich den Motor und fahre los. Im Augenwinkel sehe ich, wie sich der Vorhang bewegt. Doch ich bin schon zu weit weg, sodass ich Avas Gesicht nicht mehr erkennen kann. Storm hat recht, ich muss sie beschützen. Notfalls auch vor mir selbst. Unruhig peile ich den Highway an.

Ich brauche jetzt Fahrtwind, Weite und Abstand.

Mein Bike frisst die Meilen, ich fahre Richtung Osten, dem Sonnenaufgang entgegen.

Je höher die Geschwindigkeit, je klarer die Gedanken.

Das Leben ist hart. Ich bilde mir nicht ein, dass mein Mädchen wieder in Big Lake ist, weil sie Heimweh hatte, sondern weil sie höchstwahrscheinlich eine Ladung Bullshit mit sich herumzieht und sich hier verstecken will. Wollen wir hoffen, dass ihr dieser Ärger an den Fersen klebt. Es würde mir entgegenkommen, wenn der Pisser, der sie geschlagen hat, hier auftaucht. Das würde mir die Arbeit ersparen, ihn suchen zu müssen.

Bei einhundertsechzig Sachen verschwimmt die Umgebung, ich werde ruhiger, fokussiere mich auf das Wesentliche und akzeptiere die Tatsache, dass Ava wieder zurück ist. Dieses Mal werde ich höchstpersönlich dafür sorgen, dass sie nicht wieder über Nacht verschwindet.

4. Kapitel

Ava

Noch bevor das dunkle Brummen der Harley ertönt, verrät mir mein Instinkt, dass ich beobachtet werde. Neugierig ziehe ich den Vorhang beiseite und riskiere einen Blick nach draußen. Im Chrom des Motorrads bricht sich das schwache Licht der Straßenlaterne.

Trotz der Dunkelheit weiß ich sofort, wer da vor meinem Haus steht und mich beobachtet: Paxton! So nah wie in diesem Augenblick waren wir uns seit einer Ewigkeit nicht mehr. Trotzdem kommen mir die paar Meter unüberwindbar vor. Weder kann ich den Ausdruck in seinen Augen noch die markanten Umrisse seines Gesichts erkennen, dennoch stehe ich kurz vor einem Kollaps. Meine Nervenbahnen vibrieren, mein Puls schnellt in die Höhe.

Warum ist er hergekommen? Was macht er hier?

Weshalb sitzt er einfach nur da und beobachtet mich, anstatt an der Türe zu klopfen? Noch bevor ich weiß, wie ich mich verhalten soll, gibt er auch schon Gas und fährt davon.

Das fast schon wütende Knurren seines Bikes hallt in meinem Bauch wider. Ich sehe dem einzigen Mann, den ich jemals wirklich geliebt habe, so lange nach, bis das Rücklicht seines Motorrads um die nächste Kurve verschwunden ist.

Die Begegnung hat nur wenige Sekunden lang gedauert, doch diese kurze Zeit hat ausgereicht, um mir die Knie weich werden zu lassen.

Unruhig gehe ich auf und ab, knete meine Finger und wäge meine Möglichkeiten ab.

Storm hat meine Bitte, meine Anwesenheit zu verschweigen, also wie erwartet ignoriert.

Das ist nicht sonderlich überraschend, schließlich hat er mir ja gleich klargemacht, dass er vor seinem Präsidenten keine Geheimnisse hat.

Dieses neue Amt muss Paxton mit viel Stolz erfüllen.

Der Hell's Fire Motorcycle Club war schon immer sein Lebensinhalt. So sehr er Luthor auch geliebt hat, bin ich mir sicher, dass es ihn extrem glücklich macht, das Präsidenten-Patch zu tragen. Auch wenn ich schon lange Zeit nichts mehr mit dem MC zu tun habe, weiß ich, dass Paxton ein gnadenloser, jedoch sehr guter Anführer sein wird. Unruhig wie ich bin, beschließe ich noch, eine Runde spazieren zu gehen, ehe ich mich schlafen lege.

Es mag zwar sein, dass ich dieses Haus geerbt habe und dass es rechtlich mir gehört, dennoch fühlt es sich nicht so an. Es ist das Haus meines Vaters und daran wird sich auch nie etwas ändern. Darum schlafe ich auch nicht im großen Hauptschlafzimmer, sondern in dem kleinen Bett in meinem ehemaligen Kinderzimmer.

Mit den Gedanken ganz woanders, schlüpfe ich in meine Schuhe und ziehe mir eine Jacke an. Ich brauche frische Luft, sonst ersticke ich. Egal wo ich hinsehe, egal was ich anfasse, alles erinnert mich an meinen Dad. Mir ist klar, dass ich einiges wegwerfen muss, das Problem ist nur, dass ich mir so vorkomme, als ob ich nicht das Recht dazu habe. Irgendwie ist das alles ziemlich kompliziert, und die Tatsache, dass Paxton mich gerade beobachtet hat, macht alles nur noch schwieriger.

Zum ersten Mal kommen mir Zweifel. Vielleicht war es doch nicht so besonders klug, nach Big Lake zurückzukommen? Verärgert schüttle ich den Kopf und ziehe die Haustüre hinter mir zu. Es ist ja nicht gerade so, dass ich viele Möglichkeiten gehabt hätte. Ich musste weg von Chicago – schnellstens. Mein Konto war leer und James hinter mir her. Hoffentlich macht sich mein Ex nicht früher oder später auf den Weg nach Big Lake. Sollte er hier auftauchen, erfährt Paxton, dass ich mich auf einen Cop eingelassen habe. Was ihn garantiert ausrasten lassen wird. Und wenn dann noch herauskommt, dass mich ausgerechnet einer der angeblich Guten verprügelt hat, wird der Böse kein Halten mehr kennen und einen Polizistenmord begehen.

Herr Gott! Wann ist mein Leben eigentlich zu so einer Katastrophe geworden? Ich komme mir so vor, als würde ich in einem Labyrinth aus Problemen feststecken. Und je verzweifelter ich den Ausweg suche, umso tiefer verrenne ich mich in all den Irrungen und Wirrungen, die mich zu verschlucken drohen.

Wenn ich nicht aufpasse, verliere ich mich in all dem Chaos, und es gibt niemanden, dem ich genug bedeute, damit er sich auf die Suche nach mir machen würde. Ich bin allein, ganz allein. Dass Paxton für ein paar Minuten vor dem Haus auf der Straße gestanden hat, ändert nichts daran. Ich meine, verdammt! Ich bin ihm nicht mal wichtig genug, dass er absteigt und klopft. Tränen verschleiern mir die Sicht, außer mir ist zu dieser späten Stunde niemand unterwegs. Zum Glück. Noch so eine Begegnung mit Tess der Tussi verkrafte ich heute nicht mehr. Ein feuerwehrroter Pick-up kommt mir auf der anderen Straßenseite entgegen. Kaum dass er ein paar Meter an mir vorbei ist, stoppt er, wendet und fährt auf mich zu.

Scheiße! Was soll das? Es würde ganz gut zu meiner Pechsträhne passen, wen ich dem einzigen Frauenmörder im Umkreis von 1000 Meilen direkt in die Arme gelaufen wäre.

Ein freudloses Lachen steigt in mir hoch. Wer auch immer es ist, ich werde nicht davonlaufen, ich habe es satt, immer auf der Flucht zu sein.

Schlussendlich ist meine Sorge unbegründet, denn niemand geringerer als Storm lässt die Scheibe herunter und sieht mich zornig an. Seltsam, bei unserer letzten Begegnung war er auch schon sauer er auf mich. Das wird wohl zur Gewohnheit.

„Was soll das werden, Ava?"

Ich überhöre seine Frage einfach.

„Stalkst du mich?"

Zwischen seinen Augenbrauen bilden sich zwei tiefe Falten.

„Warum zum Teufel gehst du alleine und im Dunkeln durch die Gegend?"

Offensichtlich sind wir beide nicht in der Stimmung, Antworten zu geben.

„Weil ich es kann!"

Eine Art Grunzen von sich gebend, tritt er auf die Bremse.

„Steig ein."

„Wenn ich mit dem Auto hätte fahren wollen, dann hätte ich meins genommen. Aber ich will laufen. Also, nein danke."

Wir starren uns an, so langsam wirkt er so richtig wütend. Aber warum? Weil ich eine Runde durch die Gegend laufe? Wohl kaum.

„Hast du eine Waffe bei dir?"

Seine Frage überrascht mich.

„Nein, natürlich nicht. Warum sollte ich auch. Ich bin in Big Lake und nicht in der Bronx."

Seine Lippen verziehen sich zu einem schiefen Grinsen.

„Ach und was soll das bedeuten? Dass es hier keine Kriminellen und keine Mörder gibt?"

Wirklich sehr witzig! Diese Anspielung auf sich selbst und den Club hätte er sich sparen können.

„Ich bezweifle, dass mir jetzt ein Serienkiller begegnen wird. Also sei beruhigt und fahr weiter, Storm."

Die Belustigung rutscht ihm aus dem Gesicht.

„Du stehst gerade einem gegenüber!"

Ach du heilige Scheiße!

Spätestens jetzt sollte ich mich wohl fürchten. Doch ich tue es nicht. Im Gegenteil, ich fühle mich bei diesem Biker absolut sicher. Ich beschließe, über etwas anderes mit ihm zu reden.

„Warum fährst du nicht auf deinem Motorrad? Vier Reifen sind doch eher untypisch für dich."

Sich eine Zigarette anzündend, nimmt er einen tiefen Zug, ehe er sie mir durch das Fenster reicht.

„Glaube mir, Süße, du willst nicht wissen, was auf der Ladefläche liegt."

Damit hat er wahrscheinlich recht.

Nicht sicher, was ich darauf erwidern soll, unverfängliche Themen gibt es im Augenblick wohl nicht, halte ich die Klappe.

„Hör zu. Es ist nicht so ungefährlich für dich, wie du denkst. Vertraue mir und lass dich von mir nach Hause fahren. Bitte, Ava."

Der Klang, den seine Stimme angenommen hat, verunsichert mich.

„Was läuft hier?"

Storm zuckt mit den Schultern.

„Clubangelegenheiten! Du weißt, wie es läuft. Verzichte zukünftig bitte auf einsame, nächtliche Spaziergänge und du bist save."

Dank des mulmigen Gefühls, das sich in meinem Bauch ausbreitet, werfe ich meine Sturheit über Bord und steige zu ihm in den Wagen.

„So langsam kommt es mir so vor, als würde mich meine Vergangenheit einholen."

Storm stibitzt mir die Zigarette aus dem Mund und fährt weiter.

„Was meinst du damit?"

Ich meide seinen neugierigen Blick und sehe stattdessen aus dem Seitenfenster.

„Na ja. Erst treffe ich dich, dann steht Paxton vor meinem Haus und nun sitze ich bei dir im Wagen und will absolut nicht wissen, was hinten auf dem Pick-up liegt. Fühlt sich irgendwie so an wie früher."

Mir seine große, warme Hand aufs Knie legend, setzt er den Blinker.

„Was hast du erwartet? Du bist zurück?"

Gute Frage.

„So weit habe ich nicht gedacht. Ich wollte einfach nur raus aus Chicago und möglichst weit weg von James."

Erst als ich den Namen meines Ex ausgesprochen habe, bemerke ich meinen Fehler.

„Ist das der Wichser, der dich geschlagen hat?"

„Fahr mich einfach heim, ja? Alles andere ist viel zu kompliziert für ein schnelles Gespräch in einem Auto."

Mir die Kippe zurückgebend, schaltet er das Radio ein. Die rauchige Stimme einer Frau hallt durch die Fahrerkabine.

„Ich hab die ganze Nacht Zeit, wenn es sein muss!"

Mist! Ich habe ganz vergessen, wie hartnäckig Storm sein kann.

Die restliche Fahrt verläuft schweigend, erst als wir in meiner Einfahrt stehen, nimmt er unser Gespräch wieder auf.

„Du sagst, Paxton war bei dir?“
„Ja, er stand einfach nur am Straßenrand und hat das Haus angestarrt.“
Täusche ich mich oder wirkt er plötzlich sehr zufrieden?
„Soll ich noch mit reinkommen?“
Ich denke kurz über sein Angebot nach, lehne aber dankend ab.
„Egal wie vertraut sich das alles anfühlt. Die Zeiten haben sich geändert. Wir können nicht einfach da weitermachen, wo es damals aufgehört hat. Das musst du verstehen, Storm.“
Seine Mundwinkel zucken, er wirkt traurig und müde. Ich betrachte die Schlange, die er sich auf die Stirn hat tätowieren lassen. Sie sieht aus wie eine Kobra – echt unheimlich.
„Warum musstest du eigentlich dein ganzes Gesicht mit diesen schwarzen Bildchen vollpflastern? Hat der Rest deines Körpers nicht gereicht?“
Mit den Fingern aufs Lenkrad trommelnd, zieht er sein vibrierendes Handy aus der Hosentasche.
„Das war der einzig noch freie Platz.“
„Du verarschst mich? Was ist mit deinem Hintern?“
Jetzt lacht er tatsächlich laut auf.
„Willst du ihn sehen, Süße?“
Oh nein, ganz bestimmt nicht.
„Ich habe mich einmal auf einen von euch eingelassen. Noch mal passiert mir das nicht. Ich bin ein schlaues Mädchen, ich lerne aus meinen Fehlern. Mit Bikern jeglicher Couleur bin ich durch! Danke für das Angebot.“
Was ich gesagt habe, scheint ihm nicht zu gefallen. Jegliche Erheiterung ist aus seiner Mimik gewichen. Jetzt wirkt er ernst, hart und ganz wie der Rocker, der er nun mal ist.
„Der einzige Fehler, den du begangen hast, ist der, dass du damals nicht auf deinen Mann gewartet, sondern ihn sitzengelassen hast, als er dich gebraucht hat!“
Das dunkle Grollen, zu dem seine Stimme geworden ist, lässt mich erschaudern. Der Vorwurf ist klar und deutlich herauszuhören.
„Danke fürs Heimfahren.“
Die Türe öffnend, springe ich regelrecht aus dem Pick-up und eile zur Türe. Ich spüre Storms Blick auf meinem Rücken. So wütend er gerade auch auf mich sein mag, er wartet dennoch, bis ich im Haus und sicher bin.
Oh verflucht – es ist wirklich ganz genau wie früher ...

5. Kapitel

Paxton

Als ich am Ortsschild vorbeifahre, ist es bereits taghell. Mein Schädel brummt und meine Schultern schmerzen. Die letzten Stunden habe ich nichts anderes getan, als nachzudenken, und trotzdem bin ich zu keinem endgültigen Entschluss gekommen.

Avas Rückkehr bringt alles durcheinander – einschließlich mich.

Bis Storm mit ihrem Background-Check fertig ist, werde ich auf Abstand bleiben. Doch um ihre Sicherheit zu garantieren, werde ich den letzten verbleibenden Prospect auf Ava ansetzen. Vielleicht finde ich so heraus, was genau sie vorhat und aus welchem Grund sie wieder da ist.

Klar, es wäre leichter, sie einfach zu fragen, doch das wäre keine gute Idee!

Holy Bullshit! Sobald ich in ihre Nähe komme, werde ich durchdrehen, und genau das muss ich vermeiden.

Müde fahre ich auf das Gelände des Clubs. Es fällt mir immer noch schwer zu realisieren, dass ich jetzt der Boss von alldem bin. Die enorme Verantwortung fühlt sich gut an, ich werde alles in meiner Macht Stehende tun, um den MC zu schützen. Die ehemalige Autoreifenfabrik ist der perfekte Unterschlupf für uns. Der große, viereckige Betonkasten bietet ausreichend Platz und eine hohe Sicherheit.

Im unteren Bereich liegen nicht nur der Hauptraum und die Bar, in der die meisten Partys stattfinden, sondern auch die Büros, Lagerräume und der abhörsichere Besprechungsraum, in dem die wichtigsten Entscheidungen getroffen werden. Der erste Stock hingegen ist in zwei Wohnungen und mehrere Gästezimmer unterteilt. Direkt nach dem Knast bin ich dort eingezogen. Luthor hat dort ebenfalls gewohnt. Jetzt steht seine Bleibe leer. Die alte Fabrik befindet sich etwas abseits von Big Lake direkt am *Highway 10,* der parallel zum Mississippi River verläuft. Bei eventuellen Notfällen sind wir also nicht gezwungen die engen Straßen der Stadt zu nutzen, sondern können direkt Vollgas geben. Das ist gut für uns. In der Vergangenheit ist es schon mehrfach vorgekommen, dass der eine oder andere Member vorm FBI flüchten musste.

Luc, unser verbleibender Prospect, der zusammen mit Milo den heutigen Wachdienst übernommen hat, öffnet mir das Tor, sodass ich das Gelände passieren kann.

Noch bevor ich abgestiegen bin, kommt Raven, der Vize unseres Clubs, auf mich zu.

Er wirkt angespannt – etwas muss während meiner Abwesenheit passiert sein.

Den Helm über den Lenker hängend, nicke ich ihm grüßend zu und warte, bis er bei mir ankommt.

„Was los, Bro?“

„Pit wurde gefunden. Seine Überreste wurden direkt vor'm Polizeirevier aus einem fahrenden Auto geworfen.“

Heilige Scheiße!

„Die Botschaft kann schlecht missverstanden werden.“

Raven nickt.

„Allerdings! Deputy Salaries will dich sprechen. Er hat einige Fragen.“

Und wie er die hat. Es kommt schließlich nicht alle Tage vor, dass den Cops ein toter Member vor die Füße geschmissen wird.

„Der Wichser hat mir gerade noch gefehlt.“

„Er ist ziemlich angepisst. Will unbedingt wissen, warum das nun schon die zweite Leiche innerhalb kürzester Zeit ist, der die Augen ausgestochen wurden und die zum Club gehört. Denk dir schon mal 'ne schöne Geschichte aus, Präs.“

Fluchend steige ich vom Bike, fahre mir durch die Haare und binde sie mit einem Gummi zusammen. Nicht zum ersten Mal spiele ich mit dem Gedanken, sie abschneiden zu lassen. Seit ich aus dem Knast gekommen bin, habe ich sie wachsen lassen, mittlerweile sind sie schulterlang.

„Sei ein guter VP und jag mir zwei Kugeln in den Kopf. Dann musst du dich mit dem ganzen Dreck auseinandersetzen.“

Er lacht.

„Ist nicht leicht, König zu sein, was?“

„Scheiße, nein!“

Zusammen betreten wir den Club, wie zu erwarten ist um die Uhrzeit nicht viel los.

„Fährst du gleich zum Deputy?“

„Erst mal hau ich mich aufs Ohr. Die nächsten acht Stunden sind meine Probleme deine Probleme. Danach sehen wir weiter. Dieser dumme Bulle soll sich bloß nicht aufspielen. Leichen passieren.“

Raven verschwindet hinter der Bar, schaltet die Kaffeemaschine ein und stellt eine Tasse unter den Auslauf.

Gähnend mache ich mich auf den Weg nach oben, verschwinde in meiner Wohnung und steige unter eine kalte Dusche. Erst als sich mein Gesicht taub anfühlt, lasse ich mich ins Bett fallen und schlafe innerhalb von Sekunden ein. *Was ein Pech ...* Wenn ich vorher gewusst hätte, dass ich von Ava träumen werde, wäre ich wahrscheinlich lieber zu Salaries gefahren. Dieser Deputy ist zwar total übermotiviert, jedoch nicht der

Hellste. Dem könnte man ein Dutzend Beweise, den Täter und ein Motiv vor die Türe kippen und er würde den Fall nicht lösen.

Sieben Stunden später, nachdem mich mein Traum fünf Jahre zurückversetzt und somit in Avas Bett gelegt hat, wache ich auf und fühle mich beschissener als zuvor.

Diese verdammte Frau treibt mich in den Wahnsinn.

Genervt stehe ich auf, ziehe mich an und mache mich auf den Weg nach unten. Für Storm will ich hoffen, dass er letzte Nacht bereits damit angefangen hat, Ava zu durchleuchten. Ich muss wissen, warum sie zurückgekommen und was ihr in den letzten Jahren passiert ist. Die Wahrscheinlichkeit, dass sie mit den *Bloods* gemeinsame Sache macht, ist minimal. Dennoch ist es möglich. Diese Frau hat mich schon einmal verraten, ein weiteres Mal wird ihr das nicht gelingen. Laut den Psychodocs leide ich unter einer paranoiden Schizophrenie. Bei dem paranoid werde ich ihnen nicht wiedersprechen, bei schizophren hingegen ... *Fuck!*

Mit einem Kaffee in der einen und einer Kippe in der anderen Hand, setze ich mich an den Schreibtisch. Noch bevor ich Storm eine Nachricht schicken kann, sticht mir eine braune Mappe, die gestern noch nicht da gelegen hat, ins Auge. Neugierig stelle ich die Tasse ab und klappe sie auf. Dutzende Bilder von Ava fallen mir entgegen, manche sind verwackelt, andere wiederum wirken wie aus der Vogelperspektive. Es ist deutlich zu erkennen, dass der Fotograf in Eile war und dass Ava nicht wusste, dass jemand von ihr Bilder gemacht hat. Die Aufnahmen stammen aus einem längeren Zeitraum. Wer auch immer sie gemacht hat, war äußerst beharrlich. Die letzten drei Bilder sind Nahaufnahmen, Porträts. Ava liegt schlafend in ihrem Bett, die Decke ist verrutscht, sodass ein Stück ihrer schmalen Schulter zu sehen ist. Sie wirkt verletzlich, klein und schutzlos. Wer auch immer hinter der Kamera gestanden hat, er kam ihr verdammt nah – zu nah. Ich tippe, dass er in ihre Wohnung eingebrochen ist. Ob sie wusste, dass sie gestalkt wurde? Ist das der Grund, aus dem sie zurück nach Big Lake gekommen ist? Eine eiskalte Wut steigt in mir auf, mein inneres Ich fletscht die Zähne und gibt ein wildes Knurren von sich. Es fordert den Tod des Mannes, der es gewagt hat, sich an unser Mädchen ranzumachen. *Fuck!* Es fällt mir schwer, ruhig zu bleiben und weiterhin rational zu denken.

Wir werden ihn bei lebendigem Leib aufschlitzen und ihm das Herz aus der Brust reißen!

Äußerst blutrünstig. Trotzdem kann ich in diesem Fall meinem Dämon nur zustimmen.

Die Bilder zur Seite legend, betrachte ich das letzte, das, auf dem Ava friedlich schläft, für eine Weile, schließe die Augen und rufe mir ihren Geruch in Erinnerung. Ich weiß noch ganz genau, wie seidig ihr Haar, wie weich ihre Lippen und wie süß ihre Pussy ist.

Wenn einer nachvollziehen kann, dass man von dieser Frau besessen ist, dann bin ich das. Erst als ich mir jedes Detail eingeprägt und in mein Hirn gebrannt habe, stecke ich das Foto in meine Tasche und lese mir die vielen Dokumente und Notizen durch.

Eines muss ich Storm lassen, seine Recherche war verdammt gründlich. Ein Polizeibericht sticht mir ins Auge, noch bevor ich ihn und die dazugehörige Krankenakte lesen kann, klopft es an der Türe und Raven betritt mein Büro.

„Salaries steht vorm Tor. Soll ich Milo sagen, dass er ihn aufs Gelände lassen soll?"

Da ich mich früher oder später den bescheuerten Fragen des Deputys stellen muss, beschließe ich, es lieber gleich hinter mich zu bringen. Das Letzte, was ich gebrauchen kann, ist, dass er sich an der Sache festbeißt und das nächste Mal mit einem Durchsuchungsbefehl und einem Sondereinsatzkommando anrückt.

Fluchend lege ich die Mappe beiseite, trinke den Kaffee aus, zünde mir eine neue Lucky an und lehne mich zurück.

„Schick ihn rein!"

Wollen wir doch mal sehen, was der alte Salaries bereits ermittelt hat.

Dieser Bulle ist einfach nur unterbelichtet. Dem Rechtssystem habe ich noch nie vertraut. Und dieser Deputy ist der beste Beweis dafür, dass es absolut unfähig ist.

Ich gehöre zu der Sorte von Mann, die sich selbst um ihre Gerechtigkeit kümmert. Salaries sollte aufpassen, dass er mir dabei nicht im Weg steht. Sollte er mir in die Quere kommen, werde ich ihn beseitigen. Flankiert von Raven klopft besagter Idiot gegen die offen stehende Tür.

„Paxton?"

Mit einer Handbewegung gebe ich meinem VP zu verstehen, dass er sich schleichen kann. Schadenfroh pfeifend verschwindet er den Gang entlang. *Wichser!*

„Setzen sie sich!"

Salaries wirkt unsicher, sieht sich hektisch um und kommt schlussendlich meiner Aufforderung nach.

Mir fällt auf, dass der Druckknopf, mit dem seine Dienstwaffe eigentlich im Holster befestigt ist, gelöst wurde. *Nett!* Denkt dieser Trottel wirklich, dass ihm diese lächerliche Vorsichtsmaßnahme im Ernstfall den Arsch rettet?

Er kommt sich offensichtlich vor wie der Fuchs im Wolfsbau.
„Was oder wem verdanke ich ihren Besuch?“
Verärgerung blitzt in seinen Augen auf.
„Das können sie sich durchaus denken.“
Nicht bereit, es ihm leicht zu machen, stelle ich mich dumm.
„Nein. Sagen sie es mir.“
Meinen Blick erwidernd, zieht er sein Handy hervor, tippt darauf herum und legt es mitten auf den Schreibtisch. Ich nehme es, sehe mir an, was Salaries mir zeigen will.
Das bleiche, bereits verwesende Gesicht unseres toten Prospects betrachtend, verbiete ich mir jede Reaktion. Denn genau auf die hofft dieser Cop. Er ist hier, um herauszufinden, was ich weiß und inwieweit ich in diese Angelegenheit involviert bin.
Getrocknetes Blut, leere Augenhöhlen und ein langer Schnitt, der sich von der Stirn bis hinab zum Mundwinkel zieht. Er wurde gefoltert. Die *Bloods* wollten Infos von ihm, keine Ahnung, ob sie es geschafft haben, ihn zu brechen und zum Reden zu bringen. Pit war hart im Nehmen. Dennoch besteht durchaus die Möglichkeit, dass sie ihn zum Reden gebracht haben. Ich kenne nur wenige Männer, denen ich zutrauen würde, dass sie das Maul halten, obwohl ihnen die Augen ausgestochen werden.
Fuck! Der Drang aufzuspringen und auf irgendetwas einzuschlagen wird beinahe übermächtig. Doch ich beherrsche mich, bleibe reglos sitzen und lege das Telefon wieder zurück.
„Sieht nicht nach einem Unfall aus.“
„Wollen sie mich verarschen, Paxton?“
Sein Ausbruch verrät mir, dass er keine Spur und keine Ahnung davon hat, was hier abgeht. Sehr schön! Die *Bloods* gehören mir. Wenn ich mit ihnen fertig bin, kann der Deputy ihre Einzelteile aufsammeln und in diese kleinen Plastiktüten packen, auf die die Spurensicherung so geil ist.
„Das ist der zweite Tote, dem die Augen fehlen. Erst wurde ihr Vorgänger so zugerichtet und nun einer ihrer Lehrlinge. Das ist kein Zufall. Also, was ist hier los?“
Lehrling? Selbst nach all den Jahren hat dieser Cop keine Ahnung von der Hierarchie unseres Clubs.
„Sagen sie es mir. Sie sind der Polizist. Ich bin nur ein Mechaniker.“
Die Augen zu Schlitzen verengend, springt er auf.
„Wollen sie wissen, was ich glaube, was hier passiert ist?“
Gespannt, zu welchen Schlüssen er gekommen ist, nicke ich.

„Natürlich."
„Gut. Für mich wirkt es wie eine Umstrukturierung. Sie wollten der Boss werden, haben ihren Vorgänger beseitigt und wurden dabei gesehen. Der Lehrling hat sie dabei beobachtet und wollte sie nun erpressen, was ihn ebenfalls das Leben gekostet hat. Was ich aber nicht verstehe, ist, warum sie die erste Leiche nicht im Wald verscharrt, sondern die Polizei gerufen haben, und warum sie den toten Jungen vor dem Revier aus dem Auto haben fallen lassen." Er macht eine kurze Pause, versucht mich finster anzustarren, was schiefgeht und eher so aussieht, als hätte er Bauchkrämpfe, dann spricht er weiter.

„Entweder sind sie so arrogant zu glauben, dass sie keine Fehler machen und wir ihnen die beiden Morde nie nachweisen können. Oder aber sie versuchen, den Verdacht von sich abzulenken."

Bloody Hell! Dieser Wichser ist ja noch bescheuerter, als ich dachte!

Gelangweilt stehe ich nun ebenfalls auf, sodass er nicht mehr auf mich herab- sondern zu mir aufsehen muss. Sofort schnellt seine Hand zu seiner Waffe. Belustigt runzle ich die Stirn und warte ab, was nun kommt.

„Fühlen sie sich bedroht, Deputy?"

Darauf sagt er nichts, ist auch nicht nötig. Der Killer in mir kann seine Furcht wittern. Er wäre so eine leichte Beute. So klein und schwach ist das Einzige, was ihm ein winziges bisschen Macht verleiht, die Dienstmarke, die er gut sichtbar an seinem Gürtel trägt. Wenn er wüsste, wie wenig mich dieses Silber beeindruckt, hätte er längst seine Knarre gezogen und den Finger am Abzug.

„Fühlen sie sich nicht zu sicher, Paxton. Ich bin ihnen auf der Spur!"

Soll das ein Witz sein?

„Gut zu wissen. Ich werde zukünftig kleinere Schritte machen, damit sie mir folgen können."

Vor Wut schnaubend, hält er mir seinen ausgestreckten Zeigefinger entgegen. Fehlt nur noch, dass er damit droht, es seiner Mum zu sagen.

Ohne ein weiteres Wort dreht er sich um und stapft aus dem Büro.

Den Kopf schüttelnd, lasse ich mich zurück auf meinen Sessel fallen, hole eine Lucky aus der Schachtel und zünde sie an.

Seine Theorie, dass ich Luthor ermordet habe, um so an das Amt des Präsidenten zu kommen, ist so weit von der Wahrheit entfernt wie nur irgend möglich. Soll er mich ruhig weiter verdächtigen. Das garantiert mir, dass er nicht zufällig meine Pläne durchkreuzt.

Das Dossier über Ava wieder zur Hand nehmend, überspringe ich die Fotos dieses Mal und beginne damit, den Polizeibericht über den Verkehrsunfall, den sie hatte, durchzulesen. Mein Blick fällt auf das

Datum, das Blut gefriert mir in den Adern. Der Crash ist an dem Tag passiert, an dem sie aus Big Lake abgehauen ist und mich verlassen hat. Ich lese mir alles genau durch und erinnere mich dabei unweigerlich daran, wie es war, als wir uns bei meinem Haftantritt voneinander verabschiedet haben.

Ja, sie war traurig, durcheinander und hat ohne Ende geheult, aber verdammt, ich wäre nie auf die Idee gekommen, dass sie anschließend in den Ford ihres Vaters steigen und auf Nimmerwiedersehen verschwinden würde.

Erst als sie weder auf meine Briefe reagiert noch zu den Besucherterminen gekommen ist, habe ich kapiert, dass da was nicht stimmt.

Schlussendlich war es Luthor, der mir gesagt hat, dass mein Mädchen weg ist.

Er hatte mir angeboten, sie aufzuspüren und zurückzuholen, doch das wollte ich nicht.

Dass sie mich ohne ein Wort der Erklärung verlassen hat, hat mich hart getroffen. Ich war wütend, gekränkt und eingesperrt. Also habe ich meinem Präsidenten gesagt, dass er sie ziehen lassen soll. Bis jetzt bin ich mir nicht sicher, ob das die richtige Entscheidung war.

Den Bericht umblätternd, überfliege ich die beiliegende Krankenakte. Ich komme nicht weit, ehe ich nun schon zum zweiten Mal von Raven unterbrochen werde.

„Präs, wir haben ein Problem!“

Dieser Tag beginnt gerade so richtig scheiße zu werden.

„Was, verdammt? Was ist so verflucht wichtig, dass ich nicht fünf Minuten meine Ruhe haben kann, um diesen Bericht fertig zu lesen?“

Mein Vize wirkt verärgert und belustigt zugleich.

„Luc hat sich beim Reinigen seiner Waffe den großen Zehen abgeschossen. Der steckt jetzt in seinem Stiefel fest und wir bekommen ihn nicht raus.“

Echt jetzt?

Ungläubig reibe ich mir mit den Händen über das Gesicht und frage mich, ob sich dieser MC langsam, aber sicher in ein Irrenhaus verwandelt.

„So ein Vollidiot. Um was für eine Knarre geht es? Die registrierte oder die andere?“

Raven wirkt unsicher.

„Keine Ahnung. Wieso?“

„Ganz einfach, wenn es die registrierte war, kann er ins Krankenhaus gebracht werden. Packt ’ne Ladung Eiswürfel in den Stiefel, vielleicht kann das Ding, wenn es gekühlt wurde, wieder angenäht werden. Sollte es sich aber um die inoffizielle Waffe handeln, hat der Trottel Pech gehabt. Dann schmeißt du den Schuh samt Zeh in die Tonne und rufst den Clubarzt, damit er die Wunde versorgt und zunäht."

Endlich scheint mein VP verstanden zu haben, wovon zur Hölle ich rede. Hat ja lang genug gedauert ... Bei Schusswunden sind die Kliniken verpflichtet, die Bullen zu informieren. Das Letzte was ich brauche, ist, dass Salaries erneut hier auftaucht und Fragen stellt. Er würde garantiert die Waffe ausgehändigt haben wollen und das kann ich, wenn es um die Glock mit der weggeätzten Seriennummer geht, nicht zulassen. Mit dieser Pistole wurden schon so einige Morde begangen. Ich muss verhindern, dass diese dem Club zugeordnet werden kann. Diese ganzen forensischen Tricks, die die Bullen heutzutage draufhaben, sind echt Mist. Früher, zu Jack the Rippers Zeiten, war alles einfacher. Keine Fingerabdrücke, keine DNA und keine Ballistik. Heute kann jede Hülse der Waffe, mit der sie abgefeuert wurde, zugeordnet werden.

Und die, mit der sich unser bescheuerter Prospect gerade verkrüppelt hat, wurde oft verwendet. Luc ist ein netter Kerl, aber er müsste sich schon stark weiterentwickeln, damit er nach Ablauf des Jahres sein Full Patch bekommt. Bei Pit sah das anders aus, der hatte echt Eier. *Fuck!* Die *Bloods* haben definitiv den falschen Prospect gekillt.

„Was liest du da eigentlich? Kochrezepte?"

Über seinen eigenen Witz lachend, wirft er einen Blick auf die aufgeschlagene Mappe.

Ich lege meine Hand auf den Bericht und werfe Raven einen warnenden Blick zu.

„Verschwinde und kümmere dich um den im Stiefel feststeckenden Zeh."

Er brummt etwas, lässt mich jedoch endlich wieder allein.

Keine Ahnung wie Luc so dumm sein konnte, sich selbst anzuschießen. Ich habe ihm ein Dutzend Mal erklärt, dass er nicht nur das Magazin entfernen, sondern auch prüfen soll, ob noch eine Kugel im Lauf steckt.

Wie heißt es so schön? Wer nicht hören will, muss fühlen! Vielleicht ist ihm das abgetrennte Körperteil ja eine Lehre und er ist zukünftig vorsichtiger. Wenn nicht? Dann soll er sich die nächste Kugel bitte gleich ins Hirn jagen, dass würde uns allen jede Menge Ärger und Zeit sparen!

Der Umgang mit jeder Art von Waffen ist in unserer Welt lebenswichtig.

„Hey Großer, wie wäre es mit ein bisschen Spaß?"

Lola, die Bitch, die ich seit ein paar Wochen ficke, kommt mit wiegenden Hüften auf mich zu, setzte sich, ohne meine Antwort abzuwarten, auf den Schreibtisch und stellt ihre Füße auf den Lehnen meines Sessels ab, sodass ihr kurzer Minirock nach oben rutscht. Wie üblich trägt sie keine Unterwäsche. Ein Umstand, der mir freie Sicht auf ihre glattrasierte Pussy ermöglicht.

Ihre geöffneten Knie etwas weiter auseinanderdrückend, lasse ich zu, dass sie mich küsst. Geschickt wühlt sich ihre Zunge durch meinen Mund. Mit den Händen durch meine Haare fahrend, leckt sie sich an meinem Kiefer nach unten, saugt sich an meinem Hals fest und stöhnt zufrieden.

„Ich will, dass du mich fickst!"

Das will sie des Öfteren. Diese Bitch ist unersättlich – kann nie genug von meinem Schwanz bekommen. Für mich kein Problem. Was gibt es Besseres als ein feuchtes und stets geiles Fötzchen?

Es wartet unfassbar viel Arbeit auf mich, aber zehn Minuten werde ich erübrigen können. Sex hat noch immer dabei geholfen, meine Stimmung zu heben. Schnell löst sie meinen Gürtel, öffnet mir die Hose und umfasst eine Sekunde später meine Erektion.

„Uhhh ... du bist hart."

„Das ist die Grundvoraussetzung. Das solltest du als Bitch eigentlich wissen."

Gespielt wütend boxt sie mir gegen die Schulter, packt meinen Schwanz fester und reibt mit dem Daumen über den Schlitz an der Spitze.

„Du weißt, dass ich es nicht mag, wenn du mich so nennst."

Ja, das tue ich, aber das ist mir egal. Eine Bitch ist eine Bitch. Es gehört zu meinen Angewohnheiten, die Dinge beim Namen zu nennen.

„Willst du zicken oder willst du es besorgt bekommen?"

Sie denkt kurz nach und grinst frech.

„Beides!"

Typisch ...

Ihrer Mitte einen Klaps verpassend, lache ich zufrieden auf, als sie gepeinigt zusammenzuckt und gleite mit zwei meiner Finger in ihren engen Kanal.

Erst werde ich sie ficken, dann wegschicken und anschließend widme ich mich wieder dem Bericht über Ava und dem Unfall. Danach prüfe ich, was mit dem zehenlosen Deppen los ist, und dann kann ich mich endlich an die Arbeit machen.

Ein Krieg ist eine kostspielige Sache. Ich werde nicht zulassen, dass wir von den *Bloods* besiegt werden, nur weil uns das Cash ausgeht.

Wieder und wieder stoße ich in Lolas glitschige Muschi, erst als es sich so anfühlt, als würden meine Eier gleich platzen, entziehe ich ihr meine Finger, stehe auf und ziehe mir die Hose aus.

„Mund auf."

Mir in die Augen sehend, öffnet sie ihre pink bemalten Lippen, sodass ich mich tief in ihren Rachen stoßen kann. Heiß, eng, weich und absolut perfekt.

Jeder Mann hat eine Schwachstelle, meine sind dicke Lippen, raue Zungen und zuckende Kehlen ...

Der Winkel ist nicht optimal. Sie an den Haaren packend, reiße ich sie von der Tischplatte.

„Auf den Boden!"

Kaum dass sie vor mir kniet, beginnt sie mit meinem Schwanz zu spielen.

Mit ihren Fingern massiert sie pumpend über die komplette Länge, erhöht den Druck und lässt ihre Daumenkuppe wieder und wieder über meine Eichel gleiten.

Zischend atme ich aus. *Fuck!* Das fühlt sich so verdammt gut an. Unter halb gesenkten Lidern sieht sie zu mir rauf. Ihr heißer Atem streift über meine Haut, lässt mich erschaudern. Mit einem gierigen Stöhnen saugt sie die ersten Zentimeter meines Gliedes zwischen ihre Lippen und knabbert an dem empfindlichen Fleisch.

Heiß, nass, perfekt ...

Lutschend sorgt sie dafür, dass ich Ava und die Unterlagen, die vor mir auf dem Tisch liegen, für ein paar Augenblicke vergesse.

Ganz der Profi, konzentriert sie sich völlig darauf, mich zufriedenzustellen. Es wirkt fast so, als könnte sie sich nichts Besseres vorstellen, als genau jetzt vor mir zu knien und mir einen zu blasen.

In den Jahren, die Lola nun schon im Club rumhängt, hat sie ihre Fähigkeiten mehr als perfektioniert. Ihre spitzen Zähne schaben an meinem empfindlichen Fleisch, ehe sie mein Glied langsam, jedoch stetig, tiefer in ihre Kehle gleiten lässt.

„Braves Mädchen."

Ich streichle ihr über den Kopf, vergrabe meine Hand in ihren rötlich gefärbten Haaren und stoße mit der Hüfte vor, sodass ich noch tiefer in ihr versinke und sie gegen ihren Würgereiz ankämpfen muss.

Jetzt wird es interessant.

Ein Blowjob wird erst dann reizvoll, wenn man die Frauen aus ihrer Komfortzone katapultiert und an ihre Grenzen bringt.

Ich will, dass sie mir zu Willen sind, auch wenn sie kaum noch Luft bekommen und würgen müssen. Zur Hölle! Es macht erst dann Spaß, wenn die Bitches leiden ...

Der Druck in meinem Hirn wird stärker. Der Schizo in mir knurrt laut, fordert mich auf, so hart zuzustoßen wie nur irgend möglich.

Die Bitch scheint zu spüren, was mit mir los ist, und erhöht gekonnt den Druck, verwöhnt mit der Zungenspitze mein Frenulum und lässt mich ihr geballtes Können spüren.

„Bloody Hell!“

Fluchend wickle ich ihre Strähnen noch etwas fester um meine Faust und stoße schnell und gnadenlos zu.

Die kleine Nutte hat kein Problem mit dem Deep Throat, sie schluckt meine Länge mit Leichtigkeit. Zufrieden beobachte ich, wie sich ihr Hals bei jedem Vorstoß ausbeult. Ich kann genau erkennen, wie weit ich in ihr stecke.

Lola ist leidensfähig, sexy und loyal! Im Gegensatz zu Ava hat sie mich noch nie verraten oder enttäuscht. Sie wäre mir auf ewig dankbar, wenn ich sie zu meinem Eigentum erklären und ihr mein Leder anziehen würde.

Doch trotz der Tatsache, dass diese Bitch perfekt zu mir passt, gibt sie mir nicht das, was ich brauche. Ja, sie zu ficken und mich an ihr auszutoben, macht Spaß. Aber sobald sie aus meiner Reichweite verschwunden ist, verschwende ich keinen weiteren Gedanken an sie. Es ist mir egal, ob sie wiederkommt oder ob sie es mit einem meiner Brüder treibt. Weder ich noch mein Dämon will sie besitzen. Keiner von uns erhebt Anspruch auf sie, wir holen uns nur die Befriedigung, die wir brauchen, und widmen uns dann wieder der Arbeit.

Klingt hart – ist aber so.

Bei Ava war das anders. Sie ist mir unter die Haut gegangen, hat mich angefixt und süchtig gemacht.

Vielleicht ist die Gleichgültigkeit, die ich für Lola empfinde, gesünder als meine Besessenheit Ava gegenüber. Trotzdem reicht mir diese Bitch nicht aus. Für den Moment ja, aber nicht für immer.

Lola krault mir die Eier, fährt mit ihren scharfen Fingernägeln über meinen Damm, streicht über meinen Schließmuskel.

Die Bitch lässt sich Zeit, sie scheint es nicht eilig zu haben, das nächste Mal durchatmen zu können.

Die Augen auf ihren Scheitel gepinnt, ramme ich mich bis zur Wurzel in ihre Kehle. Mit schwer kommendem Atem beobachte ich, wie mein Schwanz immer wieder zwischen ihren dicken Lippen versinkt.

Ein Blitz zuckt an meinem Rückgrat hinab, explodiert in meinem Unterleib.
Das Pochen in meiner Eichel wird immer heftiger. Es wird nicht mehr lange dauern, ehe ich sie meinen Saft schlucken lasse.
Ungeduldig beginne ich damit, ihren Kopf fester auf mein Glied zu drücken, während ich zeitgleich in einen schnellen Rhythmus verfalle.
Soll mich doch der Teufel holen!
Lola würgt, ihre Finger graben sich tief in meine Beine. Der Schmerz feuert mich nur noch mehr an.
Anstatt sich gegen meine Aggressivität zu wehren, überlässt sie sich ganz meiner Führung und nimmt alles, was ich ihr antue, hin.
Ich nehme keine Rücksicht auf die Tränen, die ihr jetzt über die Wangen tropfen, sondern stöhne zufrieden auf. So ist es perfekt! Allein das Wissen, dass sie das alles nur für mich erträgt, lässt mich noch härter werden.
Der Moment ist so befriedigend, dass ich mich für einen kurzen Augenblick absolut zufrieden fühle – für einen sehr kurzen. Dann fällt mein Blick auf die Mappe, in der sich die Infos über Ava befinden und die altbekannte Wut kehrt zurück.
Fluchend ramme ich mich in Lolas Mund, wühle mich durch ihre Haare und ziehe mich ein letztes Mal zurück.
„Sieh mich an."
Sofort öffnet sie die Augen und sucht meinen Blick.
Meine Eichel ruht auf ihrer Unterlippe, sie ist so geschwollen, dass sie violett schimmert.
Herausfordernd leckt Lola über die empfindlichen Konturen und summt dabei zufrieden. Meine Oberschenkel zucken.
Ohne ihren Blick freizugeben, schiebe ich mich wieder tief in ihren Hals. Ihre Kehle krampft, sie stützt sich ergeben an meinen Beinen ab – kommt mir so noch näher.
Knurrend schließe ich die Augen, stelle mir vor, dass es Ava ist, die vor mir kniet und spritze ab. Schub für Schub landet mein Sperma auf ihrer Zunge.
Ihre Schluckbewegungen massieren bis auf den letzten Tropfen alles aus mir heraus.
Ich sollte mich gut fühlen – wenn nicht jetzt, wann dann?
Aber ich tue es nicht. Das hier war nichts weiter als ein körperlicher Akt. Genau wie schlafen oder essen.
Damals mit Ava war es mehr als der Austausch von Körperflüssigkeiten.

Nicht selten versuche ich, mich an die Gefühle, die mein Mädchen in mir ausgelöst hat, zu erinnern, es gelingt mir nicht mehr und das macht mich wütend!

Lola wischt sich mit dem Handrücken über den Mund und steht auf wackeligen Beinen auf.

„Und was ist mit mir?"

Blöde Frage.

„Was sollte sein?"

„Ich wollte gefickt werden. Jetzt hast du dein Pulver verschossen und ich hab Pech, oder wie?"

Der Gedanke, sie zum Schreien zu bringen, hat was. Vielleicht kann ich ja noch zehn Minuten erübrigen.

Ich presse meinen Schwanz gegen ihre Finger, brumme zufrieden, als sie sofort damit beginnt, mir die Eier zu kneten.

Erst als ich erneut hart werde, packe ich mir die Bitch und beuge sie über den Schreibtisch. Ein Kondom aus der Schublade holend, rolle ich es über meine Erektion und umfasse anschließend ihr Genick.

„Beeil dich Baby. Das hier wird ein Sprint und kein Marathon."

Sie nickt. Ich bringe mich hinter ihren prallen Arschbacken in Position und stoße zu.

Zuckend, nass und eng empfängt mich ihr Körper. Lola bäumt sich auf, presst sich mir entgegen und stöhnt zufrieden.

„Komm schon, Paxton. Härter!"

Entschlossen ihr zu geben, was sie braucht, ramme ich mich bis zum Anschlag in ihre perfekte Pussy. Pinne sie fester auf das Holz und verpasse ihrem Arsch ein paar kraftvolle Schläge. Lola schreit, der Abdruck meiner Handfläche zeichnet sich auf ihrer weichen Haut ab. Sie wird immer feuchter. Mein Schwanz badet regelrecht in ihrer Lust.

Von dem Schmerz angestachelt, bockt und zittert sie. Erneut ziehen sich meine Hoden puckernd zusammen, ein Schauer rieselt an meinem Rückgrat hinab und lässt mich kommen. Mit einem lauten Fauchen stoße ich noch ein paar Mal tief zu – mehr braucht die Bitch nicht. Jammernd und keuchend wird sie von ihrem Orgasmus durchgeschüttelt. Bis auf unsere laut kommenden Atemzüge höre ich nur das Brummen einer auf das Gelände fahrenden Harley.

Die Arbeit wartet ...

Mit einem Ruck ziehe ich mich aus ihr heraus, rolle den Gummi von meiner erschlaffenden Erektion und schmeiße ihn in den Papierkorb.

„Wir sind fertig. Schau, dass du wegkommst und lass mich in Ruhe."

Von meinem plötzlich schroffen Tonfall überrascht, zieht sie den Rock nach unten und fährt sich mit den Fingern durch die Haare.

„Musst du nach dem Ficken immer so ein Arschloch sein?“
Eine berechtigte Frage.
„Jepp. So bin ich nun mal. Wenn dir das nicht passt, dann such dir ’nen anderen Kerl. Zwingt dich ja keiner, immer wieder zu mir zu kommen!“
Enttäuschung blitzt in ihren braunen Iriden auf. Nicht zum ersten Mal befürchte ich, dass sie sich, was uns betrifft, Hoffnungen auf mehr macht. Dumm nur, dass es in meinen Augen kein *uns* gibt.
„Du bist ein herzloser Bastard, Paxton.“
Damit könnte sie durchaus recht haben. Vor langer Zeit hatte ich mal ein Herz, doch das hat Ava mitgenommen und seitdem hat mir der Mut gefehlt, es mir zurückzuholen.
Völlig bescheuert! Ausgerechnet ich, ein Outlaw, fürchte mich vor der Begegnung mit einem kleinen Mädchen. Die Ironie des Lebens macht sogar vor uns Rockern keinen Halt.
Eingeschnappt stürmt Lola aus meinem Büro, mir die Hose hochziehend, schließe ich den Gürtel und lasse mich in meinen Sessel fallen. Mittlerweile ist es vier Uhr nachmittags. Wirklich was geschafft habe ich noch nicht ...
Mir eine Lucky anzündend, mache ich mich auf die Suche nach unserem bescheuerten Prospect. Wollen wir doch mal sehen, wie es seinem Fuß geht.
Blöd wie er ist, hat er sich natürlich mit der Waffe angeschossen, die unter keinen Umständen auf dem Radar auftauchen darf, was bedeutet, dass sich Kevin, unser Clubarzt, um seine Verletzung kümmern muss und der Schuh samt Gliedmaßen in der Tonne gelandet ist.
Ich finde Luc heulend und mit einer Flasche Wodka in der Hand auf einem Billardtisch liegend vor. Kevin ist gerade dabei, die Wunde zu nähen. Hier werde ich nicht gebraucht.
Mein Magen knurrt, erinnert mich daran, dass ich heute noch nichts gegessen habe.
In der Küche angekommen, mache ich mir ein Sandwich und hole mir eine Dose Coke aus dem Kühlschrank. Ich schaffe einen Bissen, ehe das laute Rattern eines Maschinengewehrs ertönt.
Jedes *Dang-Dang-Dang* steht für eine abgefeuerte Kugel. Dem ohrenbetäubendem Lärm nach müssen es hunderte sein. Erschrocken lasse ich mein Essen fallen und renne durch den Club raus auf den Hof. Ich bin zu spät. Alles was ich noch sehe, ist ein minzgrüner Kleinbus, aus dem der Lauf des Gewehrs ragt. Das Mündungsfeuer blitzt immer wieder auf, dann geben die Attentäter Gas und fahren mit quietschenden Reifen davon. Unser Wachhaus wurde völlig durchlöchert. Fuck! Milo? Ich eile auf ihn zu und sehe, wie er gerade vom Boden aufsteht.

„Bist du verletzt?“
Er schüttelt den Kopf.
„Nein, hab sie zum Glück rechtzeitig kommen sehen.“
Hektisch sehe ich mich um und entdecke etwas weiter von mir entfernt Lolas rote Haare. Eine ungute Vorahnung breitet sich in mir aus. Je näher ich ihr komme, umso deutlicher erkenne ich die stetig größer werdende Blutpfütze, die sich unter ihrem unnatürlich verdrehten Körper gebildet hat.
Sie wurde nicht nur von einem, sondern von mehreren Geschossen getroffen. Zwei in den Bauch, eins in die Schulter und ein Streifschuss am rechten Oberschenkel. Ich knie mich neben ihr auf den Boden, sie flüstert sie mir noch etwas zu, ehe sich ihre Pupillen verdrehen und sie den letzten Atemzug aushaucht.
„Fuck!“ Mein lauter Schrei hallt über den plötzlich stillen Hof.
Raven und Milo stürmen auf mich zu, betrachten die tote Frau und ballen die Fäuste.
„Das waren die *Bloods*!“
Aye, ganz ohne Zweifel.
„Es hat angefangen ... Das war der Startschuss! Ab jetzt wird es unschön.“
Mein Sergeant hat recht.
„So wie ich die Aktion einschätze, ging es den Wichsern nicht wirklich darum, einen von uns zu treffen, sondern sie wollen uns Ärger machen. Nach dieser Scheiße gerade wird nicht nur der Deputy hier auftauchen, sondern auch die GANG IDENTIFICATION TASK FORCE. Und das bedeutet Ärger – massiven, Geschäfte schädigenden Ärger.“ Die Wichser wollen uns unser Grundeinkommen nehmen. Der Geldfluss ist die Achillesferse einer jeden Organisation. Ob illegal oder legal – keine Einnahmen können den Untergang bedeuten. Meiner Einschätzung nach ist es der Plan der *Bloods,* den Hell’s Fire MC aus dem Geschäft zu drängen und dieses dann zu übernehmen. Aber das werde ich nicht zulassen. Die in mir brodelnde Wut unterdrückend, zwinge ich mich dazu, logisch zu denken. „Milo, du schaffst alles, was die Bullen nicht finden dürfen, aus dem Club. Sorg dafür, dass wir sauber sind. Leer den Safe und nimm die Computer mit.“ Mit einem Nicken rennt er los. „Raven, ruf den Notarzt und die Bullen. Wir stehen besser da, wenn wir zumindest so tun, als würden wir uns an die Regeln halten. Anschließend informierst du alle. Sicherheitsstufe rot. Niemand treibt sich allein herum. Rückendeckung ist angesagt!“ Erst als alles Wichtige delegiert ist, ziehe ich mein Handy hervor und suche in meinen Kontakten nach der Nummer von Donald.

Donald ist nicht nur unser ältester Member, sondern auch unser ehemaliger Sergeant. Nach einem Herzinfarkt letztes Jahr hat er den Posten abgelegt. Er ist jetzt Mitte sechzig und der einzige von uns, auf den ein offener Haftbefehl wartet.

Ich muss ihn warnen. Wenn er nicht einkassiert werden will, muss er sich die nächste Zeit vom Club fernhalten. Sollten sie ihn erwischen, muss er sich vor Gericht wegen Totschlags verantworten. So weit darf es nicht kommen! Die Strafe, die ihn dann erwartet, wird so heftig sein, dass er den Rest seines Lebens hinter Gittern verbringen wird. Das werde ich nicht zulassen. Donald ist ein Outlaw der alten Schule. Er wird sich eher einen Strick um den Hals legen, als im County Gefängnis darauf zu warten, dass ihn der Sensenmann holen kommt.

Wie meistens nimmt er nicht ab. Ihm eine kurze Nachricht auf die Mailbox sprechend, drehe ich mich langsam im Kreis und betrachte das ganze Ausmaß dieses Drive-bys.

Die Betonwände der alten Fabrik weisen unzählige Einschüsse auf. Es müssen mindestens einhundert Kugeln sein, die in dem Gebäude stecken. Das Wachhaus ist Schrott und Lola ist tot. So hart es klingt, es hätte schlimmer kommen können.

Dass keiner meiner Brüder getroffen wurde, grenzt an ein Wunder. Das Geheule der unzähligen Polizeisirenen hallt über die Dächer zu uns rüber, erfüllt mich mit Anspannung. Nur noch wenige Minuten und hier wird die Hölle ausbrechen. Die nächsten Stunden werden interessant. Dieser Vorfall, die tote Bitch und die zwei Leichen mit den ausgestochenen Augen. Ich bin gespannt, was sich die Cops da so alles zusammenreimen werden ... Wird sicherlich eine faszinierende Geschichte!

6. Kapitel

Ava

Vor genau 24 Stunden bin ich hier an dieser Stelle Storm vors Bike gelaufen. Doch heute begegne ich keinem Rocker, sondern weiche erschrocken zurück, als gut ein Dutzend Autos mit Sirenen an mir vorbeirasen. Der Lärm ist ohrenbetäubend. Zivilfahrzeuge, Streifenwagen, mehrere Krankenwagen und zwei dicke fette schwarze SUVs mit schwarz getönten Scheiben. Man muss kein Genie sein, um sich denken zu können, wohin all die Polizisten wollen – zu Paxton und seinen Männern.

Die viele Polizei allein würde mir keine Kopfschmerzen bereiten. Die Krankenwagen hingegen ... ich will mir gar nicht vorstellen, dass Storm oder sogar Paxton etwas passiert ist. Aber selbst wenn? Dann ist es eben so! Ich gehöre nicht mehr zu dieser aus Leder und Schießpulver bestehenden Welt. Was auch immer diese Rocker treiben, es geht mich nichts mehr an. Natürlich wünsche ich ihnen nur das Beste, trotzdem werde ich nicht panisch zum Club rennen, wie ich es früher in dieser Situation getan hätte, sondern tief durchatmen und endlich zur Tankstelle gehen, um mich zu erkundigen, ob der Job noch frei ist. Mein Leben ist kompliziert genug. Bevor ich mich um die Probleme anderer sorgen kann, muss ich mich um mein eigenes Chaos kümmern. Der erste und wichtigste Punkt auf meiner To-do-Liste ist, mir eine Arbeit zu suchen. Und genau das werde ich jetzt tun.

Paxton und seine Brüder sind groß und stark genug, um auf sich selber aufzupassen. Die brauchen meine Hilfe nicht. Als auch der letzte Einsatzwagen an mir vorbeigeschossen ist, überquere ich die Straße und betrachte mein Spiegelbild in der Fensterscheibe.

„Du schaffst das, Ava!“

Mir selber Mut zuredend, betrete ich den Verkaufsraum und sehe mich neugierig um.

Hier hat sich in den vergangenen Jahren, genau wie im Rest von Big Lake, absolut nichts verändert. Das einzig Neue sind die Zeitungen im Regal. Ich würde sogar eine Wette darauf abschließen, dass der Kaugummi, den ich als Kind hier auf der Toilette an die Wand geklebt habe, immer noch da hängt.

Irgendwie hat es etwas Beruhigendes wieder hier zu sein, aber trotzdem ist es echt gruselig. Die ganze Welt entwickelt sich weiter. Überall herrscht Fortschritt. Nur in Big Lake scheint die Uhr stillzustehen.

Ein junger Typ, ich schätze ihn auf Anfang zwanzig, steht hinter der Kasse und mustert mich interessiert. *Na gut ...* vielleicht sind nicht nur die Zeitungen neu, denn ihn kenne ich, glaube ich, nicht. Er hat kurze blonde, stachelige Haare, ein Piercing in der Augenbraue und blaue Augen. Mit offenem Mund auf seinem Kaugummi herumkauend, sieht er mich an. Die Sorge um Paxton unterdrückend, zwinge ich mich zu einem freundlichen Lächeln und gehe auf ihn zu.

„Hi, ich bin Ava. Ich wollte nachfragen, ob die Stelle noch frei ist."

Er nickt, formt eine nach Zitrone riechende Blase und lässt diese mit einem lauten *Plopp* zerplatzen. *Voll ekelig!* Am liebsten würde ich ihn auffordern, sich nicht wie ein kleines Kind zu benehmen. Aber ich halte mich zurück. Ihn zu belehren wird mir sicherlich nicht helfen, den Job zu bekommen.

„Ava?" Die Art wie er meinen Namen ausspricht, verrät mir, dass ich ihn vielleicht doch kennen sollte. „Ava Miller?" Ich nicke unsicher.

„Ja, warum?"

Er kommt hinter dem Verkaufstresen raus und auf mich zu.

„Erkennst du mich denn nicht? Ich bin's, Jasper. Ich war damals in der Schule zwei Klassen unter dir."

Na, das erklärt dann auch, warum ich mich tatsächlich null an ihn erinnere. Erstens habe ich mich noch nie für jüngere Typen interessiert und zweitens war ich so auf Paxton und den Club konzentriert, dass ich kaum mitbekommen habe, was um mich herum geschehen ist. Um höflich zu sein, nicke ich leicht und tue so, als würde mir langsam wieder einfallen, wer er ist.

„Ja natürlich ... Jasper. Klar, weiß ich, wer du bist."

Er wirkt glücklich, was meine Notlüge hoffentlich entschuldigt.

„Warst du nicht für ein paar Jahre weg?"

Da ich keine Lust habe, ihm meine Lebensgeschichte zu erzählen, beschließe ich das Thema wieder zum Wesentlichen umzulenken.

„Ähm ja. Aber jetzt bin ich wieder zurück und ich brauche Arbeit."

„Wunderbar. Dann hast du die Stelle. Betrachte dich als eingestellt."

Wie? Was? Das kann er einfach so entscheiden?

„Sicher? Ich meine, woher willst du das wissen?"

Leicht eingeschnappt stemmt er die Hände in die Hüften, was seine lächerlich dürren Oberarme auf fragwürdige Weise zur Geltung bringt.

„Schon vergessen? Die Tankstelle gehört meinem Vater. Ich habe sie übernommen und treffe nun alle wichtigen Entscheidungen. Also bin ich quasi dein Boss."

Oh Gott ...

„Klingt ja super."

Er grinst zufrieden und macht die nächste Kaugummiblase.
Scheiße! Er nervt mich jetzt schon tierisch!
„Finde ich auch. Soll ich dir gleich alles erklären? Du kannst ab morgen anfangen."
Unter anderen Umständen – mit einem anderen Chef – wäre das alles echt super gelaufen. So aber? Keine Ahnung, wie sich das entwickeln wird. Ich hoffe jetzt einfach mal auf das Beste und lasse zu, dass er mich am Arm anfasst und zur Kasse zieht.
Die nächsten zwei Stunden erklärt er mir alles bis ins letzte Detail und kommt sich dabei vor wie Superman. Was echt witzig ist, denn schließlich geht es hier nicht darum die Welt zu retten, sondern einfach nur die Leute abzukassieren, die ihren Tank aufgefüllt haben.
„Vierzig Prozent unserer Einnahmen kommen vom Shop. Am meisten werden Kondome, Zigaretten, Zeitungen und Kosmetikartikel gekauft." Bei dem Wort Kondome wackelt er mit den Augenbrauen. „Scann einfach alles ein. Der Rest erledigt sich fast von selbst."
Ja, das denke ich auch, das Kassensystem scheint ziemlich einfach zu sein.
Wieder berührt er mich, dieses Mal an der Schulter. Außerdem steht er viel zu nah bei mir. Das gefällt mir nicht ... Das Letzte, was ich brauche, ist ein aufdringlicher Chef mit Zitronenkaugummifetisch.
„Was ist aus dir geworden? Ich meine, bist du immer noch Paxtons Mädchen?"
In Anbetracht der Tatsache, dass er mein neuer Boss ist, ist die Frage ziemlich privat. Ich beschließe, erneut zu lügen. Wenn ich ihn in dem Glauben lasse, die Freundin vom Präsidenten der Hell's Fire zu sein, wird er mich wohl kaum weiterhin anbaggern. Außer er ist lebensmüde. Was ich nicht glaube, er wirkt nicht wie jemand, der kurz vorm Suizid steht.
„Er ist der Grund, aus dem ich zurück nach Big Lake gekommen bin."
Jasper rutscht das schleimige Grinsen aus dem Gesicht, während sich meine Mundwinkel, zum ersten Mal seit Langem, freiwillig hochziehen.
„Ah. Gut zu wissen."
Zack weicht er einen Schritt zurück und schafft übertrieben viel Abstand zwischen uns.
Interessant. Diese Wirkung hat Paxton schon früher auf alle Männer gehabt. Niemand, der klar bei Verstand ist, hat sich freiwillig mit ihm angelegt. Denn das hätte durchaus tödlich enden können ... Zu meinem Leidwesen bietet Jasper mir noch einen Kaffee an, zu dem ich unmöglich Nein sagen kann. Es dauert gut drei Stunden, bis ich endlich aus der Tankstelle rauskomme. *Halleluja!* Wollen wir hoffen, dass er

nicht immer da ist, wenn ich meine Schichten habe – sonst wird das ein verdammt anstrengender Job.

Wenn es mir jetzt noch gelingt, nach Hause zu kommen, ohne einem Biker oder Tess der Tussi zu begegnen, dann war das ein wirklich guter Tag.

7. Kapitel

Paxton

Wie zu erwarten, saß ich, noch bevor der Leichenwagen eingetroffen ist, mit Hand- und Fußfesseln fixiert, in einem der Kastenwagen und musste dabei zusehen, wie eine Schar Bullen über meinen Club hergefallen ist.

Schlussendlich wurde nicht nur ich, sondern auch alle meine Brüder aufs Polizeirevier verfrachtet und dort über Stunden getrennt voneinander befragt. Bis auf vier einfache Worte – ich will einen Anwalt – habe ich nichts gesagt. Meine Brüder müssen es genauso gemacht haben, denn um kurz nach Mitternacht wurden wir alle wieder auf freien Fuß gelassen.

Deputy Salaries hat vor Wut getobt, doch die Befehlsgewalt wurde ihm von den anzugtragenden Lackaffen abgenommen. Der Umstand, dass wir selber die Cops gerufen haben, hat dafür gesorgt, dass wir diese Nacht nicht in einer gefliesten Zelle, sondern in den eigenen Betten verbringen können.

Ich bilde mir nicht ein, dass die Sache damit erledigt ist – das ist sie nicht. Sondern mir ist klar, dass die Scheiße jetzt erst so richtig losgeht. Es ist so sicher wie das Amen in der Kirche, dass wir rund um die Uhr beschattet werden. Bis die Wichser von der GANG IDENTIFICATION TASK FORCE auftauchen und das Kommando an sich reißen, wird wenig passieren. Und diese Zeit müssen wir dafür nutzen, um unsere Geschäfte abzuwickeln. Die Frage ist nur, wie wir das anstellen sollen?

Müde reibe ich mir über die Stirn. Mein Schädel fühlt sich so an, als würde er gleich platzen. Dunkle Ringe zieren meine Handgelenke, diese Wichser haben die Kabelbinder viel zu fest gezogen.

Ungeduldig warten wir darauf, dass Yetta, eine weitere Clubbitch, kommt, um uns abzuholen. Keiner meiner Brüder sagt ein Wort. Jeder von uns hängt seinen eigenen Gedanken nach.

„Fuck, Storm! Ich bin echt froh, dass du die Scheiße gestern noch weggebracht hast. Stell dir mal vor, die Knarren hätten sich noch auf der Ladefläche des Pick-ups befunden. Wir wären so was von gefickt gewesen."

Er nickt.

„War knapp."

Mehr als knapp.

Gute zwanzig Minuten später sind wir endlich wieder zurück am Clubhaus. Das Ausmaß der Zerstörung ist unbeschreiblich. Genau wie erwartet haben die Polizisten die Chance genutzt und sich für jedes noch so kleine Vergehen, dass wir in ihren Augen in den letzten Jahren begangen haben, gerächt, indem sie alles kurz und klein geschlagen haben. Ein abgebrochener Baseballschläger liegt neben einem mittig durchgebrochenen Billardtisch. Die Bar wurde verwüstet, nicht eine Flasche ist heil geblieben. Der Gestank der verschiedenen Alkoholika erfüllt den großen Hauptraum. Während Storm aus dem Fluchen gar nicht mehr rauskommt und Raven lautstark schwört, dass er jeden Bullen von hier bis Nevada umbringt, gehe ich in mein Büro und stelle erstaunt fest, dass hier beinahe alles unberührt aussieht. Mein Stuhl ist verschoben worden, die dicke Stahltüre des Safes steht offen, aber ansonsten ist alles okay. Anstatt mich über diesen Umstand zu freuen, frage ich mich, wieso das so ist?

Das Dossier über Ava wurde aufgeklappt, ihre Bilder liegen auf dem Boden verstreut.

Ich hebe sie auf, setze mich auf die Tischplatte, auf der ich es erst vor wenigen Stunden der mittlerweile toten Bitch besorgt habe, lege die Fotos zurück und blättere mich durch die Unterlagen. Ich zünde mir eine Kippe an, inhaliere den ersten Zug und lese da weiter, wo ich vorhin unterbrochen worden bin. Schnittwunden werden aufgeführt, Prellungen, eine Gehirnerschütterung und ... *Verdammt! Was?* Nein das kann nicht sein! Niemals!

Mit zitternden Fingern prüfe ich, ob es sich dabei um die richtige Akte handelt, ob da wirklich Avas Namen draufsteht oder ob Storm ein Fehler unterlaufen ist. Es ist tatsächlich Avas Krankenakte. Verwechslung ausgeschlossen. *Zur Hölle!*

Wenn das, was da steht, stimmt, dann ... *Bullshit*! Keine Ahnung was dann ist! Im Gegensatz zu dem, was ich gerade gelesen habe, wirkt die ganze Scheiße des heutigen Tages bedeutungslos. War Ava, als sie mich damals verlassen hat, wirklich schwanger? Wenn ja, dann ist ihr Verrat eintausendfach schlimmer, als bisher angenommen.

Die Vorstellung, dass dieses Mädchen mein Kind unter ihrem Herzen getragen hat, dass ein Teil von mir in ihr gewachsen und dann gestorben ist, lässt mich die Hände zu Fäusten ballen.

Wenn sie gewusst hat, dass sie mein Kind erwartet, wie konnte sie dann gehen?

Wie konnte sie beschließen, mich zu verlassen?

Verflucht! Für diese Frau hätte ich alles getan – absolut alles, und das hat sie gewusst. Also wie konnte sie mir das antun und den schlimmsten Verrat begehen, der zwischen einem Mann und seiner Frau möglich ist?

Bittere Trauer breitet sich in mir aus, raubt mir den Atem.

Die Frage *‚Was hätte sein können?'* ploppt in meinem Kopf auf, zwingt mich beinahe in die Knie. Der Schizo in mir gibt ein Fauchen von sich. Er ist, genau wie ich, am Boden zerstört.

Wäre Ava damals nicht abgehauen, wäre der Unfall nie passiert und ich wäre jetzt Vater.

Eine unglaubliche Kälte breitet sich in meiner Brust aus, mein Herz gefriert.

Nach und nach wird mir klar, dass ich viel mehr verloren habe, als bisher angenommen.

Milo taucht im Türrahmen auf, er braucht nur einen Blick, verschwindet sofort wieder und lässt mir meine Ruhe.

Ich bin wie erstarrt – bleibe einfach stehen und versuche, das eben Erfahrene zu verarbeiten.

Bis eben war ich festentschlossen, Ava fürs Erste in Ruhe zu lassen – das hat sich jetzt geändert! Dieses Miststück schuldet mir eine Ladung Antworten. Ich will für sie hoffen, dass sie welche hat. Nach dem Bullshit heute bin ich nicht in der Stimmung, Gnade walten zu lassen. Die Mappe zusammenrollend, stecke ich sie ein und mache mich auf den Weg zu meinem Bike. Die Verwüstung hier kann warten, es wird uns eh nicht gelingen, in den nächsten Stunden für Ordnung zu sorgen. Die Sache mit Ava hingegen, werde ich sofort klären.

Wir wären beinahe Vater geworden ...

Das dunkle, traurige Raunen meiner inneren Stimme klingt verzweifelt.

Holy Shit! Holy bloody Shit!

Vom Gelände fahrend, bemerke ich natürlich sofort, dass mir eine schwarze Limousine folgt. Ich ignoriere sie und nehme den altvertrauten Weg zu Avas Haus.

Es ist vielleicht ganz gut, dass mir die Bullen folgen – das erhöht die Chancen, dass Ava diese Nacht überlebt, extrem.

8. Kapitel

Ava

Dass ich einen neuen Job habe, muss gebührend gefeiert werden. Also sitze ich mit einem Glas gekühlten Weißwein in einer heißen Badewanne, lese eine Ausgabe von *Home & Garten* und hole mir ein paar Anregungen, mit denen ich versuchen will, das Haus meines Vaters in das meine zu verwandeln.

Keine Ahnung wann die Entscheidung genau gefallen ist, aber irgendwie gefällt mir der Gedanke, in Big Lake zu bleiben, immer besser.

Warum auch nicht?

Hier besitze ich ein Eigenheim mit Garten. Ein bisschen Liebe, Geld und Schweiß, und ich werde dieses Haus so renovieren, dass ich mich wohlfühle.

Das Handwerklichste, was ich bis jetzt getan habe, war, die Wände bunt anzustreichen. Das hat eigentlich ganz gut geklappt, also werde ich alles andere auch schaffen. Wie hat es mein Dad immer so treffend formuliert?

Wenn man etwas wirklich will und bereit ist, zu lernen und sich anzustrengen, dann kann man alles schaffen!

Schon witzig. Was er wohl dazu sagen würde, wenn er wüsste, dass ich zurück nach Big Lake gekommen bin, wieder hier wohne und über seine Lebensweisheiten philosophiere? Manchmal nimmt das Leben schon seltsame Wege ...

Nachdem ich den Artikel über die beruhigende Wirkung von Pastelltönen durchgelesen habe, lege ich die Zeitschrift weg, trinke den Wein leer und wasche mir die Haarkur aus.

Meine Finger sind so verschrumpelt wie die einer achtzigjährigen Oma, ich denke, ich bin genug eingeweicht. Gerade als ich aus der Wanne gestiegen bin und damit beginne, mich abzutrocknen, beginnt es Sturm zu klingeln. Wieder und wieder schrillt das Läuten durch das stille Haus. Wer das wohl sein kann? Bis auf Storm, Paxton, Jasper und Tess weiß eigentlich niemand, dass ich wieder da bin. Wobei, wem mache ich eigentlich etwas vor? Wahrscheinlich bin ich längst Stadtgespräch Nummer eins.

Die Haare mit einem kleinen Handtuch zu einer Art Turban zusammendrehend, wickle ich mich in ein größeres ein und tapse barfuß zur Haustüre.

Auf dem Weg dorthin beschließe ich, dass bei der Renovierung definitiv auch eine neue Klingel drin sein muss. Die jetzige klingt wie ein Hahn mit Kehlkopfkrebs.

Einen Blick durch den kleinen Spion riskierend, schaue ich prompt in das eine Gesicht, das ich einerseits am allerwenigsten sehen möchte und zugleich am meisten vermisst habe.

„Fuck, Ava! Mach sofort die verdammte Tür auf!"

Oh, oh ... Paxton klingt extrem wütend. Aber warum? Was habe ich getan, um seinen Unmut zu erregen. Meine Rückkehr allein kann es wohl kaum sein, sonst hätte er sich ja letzte Nacht schon so aufgeführt, anstatt nur auf der Straße zu stehen und mich zu beobachten. Für eine Sekunde spiele ich mit dem Gedanken, ihm einfach nicht aufzumachen, verwerfe ihn aber gleich wieder. Das hier ist seine Stadt, wenn er mit mir reden will, wird er das. Eine verschlossene Türe wird ihn da ganz sicher nicht aufhalten.

In seiner momentanen Verfassung ist es eh ein Wunder, dass er sie nicht längst eingetreten hat. *Scheiße!*

In den vergangenen Jahren bin ich unser erstes Wiedersehen unzählige Male durchgegangen. Ich habe verschiedene Varianten durchgespielt, aber in keiner – absolut keiner – stand ich nackt, nass und nur mit einem Handtuch bedeckt vor ihm, und in keiner war er so wütend auf mich.

Da haben wir es mal wieder: Die Realität passt so gut wie nie zu unserem Wunschdenken.

„Ava! Jetzt!"

Er beginnt mit der Faust gegen das Holz zu schlagen, die Scharniere beginnen unheilvoll zu quietschen. Lange halten sie Paxtons Angriff nicht mehr stand.

Das letzte bisschen Würde, das ich in dieser Situation noch habe, zusammenkratzend, hole ich tief Luft und öffne die Tür.

Unsere Blicke begegnen sich, das Herz rutscht mir in die Hose und es verschlägt mir den Atem. Ich fühle mich, als hätte mir jemand einen Stromschlag verpasst.

Innerhalb eines Atemzugs fühle ich mich wieder wie das Mädchen von damals. All die Zeit, die seitdem verstrichen ist, ist wie weggepustet. Wobei die Jahre nicht spurlos an Paxton vorbeigegangen sind. Seine eisblauen Iriden wirken zeitlos und dämonisch, an seinen Augenwinkeln haben sich kleine Fältchen gebildet, der Zug um seinen Mund ist härter geworden – entschlossener. Obwohl ich unzählige Nächte in seinen

Armen verbracht habe, hatte ich ihn nicht mehr so groß und muskulös in Erinnerung. Die schulterlangen rabenschwarzen Haare passen hervorragend zu den dunklen Stoppeln, die sein Kinn zieren.

Alles an diesem Rockerpräsidenten ist gnadenlos und tödlich. Paxton vibriert regelrecht vor Zorn. Er wirkt so, als wäre er kurz davor, etwas richtig Schlimmes zu tun. Früher habe ich ihn oft so erlebt, damals war ich die Einzige, die es geschafft hat, ihn zu beruhigen. Ich schätze, das wird mir heute nicht gelingen ...

Eine instinktive Angst breitet sich in mir aus, kriecht an meiner Wirbelsäule hinauf und schließt sich wie ein Panzer um mein Herz.

Sprach- und reglos stehe ich da, kann mich nicht bewegen und schaffe es nicht, meinen Blick von ihm abzuwenden.

Ich fühle mich wie ein Reh im Scheinwerferlicht. Obwohl ich weiß, dass ich um mein Leben laufen sollte, verharre ich einfach nur und warte auf den tödlichen Aufprall.

Das Einzige, was zu hören ist, sind seine abgehackten Atemzüge. Die Hände zu Fäusten ballend, lässt er seine Augen über meinen Körper gleiten. Das Handtuch bietet mir nicht einmal annähernd genug Schutz, sodass ich mir nackt und entblößt vorkomme.

Sag was Ava ... Tu was!

Mein Verstand überschlägt sich regelrecht, funktioniert aber irgendwie nicht richtig.

Paxtons Blick kommt an meinen Füßen an, wandert dann wieder langsam nach oben. Schlussendlich sieht er mir so tief in die Augen, dass es sich so anfühlt, als würde er mir direkt in die Seele schauen.

Zum Reden ansetzend, öffne ich den Mund, einen Augenblick später schließe ich ihn wieder. Gesagt habe ich nichts ... Völlig egal, welche Worte ich auch verwenden will, egal welchen Satz ich formuliere, mir will nichts Passendes einfallen.

Ein derbes „Holy Fuck!“ von sich gebend, kommt er einen Schritt auf mich zu, packt mich an den Schultern und schiebt mich weiter in den Flur. Die Türe hinter sich schließend, sorgt er dafür, dass ich nun allein mit ihm in diesem Haus bin.

Lieber Gott steh mir bei ...

Was würde ich jetzt dafür geben, dass mein Vater genau wie früher mit der Schottflinte bewaffnet auf uns zustürmen und mich beschützen würde.

Paxton und ich sind uns so nah, dass mir sein herber Geruch in die Nase steigt – Waffenöl, Schießpulver, Leder und kalter Rauch. Ein Teil meines Ichs will den Kopf an seine breite Brust legen, seine Wärme spüren und ihm einfach nah sein. Doch dafür bin ich zu feig.

Seine Hände abschüttelnd, weiche ich zurück und ziehe das Handtuch noch etwas fester.

Es wird Zeit, mich wie die erwachsene Frau, die ich bin, und nicht wie das naive Mädchen von früher zu verhalten.

„Was soll das, Paxton? Warum führst du dich so auf?"

Anstatt etwas zu antworten, stößt er ein wildes Knurren aus, zündet sich eine Zigarette an und wirft mir eine braune Mappe vor die Füße. Neugierig hebe ich sie auf, was bewirkt, dass unzählige Fotos auf den Boden fallen. Auf jedem von ihnen bin ausschließlich ich zu sehen. Mal beim Einkaufen, Mal während der Arbeit und ... *oh mein Gott* ... eines wurde sogar aus nächster Nähe gemacht, als ich geschlafen habe.

Entsetzt sehe ich zu Paxton und stelle fest, dass er mich aus zusammengekniffenen Augen beobachtet.

„Warst du das? Hast du mich verfolgt?"

Meine Stimme ist nicht lauter als ein Flüstern, meine Finger zittern.

Er schüttelt den Kopf.

„Nein."

Von wegen.

„Woher hast du sie dann?"

Nach kurzem Zögern nennt er mir einen Namen, „Storm".

Was soll das bedeuten?

„Willst du mir sagen, dass Storm mich all die Jahre über verfolgt hat?"

Ein freudloses Lachen ausstoßend, bläst er mir etwas Rauch ins Gesicht.

„Nein! Als du plötzlich wieder hier aufgetaucht bist, habe ich ihm angeschafft, dich zu überprüfen. Dabei sind diese Bilder und ein paar andere interessante Informationen ans Tageslicht gekommen. Woher er die hat?" Paxton zuckt mit den Schultern. „Keine Ahnung. Du kennst ihn. Du weißt, dass er ein Genie am Computer ist."

Paxton hat mich durchleuchten lassen? *Shit!*

Erst als ich diese Info kapiert habe, wird mir klar, dass er noch etwas über *interessante Informationen* gesagt hat.

Was könnte er erfahren haben, dass ihn so wütend gemacht hat, dass er hier mitten in der Nacht auftaucht und beinahe meine Türe einschlägt?

Die Erkenntnis trifft mich wie ein Blitz – die Schwangerschaft.

Instinktiv reibe ich mir über den Bauch. Paxton folgt meiner Bewegung, an seiner Stirn tritt eine Ader hervor, er wirkt, als würde er gleich vor Wut explodieren.

Jetzt ist er also gekommen, der Zeitpunkt, an dem ich ihm gestehen muss, dass ich mit meiner Flucht damals unser Baby getötet habe. Meine Knie zittern und Tränen steigen mir in die Augen. Ich lasse zu, dass meine Beine nachgeben und sinke zu den Fotos auf den Boden.

„Was war in Chicago los, Ava? Wer hat dich verfolgt und wer hat dich geschlagen?"

Er zeigt auf meine noch immer bläulich schimmernde Gesichtshälfte.

„Ich habe diese Stadt und das Leben, das ich dort geführt habe, hinter mir gelassen. Ich will nicht darüber reden."

Paxton nickt, so als ob er mit dieser Antwort gerechnet hätte.

„Gut, dann kommen wir zum Grund meines Besuchs. Schlag die Mappe auf. Darin befinden sich ein Unfallbericht und eine angehängte Krankenhausakte."

Anstatt zu tun, was er sagt, hebe ich den Kopf und sehe ihn direkt an.

„Ich muss das nicht lesen, ich weiß, was damals passiert ist."

Ein Zucken geht durch seinen Körper, die Muskeln in seinen Schultern und Armen spannen sich an.

„Warum, Ava?"

Plötzlich schreit er nicht mehr, sondern spricht ganz leise. Trauer, Schmerz und Unglauben spiegeln sich in seinem Blick.

„Wie konntest du gehen, wenn du wusstest, dass du mein Kind in dir getragen hast? Was hat dich dazu gebracht, mir deine Schwangerschaft zu verheimlichen und abzuhauen?"

Berechtigte Fragen, dennoch weiß ich nicht, was ich sagen soll.

Wie erklärt man dem Mann, den man seit einer Ewigkeit liebt, dass man sich bewusst gegen ihn entschieden hat?

„Du musstest ins Gefängnis. Paxton, versteh mich bitte. Dieses Baby war nicht geplant. Als ich erfahren habe, dass ich schwanger bin, war das ein richtiger Schock. Trotzdem habe ich dieses Kind ab der ersten Sekunde von ganzem Herzen geliebt. Es ist schlagartig zum Mittelpunkt meiner Welt geworden. Ich wollte das Richtige tun. Verstehst du das nicht? Ich wollte ihm ein sicheres Umfeld und ein geregeltes Leben bieten."

Mich unentwegt beobachtend, gibt er ein Schnauben von sich.

„Und ich war dir dafür nicht gut genug? Ist es das?"

Es war so klar, dass er mich nicht versteht – mich nicht verstehen will.

„Denk doch mal an das Leben, das du führst. Wie sollte da ein Kind reinpassen? Ich habe von dem Anschlag heute Nachmittag gehört. Du und dein Club stecken bis zum Hals in Problemen. Oder soll ich lieber Blut und Kugeln sagen?"

Mit einem Fluch tritt er so kraftvoll gegen die Wand, dass etwas Putz auf den Boden rieselt.

„Verdammt, Ava. Du hast das Baby nicht wegen dem Club verloren, sondern wegen eines Autounfalls. Also erzähl keine Scheiße! Ich habe mich damals um dich gekümmert, ich habe dich mit meinem Leben beschützt. Bei unserem Baby hätte ich es genauso getan. Du hattest kein Recht, es mir zu verheimlichen. Dieses Kind hat genauso gut mir gehört!“

Nein hat es nicht. Es war in meinem Bauch, es war meins!

„Du musstest ins Gefängnis. Wie hättest du mich und unser Baby da beschützen wollen? Du hättest nicht mal bei der Geburt dabei sein können. Erzähl mir also keinen Bullshit. Für dich stand schon immer der Club an erster Stelle. Für mich stand unser Kind an erster Stelle – deswegen kannst du mir keinen Vorwurf machen. Damals dachte ich wirklich, dass ich das Richtige tue.“

Seine Stirn legt sich in Falten. Mir ist mehr als bewusst, dass ich es nur einem einzigen Grund zu verdanken habe, dass er noch nicht handgreiflich geworden ist. Paxton mag ein Killer sein, aber er würde niemals eine Frau schlagen.

„Falsch gedacht. Du bist ohne ein Wort gegangen! Anstatt auf mich zu warten, hast du deine Siebensachen gepackt und bist verschwunden. Und jetzt, all die Jahre später, erfahre ich aus einer verdammten Akte, dass du mein Kind unter dem Herzen getragen hast. Du warst von mir schwanger und konntest keine verfickten eineinhalb Jahre warten? Verflucht, Ava! Was sind schon achtzehn Monate im Vergleich zum Rest unseres Lebens? Wärest du geblieben, hätte der Club für dich gesorgt. Du hättest keinen Autounfall gehabt und ich wäre jetzt Vater!“

Er wirkt fassungslos. Ich kenne den Schmerz, der in seiner Stimme mitschwingt, nur zu gut. Es ist derselbe, den auch ich seit damals in mir trage. *Schon unglaublich ...*

Ich habe den Mann, den ich mehr als alles andere auf der Welt geliebt habe, verlassen, damit unser Kind, von dem er nichts wusste, ein geregeltes Leben führen kann ...

Jetzt, viele Jahre später, stehe ich wieder hier, im selben Haus, in der gleichen Stadt und vor dem Outlaw, dem noch immer mein Herz gehört, und habe weder ihn noch mein Baby, noch ein eigenes Leben. Alles was ich habe, ist Schmerz – tonnenweise Schmerz, der mich zu zerdrücken droht.

„Hass mich, wenn du das tun musst. Glaube mir, für lange Zeit habe ich das ebenfalls getan. Aber es wird unser Baby nicht zurückbringen.“

Paxton lehnt sich gegen die Wand, fährt sich mit den Händen durchs Haar und schließt die Augen.

„Du bist der einzige Mensch, den ich je geliebt habe."

Ohne mich eines letzten Blickes zu würdigen, dreht er sich um und geht. Zitternd und weinend sehe ich ihm nach, beobachte, wie er auf seine Harley steigt und in die dunkle Nacht davonfährt. Eine Limousine folgt ihm. Manche Dinge ändern sich wohl nie. Ob er weiß, dass er beschattet wird?

Erschöpft schließe ich die Türe, hebe die Mappe und die Fotos auf, hole mir die restliche Flasche Weißwein aus der Küche und setze mich auf die Couch.

So wütend Paxton im Moment auch auf mich sein mag, jetzt, wo dieses schreckliche Geheimnis endlich gelüftet ist, fühle ich mich, als wäre eine Tonne Ballast von meinen Schultern gefallen. Mag sein, dass er mich ab jetzt hasst – ich hätte es verdient.

Immer wieder einen Schluck von dem Wein nehmend, lese ich mir all die Infos durch, die Storm über mich gesammelt hat. Es fühlt sich merkwürdig an, fast so, als würde ich ein Buch lesen, in dem ich die Hauptrolle spiele. Das mit den Fotos ist echt unheimlich. Es würde mich aber nicht sonderlich überraschen, wenn James dahintersteckt.

Was mich aber sehr wohl wundert, ist, dass mein Ex mit keinem Wort in all den Berichten auftaucht. Entweder ist Storm doch nicht so gut, wie Paxton behauptet, oder aber Storm hat beschlossen, dass es zu heftig wäre, wenn sein Präsident in einem Atemzug erfährt, dass ich sein Kind verloren und wenig später etwas mit einem Polizisten angefangen habe.

So oder so ... Im Grunde genommen geht mein Liebesleben niemanden etwas an. Ich will gar nicht wissen, wie viele Frauen in den letzten Jahren in den Genuss von Paxtons Schwanz gekommen sind.

Müde reibe ich mir über die Augen. Dank der fast leeren Weinflasche haben sich meine Nerven wieder etwas beruhigt. Eine gute Sache hat diese Aussprache ja, unser erstes Wiedersehen wäre damit erledigt. Völlig egal, wie es zwischen mir und dem Präsidenten des Hell's Fire Motorcycle Clubs zukünftig auch weitergehen mag, schlimmer kann es eigentlich nicht mehr werden.

Bis jetzt habe ich mir strengstens verboten, an Paxtons letzte Worte zu denken. Was jedoch nicht daran liegt, dass sie mir nichts bedeuten, sondern daran, dass ich einfach nicht weiß, wie ich mit ihnen umgehen soll.

... Du bist der einzige Mensch, den ich je geliebt habe ...

Was bedeutet dieses *habe*? Liebt er mich immer noch? Hat er irgendwann damit aufgehört? Oder spielt es keine Rolle, was wir für einander empfinden, weil einfach schon viel zu viel Scheiße zwischen uns beiden passiert ist?

Verdammt! Ich weiß es nicht!

Selbst wenn Paxton bereit wäre, mir diesen Verrat zu verzeihen und mich wieder zurückhaben wollte, wüsste ich nicht, wie ich darauf reagieren soll.

Ich habe diesen Rocker damals schon mehr als alles auf der Welt geliebt, und wenn ich ehrlich zu mir selbst sein will, tue ich das heute immer noch. Dennoch haben sich die Gründe, aus denen ich ihn verlassen habe, nur geringfügig verändert.

Er ist noch immer der gefährliche Outlaw, der sich einen Dreck um die Gesetze schert, und ich versuche noch immer, mein Leben in geregelte Bahnen zu lenken. Der einzige Unterschied zu damals ist, dass ich nicht mehr schwanger bin und somit das Risiko, das dieser Mann bedeutet, nur für mich selbst in Kauf nehme.

Aber macht es das besser? Über was denke ich da eigentlich nach?

Das mit Paxton und mir ist vorbei, seit ich damals meinem Dad das Auto gestohlen und Big Lake den Rücken zugewendet habe.

Eine Wiederholung unserer Lovestory darf es aus einem einfachen Grund nicht geben, nämlich den, dass ich eine weitere Trennung nicht verkraften würde. Seit ich Paxton verlassen habe, ist mein Herz in zwei Teile zerbrochen ...

Entschlossen diese Nacht und diesen Vorfall möglichst schnell hinter mich zu bringen, gehe ich in die Küche, nehme zwei Schlaftabletten und mache mich auf den direkten Weg ins Schlafzimmer. Bevor ich die Rollos schließe, riskiere ich noch einen prüfenden Blick aus dem Fenster. Die Straße ist leer, kein Rocker in Sicht.

Unsicher, ob das jetzt ein gutes Zeichen ist, lege ich mich ins Bett und starre an die Decke.

... Du bist der einzige Mensch, den ich je geliebt habe ...

Wieder und wieder hallt dieser Satz durch meinen Kopf, gleich einem nie zu enden scheinenden Echo. Warum hat er das gesagt?

Was wollte er damit bezwecken? Wenn es seine Absicht war, dass ich mich noch beschissener fühle als eh schon, dann ist ihm das gelungen. Kaum dass ich die Augen geschlossen habe, falle ich in einen leichten Schlaf.

In meinem Traum durchlebe ich die Version meines Lebens, die stattgefunden hätte, wenn ich damals, nach Paxtons Inhaftierung, nicht abgehauen, sondern geblieben wäre. Und was soll ich sagen, es ist ein sehr schöner Traum, der schönste, den ich jemals hatte ...

9. Kapitel

Paxton

Fuck – Fuck – Fuck!

Wie beschissen kann das Leben eigentlich sein?

Seit ich aus dem Knast entlassen wurde, habe ich x-mal daran gedacht, Ava wiederzusehen. Jetzt habe ich es, und verdammt, sie ist schöner denn je.

Wie eine nasse Katze stand sie vor mir, barfuß und zutiefst verängstigt. Und trotz der unbeschreiblichen Wut, die mich selbst jetzt, eine Stunde später, noch immer fest im Griff hat, habe ich sehr wohl gespürt, dass die Anziehungskraft, die schon immer zwischen uns geherrscht hat, so stark ist wie eh und je. Es war ein wahrer Drahtseilakt, nicht vollends die Beherrschung zu verlieren.

Völlig egal, was diese Frau auch getan hat, sie gehört mir – für immer!

Für mich war das zwischen uns beiden nie vorbei, wir haben nur eine Pause gemacht.

Ob und wann ich ihr jemals verzeihen kann, dass sie mir ihre Schwangerschaft verheimlicht und mich verlassen hat, kann ich nicht sagen. Vielleicht werde ich das nie! Aber das spielt keine Rolle.

Jeder macht Fehler: That's the way of life!

Nicht zum ersten Mal stelle ich mir die Frage, was passiert wäre, wenn sie das Kind nicht verloren hätte? Wäre sie wirklich so knallhart gewesen, mir auf ewig zu verheimlichen, dass ich Vater bin? *Bullshit!*

Um das alles zu verstehen, brauche ich jede Menge Whisky!

Heute ist im Club wenig los. Dank des Drive-by ist allen die Lust auf Party vergangen. Neben den unzähligen Einschusslöchern, dem zerstörten Wachhaus und dem zerrissenen Polizeiabsperrband, wirkt die Tatortkreide, die den Boden ziert, und mit der Lolas Körperumrisse auf dem Asphalt nachgespurt wurden, besonders heftig.

Diese Bitch hatte niemandem was getan, sie hatte es nicht verdient, einen so sinnlosen Tod zu sterben ...

Antriebslos schmeiße ich ein paar Holzscheite in eines der verrosteten Ölfässer, kippe einen ordentlichen Schuss Whisky darüber und werfe ein Streichholz hinein. Die Stichflamme ist fast einen halben Meter hoch. Mit dem restlichen Jack Daniels in der Hand setze ich mich auf die Bank, starre ins Feuer und nehme die Aufgabe, mich zu betrinken, sehr ernst.

Diese ganze Scheiße, die in den letzten Wochen passiert ist, scheint kein Ende zu nehmen. Ein toter Prospect ist übel, aber zu verkraften. Aber ein toter Präsident? Daran ist schon so mancher Club zerbrochen.

Der Hell's Fire Motorcycle Club ist stark, wir stecken das weg, den Ärger mit Salaries, den Anschlag heute und den Krieg mit den *Bloods* ...

Die GANG IDENTIFICATION TASK FORCE ist ein ernst zu nehmender Gegner.

Ab jetzt müssen wir jeden unserer Schritte sorgfältig planen. Keine Risiken mehr – keine Fehler. Ich zünde mir eine Zigarette an und bewundere die zerstörerische Kraft des Feuers. Vielleicht ist das die Idee?

Wenn es uns gelingen würde, die *Bloods* wie Ratten auszuräuchern, ihre Verstecke zu zerstören und ihre Lagerhäuser in die Luft zu sprengen, hätten wir diesen Krieg schon so gut wie gewonnen. Dank Fernzündern müsste es sogar möglich sein, das alles zu tun, während wir dabei sind, uns wasserdichte Alibis zu beschaffen.

Diese Wichser ballern nicht einfach drauflos, sie haben einen Plan. Sie gehen vor wie bei einem verdammten Schachspiel. Es wird Zeit, in die Partie einzusteigen und sie schachmatt zu setzen!

Die *Bloods* haben ihr Bestes getan, um uns als schwach darzustellen, jetzt liegt es an uns, unsere Stärke zu demonstrieren.

Meine Idee immer weiter ausbauend, verdränge ich Ava Stück für Stück aus meinem Kopf. Mit ihr werde ich mich erst wieder befassen, wenn der ganze andere Mist geklärt ist. Soll sie ruhig denken, dass sie sich frei bewegen kann. Gleich morgen werde ich Storm damit beauftragen, ihr Auto und ihr Handy mit einem Sender zu versehen. So kann ich jederzeit prüfen, wo sie sich aufhält. Yetta kommt mit einem Bier in der Hand auf mich zu, setzt sich ebenfalls auf die Bank und starrt genau wie ich schweigend ins Feuer.

Es vergehen einige Minuten, bis sie mir ein scheues Lächeln schenkt und mich neugierig ansieht.

„Es sind keine leichten Zeiten für den Club."

Was sie nicht sagt. Yetta ist eine der wenigen Bitches, die zuverlässig und loyal sind. Die meisten Girls tauchen nur hier auf, um Party zu machen und an Schwänzen zu nuckeln. Yetta hingegen hat sich in der Vergangenheit schon oft als nützlich erwiesen. Sie gehört zu den guten Clubhasen, zu jenen, die sich meinen Respekt verdient haben.

„Ich hab gehört, dass Ava zurück ist."

Da es für mich in dieser Hinsicht nichts gibt, was ich mit Yetta besprechen will, nicke ich einfach nur und trinke etwas von dem Jacky.

„Was hast du jetzt vor? Holst du sie dir zurück? Wenn das dein Plan ist, solltest du dich beeilen, Präsident. Du hast Konkurrenz bekommen."

Hiermit ist es ihr gelungen, meine Aufmerksamkeit zu erregen.

„Ach, und von welcher Konkurrenz sprichst du bitte?"

Sie grinst.

„Von Jasper. Ich hab die beiden neulich zusammen gesehen. Sie haben sehr vertraut gewirkt."

Dieser Name sagt mir etwas.

„Du meinst den Typen von der Tankstelle?"

Yetta nickt.

„Ja, genau den. Wenn es stimmt, was er erzählt, dann arbeitet deine Ex jetzt für ihn. Sie soll angeblich die Schlussschichten übernommen haben."

Fuck! Das ist mir zwar neu, würde aber gut passen. Dieser Pisser hat sich schon früher immer an sie rangemacht. Damals hat Ava ihn keines Blickes gewürdigt, wie es heute aussieht, kann ich nicht sagen. Aber wenn sie glaubt, dass ich zulassen werde, dass sie mich vollends zum Gespött der Stadt machen kann, täuscht sie sich gewaltig.

Erst verlässt sie mich, dann kommt sie nach Jahren zurück und fängt etwas mit einem anderen Typen an. *Bullshit!*

„Ich werde dieser Sache nachgehen."

Die Bitch nickt, so als hätte sie mit genau dieser Reaktion gerechnet.

„Ihre Muschi muss aus Gold sein. Anders kann ich mir nicht erklären, warum du dir das alles gefallen lässt, Paxton."

Obwohl Yetta dieser Kommentar überhaupt nicht zusteht, ist da was Wahres dran.

Wenn es um Ava geht, konnte ich noch nie rationale Entscheidungen treffen. Dieses Mädchen geht mir unter die Haut. Diese Frau ist meine Schwachstelle – sie hat die Macht, mich in die Knie zu zwingen. So war es damals und ich befürchte, so ist es heute noch immer. Die Vorstellung, dass dieser Jasper seine Hand an meine Frau gelegt hat, macht mich unsagbar wütend. Jeder in Big Lake weiß, dass Ava zu mir gehört. Jasper muss also absolut lebensmüde sein, wenn er sich an meinem Eigentum vergreift.

Der Impuls, loszueilen und meinen Besitzanspruch auf Ava zu erneuern, wird übermächtig. Wenn ich jetzt auf mein Bike steige, wäre ich in weniger als fünf Minuten an der Tankstelle, was bedeutet, dass ich in sieben Minuten meine Faust in Jaspers Gesicht rammen und ihn seine Zähne schlucken lassen könnte.

Eine äußerst verführerische Vorstellung ...

Doch anstatt dem Drang nachzugeben, klammere ich mich an der Whiskyflasche fest und beobachte weiterhin das Lagerfeuer.

Wir müssen es tun. Los. Es geht schließlich um Ava. Sie gehört uns ... Nur uns!

Das Knurren in meinem Kopf wird immer lauter, ich blende es aus und zwinge mich dazu, ruhig zu bleiben.

Was würde es bringen, diesem Jasper alle Knochen zu brechen?

Was hätte ich davon?

Das Problem ist nicht er, sondern Ava selber.

Was sagt es über sie aus, wenn sie, anstatt zurück zu mir zu kommen, sich in die Arme eines anderen Mannes schmeißt?

Vielleicht wird es Zeit, diese Frau zu vergessen. Den Blick von den Flammen abwendend, sehe ich zu der Bitch neben mir. Yetta trägt einen kurzen Rock, kniehohe Stiefel in Kombination mit zerrissenen Nylonstrümpfen und einem bauchfreien Top. Sie ist attraktiv, weiß, wie das Clubleben läuft, und hat sich in der Vergangenheit mehr als einmal als zuverlässig erwiesen. Sie wäre eine gute Lady, sie wüsste zu schätzen, was ich ihr biete, und würde nie auf die Idee kommen, abzuhauen.

Vielleicht sollte ich sie ficken, für eine Weile für mich beanspruchen und sehen, wohin das führt.

„Ich kenne diesen Blick, Präs."

„Dann weißt du ja, was ich erwarte!"

Ihr Bier auf den Boden stellend, steht sie auf, legt mir ihre Hände auf die Schultern und sinkt auf meinen Schoß. Prall und rund drücken sich ihre Titten gegen meinen Brustkorb, während sie mich wild küsst.

Geschickt wühlt sich ihre Zunge durch meinen Mund, während sie sich daran macht, meine Hose zu öffnen. Gierig packt sie mich am Schwanz, drückt zu und massiert mir die Eier. Die Faust in ihren langen blonden Haaren vergrabend, ziehe ich ihren Kopf nach rechts und schiebe meine Zunge tiefer in ihren Hals. Von Wut und Enttäuschung getrieben, gehe ich gröber zur Sache als nötig. Erst als sich meine Erektion schmerzhaft gegen den Stoff meiner Jeans presst, gebe ich ihren Mund wieder frei und atme ein paar Mal tief durch.

„Fick mich!"

Genau das habe ich vor.

„Hol ihn raus."

Sie erhebt sich kurz, zieht meine Hose nach unten und schiebt ihren Rock hoch.

Ein Kondom aus der Innentasche meiner Kutte holend, reiße ich die silberne Verpackung auf, rolle mir das Latex über den Schwanz und beiße kurz die Zähne zusammen.

„Wenn du es schaffst, mich Ava vergessen zu lassen, ziehe ich dir mein Leder an!"

Bis zu dem Moment, in dem ich das Angebot ausspreche, war mir nicht klar, was ich tue. Dennoch weiß ich, dass es das wert wäre. Ava ist wie eine Krankheit, wie ein Virus, der mich befallen hat, und unter dem ich seitdem leide. Falls Yetta es schafft, mich von diesem Virus zu befreien, wäre ich mit einem Schlag die Hälfte meiner Probleme los.

Die meisten Bitches hätten sich über diese Herausforderung gefreut und alles Mögliche und Unmögliche versucht, um mich zufriedenzustellen. Yetta hingegen stößt ein freudloses Lachen aus, packt mich am Schwanz und lässt sich auf mich herabsinken.

Eng und nass umschließt ihr Pussy meine Eichel. Sie stöhnt, hält sich an mir fest und beginnt, mich wie wild zu reiten. Ungeduldig packe ich sie an der Taille und stoße immer wieder zu. Ich brauche es tiefer und härter. Sie gibt ein gepeinigtes Keuchen von sich, beißt sich auf die Unterlippe und versucht, die Schmerzen zu ertragen. Brave Bitch!

Yettas Titten wackeln, das Top verrutscht und bietet mir so einen genialen Anblick. Ihre Möpse hüpfen direkt vor meinen Augen auf und ab, mein Schwanz rammt sich wieder und wieder bis zum Anschlag in ihre Möse und mein Atem kommt immer abgehackter. So sehr ich es auch versuche, schaffe ich es nicht, diesen Fick zu genießen.

Das hier fühlt sich mehr nach einem zum Scheitern verurteilter Versuch, anstatt nach einem geilen Quickie an.

Entschlossen Ava endlich aus meinem Kopf zu bekommen, stehe ich auf, beuge Yetta über die Bank. Der orange Schein des Feuers hüllt ihre Rundungen ein.

„Spreiz die Beine!“

Sie tut sofort, was ich verlange, mein Blick fällt auf ihre geschwollene, vor Feuchtigkeit triefende Mitte.

„Zur Hölle!“

Mit einem Fluch verpasse ich Yettas Arsch einen heftigen Schlag, genieße ihren Aufschrei und verreibe mit den Fingern etwas von der Nässe auf ihrem Anus.

Meine Eichel vor dem runzeligen Loch positionierend, packe ich die Bitch am Genick und drücke sie weiter nach unten.

„Paxton, was ...“

Weiter kommt sie nicht. In der Sekunde, in der ich mich rücksichtslos und bis zu den Eiern in ihren Arsch ramme, hallt ihr entsetzter Schrei über den Hof.

Das Wissen, dass die Wichser, die mich beschatten, uns von der Straße aus beobachten können, entlockt mir ein zufriedenes Knurren.

Sollen diese blöden Bullen doch zusehen. Vielleicht wird ihnen dann klar, wie beschissen ihr Leben ist. Während ich mich an der Nutte austobe, müssen sie im Auto sitzen und darauf hoffen, dass ich einen Fehler begehe, wegen dem sie mich festnehmen können. *Fuck off!* Die Finger meiner linken Hand in Yettas Hüfte vergrabend ramme ich mich wieder und wieder in ihren Po.

Sie schreit, bockt und stöhnt – es klingt so, als ob sie sich noch nicht ganz sicher wäre, ob es sich gut oder schlecht anfühlt. Egal was schlussendlich zutrifft, es hat keinen Einfluss auf mich. Der runde Muskel ist eng, massiert meine Härte und ist kurz davor, zu reißen.

Raven kommt aus dem Club, Milo folgt ihm. Während mein Vize sich damit zufriedengibt zuzusehen, öffnet Milo seine Hose, stellt sich vor Yetta und hebt ihren Kopf an. Mit einem Nicken gebe ich ihm zu verstehen, dass es für mich okay ist, was ihn dazu veranlasst, der Bitch seinen Schwanz in den Mund zu schieben.

„Härter, Präs."

Ich tue ihm den Gefallen. Jedes Mal, wenn ich zustoße, wird Yetta nach vorne und somit weiter zu ihm geschoben, was zur Folge hat, dass sie sich nun um zwei Schwänze kümmern muss. Aus ihrem Schreien wird ein Würgen. Den Blick zu der Stelle senkend, an dem mein Glied immer wieder in ihrem weit gedehnten Arsch verschwindet, ramme ich mich noch etwas fester in ihren zitternden Körper.

„Besser als jeder Porno!"

Ravens Kommentar lässt mich nur den Kopf schütteln.

„Ein Loch wäre noch frei."

Er lacht.

„Nein Danke, Bro. Ich denke, die Kleine hat genug."

Damit könnte er recht haben. Beide Hände in ihren Haaren vergrabend, zieht Milo Yetta noch etwas fester zu sich und verharrt in dieser Position. Ich tue es ihm nach, schiebe mich bis auf den letzten Zentimeter in den zuckenden Kanal und halte ebenfalls still. Yettas Würgen und ihr verzweifelter Versuch, nach Atem zu schnappen und den Schmerz auszuhalten, sind mit das Geilste, was ich seit Langem erlebt habe.

„Was denkst du, Präsident? Wie lange hält sie das aus?"

„Ein paar Minuten noch!"

Milo nickt.

„Lust auf eine Wette? Zwanzig Dollar, dass sie die nächsten Tage nicht richtig sitzen kann?"

Bevor er darauf eingeht, verpasse ich Yettas Hintern ein paar weitere Schläge.

„Vergiss es, Alter. Dafür ist mir mein Geld zu schade."
Mein VP schüttelt nur den Kopf, raunt uns zu, dass wir völlig abgefuckt sind, und verschwindet wieder im Inneren des Clubs.

Ich beschließe, dass ich genug habe, verfalle wieder in einen schnellen Rhythmus, stelle mir vor, dass es Ava ist, die da vor mir liegt, und spritze wenige Atemzüge später ab. Kaum dass Milo die Bitch für sich alleine hat, befiehlt er ihr, auf die Knie zu gehen, und tobt sich nun alleine an ihr aus. Noch bevor ich den Gürtel geschlossen habe, ist er ebenfalls fertig, tätschelt Yetta den Kopf und lässt uns wieder alleine. Atemlos, völlig fertig, jedoch lächelnd, dreht die Bitch sich zu mir um und sieht mich an.

„Das war grenzwertig, aber verdammt gut."

Mich wieder auf die Bank setzend, beobachte ich, wie sie auf wackeligen Beinen aufsteht und den Rock nach unten zieht. Das war nicht das erste Mal, dass wir sie uns zu zweit vorgeknöpft haben, doch dieses Mal waren wir alles andere als zimperlich.

„Scheiße! Zwischenzeitlich dachte ich echt, du kippst uns um."

Sie legt den Kopf schief und nickt.

„Ich war kurz davor. Hat sich aber gut angefühlt!"

Es ist kein Geheimnis, dass Yetta es härter mag. Warum sie darauf steht, benutzt und unterworfen zu werden, kann ich zwar nicht nachvollziehen, aber Shit! Für mich hat das nur Vorteile! Bei ihr kann ich mich austoben, ohne danach ein schlechtes Gewissen haben zu müssen.

„Hat es seinen Zweck erfüllt?"

„Nicht wirklich."
Sie wirkt wenig überrascht.

„Du hast mich benutzt und ich habe es genossen. Jetzt tu, was du tun musst."

Den letzten Rest Whisky leerend, stehe ich auf und gehe zu meinem Bike.

Yetta hat recht. Es wird Zeit, ein paar Dinge klarzustellen.

An der Tankstelle ankommend, parke ich direkt vor der gläsernen, mit Werbung zugeklebten Eingangstüre.

Bis auf Owen ist niemand da. Das spielt mir in die Hände.

„Hey, Präs. Was geht?"

Owen ist seit vier Jahren ein Full Member unseres Clubs. Er erledigt alle möglichen Jobs, doch seine Hauptaufgabengebiete haben mit Zahlen und Nadeln zu tun.

Er ist unser Kassenwart, kümmert sich um die Finanzen und treibt die Beiträge ein. Wenn er das alles erledigt hat, verbringt er seine Zeit damit, Tinte unter unsere Haut zu stechen. Er ist der begnadetste Tätowierer, der mir je begegnet ist. Niemand hat so eine ruhige Hand wie er. Die Entwürfe für all die vielen Tätowierungen zeichnet er selbst, was ihm den Straßennamen Picasso eingebracht hat.

„Ist 'ne private Angelegenheit."

Nickend kommt er auf mich zu. Die vielen Rauchen-verboten-Schilder ignorierend, holt er seinen Tabak raus, rollt sich eine Kippe und tastet seine Taschen nach einem Feuer ab. Das ist so typisch für ihn. Ich wette, dass er mindestens zehn Messer bei sich hat. Die meisten meiner Männer haben irgendeinen Tick. Unser Picasso hat einen ausgeprägten Klingenfetisch. Was wiederum gut zu seinem Namensgeber passt. Hatte der sich nicht ein Ohr abgeschnitten oder war das van Gogh? Keine Ahnung, ist ja auch egal! Worauf ich hinaus will, ist, dass Owen ein wandelnder Messerblock ist. Feuer oder Bargeld hat er jedoch nie bei sich. Lachend werfe ich ihm meins zu. Er fängt es auf, murmelt ein „Danke, Boss" zündet sich die Kippe an und lehnt sich an die Zapfsäule.

„Du siehst aus wie ein Mann mit einem Plan. Brauchst du Hilfe?"

„Nein, mit Jasper werde ich alleine fertig."

Verwundert sieht er mich an.

„Was willst du denn von dem? Der Typ hat keine Eier. Jedes Mädchen ist wehrhafter als dieser Idiot?"

Mit dieser Einschätzung liegt er völlig richtig. Darum bin ich mir auch so sicher, dass ich keine Unterstützung brauche.

„Wie gesagt, ist eine private Angelegenheit."

Lachend setzt er sich auf seine koboldblaue Harley, stülpt sich den Helm über den Kopf und fährt davon. Erst als er außer Rufweite ist, wird mir klar, dass er mein Zippo eingesteckt hat. *Typisch!*

Mit einem Tritt öffne ich die Türe, betrete den kleinen Verkaufsraum des Shops und sehe mich prüfend um. Jasper taucht hinter der Kasse auf, als er mich sieht, wirkt er nicht wirklich überrascht. Warum sollte er auch, es ist nichts Ungewöhnliches, dass ich hier tanke, ist schließlich die einzige Möglichkeit in Big Lake. Nach einem prüfenden Blick auf seinen PC weiß er, dass ich heute nicht gekommen bin, um mein Bike aufzufüllen. Verdutzt sieht er mich an. Zeit, um Klartext zu reden.

„Ich hab gehört, Ava arbeitet hier?"

Er wirkt alarmiert, was mir meine Frage auch schon beantwortet.

Plötzlich beginnt er nervös ein paar schief liegende Kaugummiverpackungen ordentlich in das Regal zu richten.

„Ähm, ja, das tut sie. Ihre erste Schicht ist morgen.“

Interessant!

„Brauchst du etwas Bestimmtes, Paxton?“

Seine Stimme zittert, er wirkt, als ob er sich gleich anpissen würde.

„Du weißt, dass Ava mir gehört! Nicht wahr? Meinst du nicht, dass es angebracht gewesen wäre, mich nach meiner Zustimmung zu fragen, bevor du sie einstellst?“

Endlich scheint er zu kapieren, dass ich nicht hier bin, um mir Kippen zu kaufen.

„Sie ist eine freie Frau.“

Dass ich nicht lache! Und in dieser Stadt herrscht Recht und Ordnung ...

„Falsch, sie ist *meine* Frau!“

Sein spitzes Kinn in die Höhe reckend, öffnet er den Mund, fast so, als ob er mir da widersprechen wollte.

Seelenruhig den Schlagring aus der Hosentasche holend, ziehe ich ihn mir über die Finger und mache probehalber eine Faust.

Sofort klappt er den Mund zu. Seine eben noch zur Schau gestellte Selbstsicherheit bröckelt von ihm ab. *So ein Schwanzlutscher ...*

„Hör mal, du musst das nicht tun, Paxton. Sag mir einfach, was du von mir willst, und ich mache das dann. Ich kann Ava auch sagen, dass ich es mir anders überlegt habe, wenn du nicht willst, dass sie hier anfängt.“

So gefällt mir das schon besser. Vielleicht darf er seine Zähne behalten.

Zwei Schokoriegel aus dem Regal nehmend, stecke ich zusätzlich noch eine Packung Kondome und ein neues Feuerzeug ein. Jasper sagt zu all dem kein Wort.

„Wenn Ava das will, kann sie hier arbeiten. Du wirst dich ihr nicht nähern, sie nicht anfassen und auch sonst keine Scheiße probieren. Ich mache dich persönlich für ihre Sicherheit verantwortlich! Sollte ihr etwas zustoßen ...“

Den Satz führe ich nicht zu Ende. Jaspers Mimik nach zu urteilen, weiß er auch so, was los ist. Das ging leichter, als gedacht. Schade ...

Gerade als ich mich abwende, räuspert es sich leise.

„Ich werde Ava über unser Gespräch in Kenntnis setzen.“

Oh nein, das wird er schön sein lassen.

Die Lippen nach unten ziehend, drehe ich mich wieder um.

Mein Handgelenk ausschüttelnd, hebe ich drohend den Arm und beiße die Zähne zusammen.

„Wirst du das?“

Er nickt. Hat das Arschloch etwa gerade seine Eier entdeckt, oder was? Obwohl er vor Angst wie erstarrt wirkt, hält er meinem Blick stand.

Mit wenigen Schritten überwinde ich die Distanz zwischen uns, greife über die Kassentheke, packe ihn am Hemdkragen und ziehe ihn mit einem Ruck zu mir her.

Mit dosierter Kraft lasse ich die mit dem Schlagring ausgestattete Faust gegen seinen Kiefer krachen. Er schreit auf, sackt zusammen und hebt in einer schützenden Geste die Hände vors Gesicht.

„Okay. Okay. Schon gut, ich hab's verstanden."

„Sicher?"

Er nickt panisch, aus dem Mundwinkel rinnt ihm etwas Blut.

„Sehr schön."

Wieder mache ich mich daran, zu gehen.

„Ich musste es zumindest versuchen. Ava ist eine klasse Frau."

Witzig. Soll das seine Entschuldigung sein?

„Ich habe es nicht nur versucht – ich habe es getan! Ava gehört mir. Rühr sie an und ich breche dir das Genick!"

Dazu sagt Jasper nichts mehr. Das wird auch sein Glück sein. Meine Stimmung ist nicht die beste. Diese Nacht war beschissen!

Mich auf mein Bike setzend, ziehe ich einen der Snickers hervor, werfe das Papier auf den Boden und gönne mir eine kurze Pause.

Vom Osten her färbt sich der Himmel lila. Nicht mehr lange und die Sonne geht auf.

Der Drive-by, die tote Bitch, die Cops, das verwüstete Clubhaus und das Wiedersehen mit Ava. All das war nur ein kleiner Teil der Scheiße, die in den letzten Stunden passiert ist. Ich traue mich kaum darüber nachzudenken, was der morgige Tag für den Club bereithält ...

10. Kapitel

Ava

Ist es verrückt, wenn ich aufgeregt bin?

Klar, ich arbeite nur an einer Tankstelle in einer Kleinstadt. Trotzdem ist es mein erster Arbeitstag und ich habe Angst, etwas falsch zu machen.

Was wenn ich das Kassensystem schrotte? Okay, das ist eher unwahrscheinlich, dennoch, es kann immer etwas schiefgehen.

Meine Freude, Jasper wiederzusehen, hält sich in Grenzen, aber nach meiner kleinen Notlüge denkt er, dass ich wieder mit Paxton zusammen bin, also bezweifle ich, dass er irgendwelche Annäherungsversuche machen wird.

Heute war ein perfekter Sommertag. Ich habe den ganzen Tag im Garten verbracht, ein Blumenbeet angelegt und verzweifelt versucht, nicht an diesen Rockerpräsidenten zu denken, der letzte Nacht einfach vor meiner Türe gestanden hat.

Geklappt hat das natürlich überhaupt nicht, aber das habe ich auch nicht erwartet. Irgendwie hatte ich gehofft, dass er heute erneut auftauchen würde, es ist ja nicht so, dass unser letztes Gespräch alle offenen Fragen geklärt hat. Aber er hat sich nicht blicken lassen. Vielleicht gehöre ich für ihn wirklich der Vergangenheit an – vielleicht kann er mir auch einfach nicht verzeihen, dass ich ihm meine Schwangerschaft verheimlicht habe. So oder so, das Ergebnis ist das gleiche. Paxton wollte mich nicht sehen. Das sollte mich eigentlich nicht so schrecklich traurig machen. Immerhin bin ich nicht zurück nach Big Lake gekommen, um erneut seine Freundin zu werden ...

Mein altes Fahrrad aus der Garage holend, streife ich mit den Fingern über den mit Blumen verzierten Lenker, betätige die Klingel und schwinge mich auf den Sattel.

Die Reifen sind etwas platt, aber das ist nach all den Jahren auch kein Wunder. Da ich die nächsten Stunden sowieso in einer Tankstelle verbringe, werde ich es sicherlich schaffen, sie mit dem dort stehenden Kompressor aufzupumpen.

Meine Schicht geht von 20:00 Uhr bis 3:00 Uhr morgens, ich bin gespannt, wer um diese Uhrzeit nichts Besseres zu tun hat, als sein Auto aufzutanken. Entschlossen die vor mir liegenden Stunden zu meistern, mache mich auf den Weg zur Arbeit.

Schon verrückt wie sehr sich mein Leben in Big Lake von dem in Chicago unterscheidet.

Zehn Minuten später parke ich mein Bike auf der Rückseite des Gebäudes, sperre es ab und streiche meine Klamotten zurecht.

Ich komme keine fünf Schritte weit, ehe Storm aus dem Schatten heraus auf mich zukommt.

„Du siehst gut aus, Süße."

Da ich nicht denke, dass er hier auf mich gewartet hat, um mir Komplimente zu machen, gehe ich einen Schritt auf ihn zu. „So langsam glaube ich wirklich, dass du mich verfolgst. Woher weißt du, dass ich heute hier arbeite?"

Seine Mundwinkel zucken amüsiert.

„Schon vergessen? In Big Lake gibt es keine Geheimnisse."

Damit könnte er recht haben.

„Was willst du von mir?"

„Mit dir über Geheimnisse reden."

Das habe ich befürchtet.

„Du weißt, dass ich echt wütend auf dich bin?!"

Überrascht zieht er eine Augenbraue nach oben.

„Tu nicht so unschuldig! Du hast meine Vergangenheit durchleuchtet und für Paxton eine Mappe über mich angefertigt. Ich dachte, du bist mein Freund, aber da habe ich mich wohl getäuscht."

Direkt vor mir stehen bleibend, verschränkt er seine mit Tinte überzogenen Arme vor der Brust und sieht mich finster an.

„Du bist wie eine kleine Schwester für mich. Aber Paxton ist mein Präsident. Ich bin ihm verpflichtet. Das weißt du. Tu nicht so, als würdest du nicht wissen, wie es im Club zugeht."

Das weiß ich leider nur zu gut.

„Trotzdem kann ich das doof finden!"

Jetzt grinst er.

„Stimmt, das kannst du."

Wie nett, dass er mir zumindest das zugesteht.

„Wieso hast du auf mich gewartet? Oder soll ich lieber aufgelauert sagen?"

Jegliche Belustigung weicht aus seinen Gesichtszügen. Schlagartig wird er wieder ernst.

„Du hast die Mappe gesehen?" Ich nicke. „Gut, dann ist dir auch aufgefallen, dass ich Paxton eine Info vorenthalten habe."

Aha … Es geht also um James …

„Ja, und dafür danke ich dir."

„Tu das nicht, Ava. Ich will, dass du zu ihm gehst und es ihm selbst sagst."

Wie bitte?

„Vergiss es. Mein Liebesleben geht niemanden von euch was an."

„Das nennst du *Liebesleben*? Der Wichser hat dich geschlagen."

Ja, und das nicht nur einmal.

„Wie ich es nenne, ist meine Sache. Sonst noch was?"

Ganz den bösen Rocker markierend, sieht er drohend auf mich herab.

„Du wirst es ihm sagen."

Ich verstehe nicht, warum Storm so einen großen Wert darauf legt.

„Nein! Und jetzt verschwinde und lass mir meine Ruhe."

Ein Grunzen von sich gebend, schüttelt er den Kopf.

„Fuck, Ava! Du hast keine Ahnung, was hier los ist! Wir sind im Krieg und Paxton befürchtet, dass du mit den *Bloods* gemeinsame Sache machst. Wenn du ihm aber sagst, dass nur zurück bist, weil du vor einem brutalen Cop flüchtest, mit dem du eine Beziehung hattest, dann wird ihn das zwar wütend machen, aber er weiß zumindest, dass du nicht zum Feind übergelaufen bist."

Kaum dass ich das Gehörte verarbeitet habe, werde ich so richtig wütend.

„Wenn Paxton das wirklich glaubt, wenn er mir echt zutraut, dass ich hier bin, um dem Club zu schaden, dann kann er sich mal ins Knie ficken! Glaub es oder lass es, aber der MC hatte null mit meiner Entscheidung, zurück nach Big Lake zu kommen, zu tun. Im Gegenteil, wenn, war er eher ein Grund für mich, der gegen meine Rückkehr gesprochen hat."

Das scheint ihn zu verletzen. Gut so.

„Was hast du erwartet? Du hast ihm deine Schwangerschaft verheimlicht und ihn ohne ein Wort verlassen. Wie soll er dir da noch vertrauen?"

Das Wissen, dass er mit dieser Argumentation absolut recht hat, macht es mir nicht leichter.

„Vertrauen ist eine Sache, Misstrauen noch mal eine ganz andere." Ich mache eine kurze Pause, ehe ich weiterspreche. „Wenn es dir so wichtig ist, warum sagst du Paxton dann nicht, dass seine Ex mit 'nem Cop ins Bett gestiegen ist? Angst, dass dir dein Präsident dann eine Kugel in den Kopf jagt?"

Sich eine Zigarette anzündend, erwidert er meinen herausfordernden Blick.

„Manche Dinge müssen persönlich besprochen und nicht von Außenstehenden berichtet werden."

Ach was er nicht sagt ...

Nicht bereit, diese Diskussion weiter zu führen, lasse ich Storm stehen und gehe.

Er lässt mich ziehen, worüber ich echt froh bin. Doch noch bevor ich ums Hauseck verschwinden kann, ruft er mich noch mal.

„Ava?“

Ich bleibe zwar stehen, drehe mich aber nicht zu ihm um.

„Ja?“

„Das mit deinem Baby tut mir leid!“

Seine Beileidsbekundung hat auf mich dieselbe Wirkung wie ein Boxhieb in den Magen. Mir weicht sämtliche Luft aus der Lunge und bittere Tränen schießen mir in die Augen.

Ein gemurmeltes „Danke“ später gehe ich weiter.

Nicht zu glauben. Vor wenigen Minuten habe ich mich noch auf meinen ersten Arbeitstag, oder soll ich lieber erste Arbeitsnacht sagen, gefreut. Jetzt hingegen will ich einfach nur wieder nach Hause, in mein Bett und eine Runde heulen.

Bevor ich Jasper gegenübertrete, nehme ich mir ein paar Augenblicke Zeit, um mich wieder zu beruhigen. Eigentlich war ich mir sicher, dass ich den Club und seine Mitglieder hinter mir gelassen habe. *Verdammt!* Es fühlt sich nur überhaupt nicht so an. Bilde ich es mir nur ein, oder werde ich von meiner Vergangenheit gerade eingeholt? Ein paar Minuten später habe ich meine Fassung wiedergefunden und betrete den Tankstellen-Shop.

„Jasper?“

Keine Reaktion. Auf der Suche nach ihm umrunde ich den Verkaufsbereich und schaue im Pausenraum nach. Dort sitzt er, mit einem Bier in der Hand und einer Packung Schmerztabletten vor sich liegend.

„Oh Gott. Was ist passiert?“

Er wirft mir einen zornigen Blick zu.

„Kannst du dir das nicht denken?“

Ein ungutes Gefühl breitet sich in meinem Magen aus.

„Paxton?“

Jasper nickt und trinkt von seinem Bier.

„Scheiße!“

Wieder nickt er.

„Das kannst du laut sagen.“

Unsicher betrachte ich das fast schwarze Mal an seinem Kiefer. Irgendwie sieht das Hämatom komisch aus. Es hat mehrere runde Abdrücke, die sich in einem Violettton sichtbar abheben. So etwas habe ich schon mal gesehen, damals hat Milo sich mit jemandem geprügelt, der einen Schlagring getragen hat. *Oh Gott!*

So weit würde Paxton nicht gehen? Oder? Die Antwort auf diese Frage kenne ich längst.

Wenn dieser Rocker auf jemanden wütend ist, kann dieser Jemand froh sein, wenn er das überlebt ...

„Es tut mir leid, Jasper. Wirklich. Ich wollte nicht, dass du wegen mir Ärger bekommst."

Ohne sich die Mühe zu machen, mich anzusehen, steht mein Chef auf und schafft Abstand zwischen uns.

„Hör zu Ava. Ich will, dass du gehst. Auf so einen Bullshit habe ich echt keinen Bock. Indem ich dir den Job gegeben habe, wollte ich dir helfen. Aber das", er deutet auf sein zerschundenes Gesicht, „geht zu weit."

Da kann ich ihm nur zustimmen.

„Wann ist das passiert?"

„Heute Morgen, kurz bevor ich zusperren wollte."

Also eine gewisse Zeit, nachdem Paxton bei mir zu Hause aufgetaucht ist.

„Bitte, ich brauche das Geld. Lass mich mit ihm reden. Ich verspreche dir, dass so etwas nie wieder vorkommen wird."

Ungläubig zieht er eine Augenbraue nach oben.

„Was wollte Storm von dir? Sah aus, als hättet ihr euch gestritten!"

Wie bitte?

„Woher weißt du das?"

„Die komplette Anlage ist videoüberwacht."

Mit der Hand zeigt er auf die Monitore, die im Eck stehen. Die hatte ich zwar gestern schon gesehen, aber irgendwie nicht daran gedacht, dass wirklich jeder Winkel um das Gebäude gefilmt wird.

„Hast du auf den Toiletten auch welche montiert?"

Über meinen eher schlechten Scherz kann er leider nicht lachen. Dabei hatte ich echt gehofft, so die Stimmung etwas aufzulockern.

„So wie ich das sehe, stehst du mit einem Bein im Club und mit dem anderen draußen. Das kann übel enden, das ist dir doch klar, Ava?"

Wie übel weiß niemand besser als ich.

„Bitte Jasper, ich rede mit Paxton. Gib mir noch eine Chance. Bitte!"

Er zögert, dann nickt er.

Vor Erleichterung eile ich zu Jasper und schlinge ihm die Arme um den Hals. Mit erstaunlich viel Kraft schiebt er mich von sich.

Nanu? Was soll das? Letztens konnte er mir gar nicht nah genug kommen.

„Wenn du wirklich hier arbeiten willst, dann tu das nie wieder. Halte am besten einen Meter Abstand zu mir.“

Wie bitte?

„Wie du meinst.“

Meine Handtasche abstellend, mache ich mich für die Arbeit fertig.

„Stopp. Lass das, Ava.“

„Warum?“

„Ich habe zugestimmt, dir noch eine Chance zu geben. Aber das tue ich erst, wenn du die Sache mit dir und Paxton geklärt hast. Das Risiko, erneut auf die Fresse zu kriegen, ist mir zu hoch. Davon abgesehen gehört der Club zu meiner Haupteinnahmequelle. Wenn die Biker mich, aus was für Gründen auch immer, boykottieren und außerhalb der Stadt tanken, kann ich zusperren. Du weißt, wie es läuft. Wenn sich der MC gegen einen richtet, folgt ihm die Stadt und man ist auf ewig geliefert.“

Jasper übertreibt. Oder? *Verdammt!*

„Du übertreibst. Niemand boykottiert dich.“

Mich mit einem wütenden Blick bedenkend, steht er auf.

„Wir reden hier über meine Existenz. Im Gegensatz zu dir kann ich nicht einfach meine Sachen packen und auf Nimmerwiedersehen verschwinden. Du redest dich leicht. Wann immer es kompliziert wird, haust du ab. Das hast du damals so gemacht und so bist du immer noch. Stimmt’s? Ich wette mit dir, dass du Chicago nur verlassen hast, weil es dort ebenfalls Ärger gegeben hat.“

Seine Worte treffen mich hart. Der Umstand, dass er recht hat, macht es mir nicht gerade leichter.

„Du willst, dass ich gehe?“

Jasper nickt.

„Komm erst wieder, wenn du dein Leben geregelt hast. Ich habe keinen Bock, deinen Ärger abzubekommen.“

Nett – wirklich sehr nett.

Zornig schnappe ich mir meine Tasche und renne regelrecht aus der Tankstelle.

Scheiß auf Jasper, den Job und den Rest der Welt. Irgendwie kommt es mir so vor, als hätten sich heute alle gegen mich verschworen. Mein Fahrrad holend, will ich eigentlich nach Hause fahren, entscheide mich dann aber spontan um und schlage den Weg zum Club ein. Bei einer Sache muss ich Jasper zustimmen. Dieser Mist zwischen mir und Paxton muss ein für alle Mal geklärt werden. Mag sein, dass Big Lake eine kleine Stadt ist, dennoch ist sie groß genug für uns beide.

Zumindest hoffe ich das ...

11. Kapitel

Paxton

„Der Deputy ist da, er wedelt mit einem Durchsuchungsbeschluss herum und redet von einer neuen Beweislage!“

Einen lauten Fluch ausstoßend, drehe ich mich zu Storm um.

„Dieser Wichser hat sich an uns festgebissen.“

„Jepp. Scheint fast so. Was soll ich tun? Ihn reinlassen oder einen Kopfschuss verpassen?“

Obwohl das mit dem Kopfschuss verführerisch klingt, befehle ich Storm, dass er Salaries zu mir schicken soll. So langsam wird dieser Bulle echt lästig.

Gespannt was er von mir will, lehne ich mich gegen die Bar, leere das Bier und lasse den Blick über den fast leeren Hauptraum gleiten.

In den letzten Stunden haben alle mit angepackt und die zerstörten Sachen in den Laster geschafft. Der Schaden ist beträchtlich, jedoch ersetzbar.

Storm und der Deputy kommen auf mich zu. Während der Bulle fast schon ekelhaft zuversichtlich aussieht, trägt mein Bruder eine finstere Miene zur Schau. Wenn ich es nicht besser wüsste, würde ich meinen, der Deputy hätte ein Ass im Ärmel.

Sich neben mich stellend, raunt Storm mir zu, dass sein Angebot immer noch gilt.

Jetzt, wo ich in die grinsende Fresse von Salaries blicke, bin ich äußerst gewillt, das mit dem Kopfschuss doch noch in Betracht zu ziehen.

„Was wollen sie hier? Viel ist nicht mehr übrig, was sie und ihre Kollegen noch zerstören können.“

Für den Bruchteil einer Sekunde hält er mir einen zerknittert aussehenden Brief vor die Nase, dann rollt er das Schriftstück wieder zusammen und steckt es in seine Jacke.

„Ich bin hier, um mich noch mal auf der oberen Etage umzusehen.“

Was er nicht sagt.

Die Wohnungen haben die erste Durchsuchung fast unbeschadet überstanden. Sollte der Deputy das im Nachhinein ändern wollen, breche ich ihm sämtliche Kochen.

„Und was erhoffen sie sich zu finden?“

„Das werden sie dann schon sehen.“

Meine Instinkte schlagen Alarm, etwas stimmt hier nicht.

Bullshit! Ich hätte große Lust, diesen Wichser vom Hof zu prügeln. Doch gegen einen Durchsuchungsbeschluss bin ich machtlos.

„Tun sie sich keinen Zwang an.“

Einzig das Wissen, dass er nichts finden wird, was uns Probleme bereiten könnte, lässt mich einigermaßen ruhig bleiben.

Storms mit Tattoos bedecktes Gesicht zeigt pure Mordlust. Es wäre nur ein Zeichen von mir nötig und das Arschloch würde innerhalb von Sekunden mit durchgeschnittener Kehle auf dem Boden liegen und ausbluten.

Entweder scheint Salaries die Gefahr nicht wahrzunehmen oder aber er hat ein perfektes Pokerface. Ich tippe auf Ersteres.

Mit großen Schritten vorausgehend, bringt er die Treppe hinter sich und verschwindet in der ersten Wohnung.

„Fuck! Ich hasse diesen Cop.“

„Da geht es mir nicht anders. Aber wir müssen Ruhe bewahren. Völlig egal, wie gründlich er sucht, er wird nichts finden, was uns in irgendeiner Weise belasten könnte.“

Ein „Wollen wir es hoffen!“ murmelnd, verschwindet er hinter der Bar, holt sich ein Bier und lässt sich in einen der Sessel fallen.

Ebenfalls in den ersten Stock gehend, prüfe ich, was der Bulle macht. Als ich oben ankomme, ist er gerade dabei, unzählige Schubladen zu öffnen, den Inhalt auf den Boden zu kippen und meine privaten Unterlagen zu durchwühlen. Die Fäuste ballend, kämpfe ich gegen den Drang, so lange auf ihn einzuschlagen, bis sein Gesicht nur noch eine nicht identifizierbare rote Masse ist, an.

„Was soll der Mist?“

Ein zufriedenes Grinsen zur Schau stellend, dreht er sich zu mir um, schmeißt die Schublade auf den Boden und verpasst ihr einen Tritt, sodass das Holz knackend zerbricht.

Das Blut in meinen Adern beginnt zu kochen. Gedanklich versuche ich mir in Erinnerung zu rufen, warum ein Polizistenmord keine so gute Idee ist, es gelingt mir nicht.

Im Augenblick spricht alles dafür, diesen Deputy ein für alle Mal verschwinden zu lassen. Während ich noch um Fassung ringe, bewegt sich mein zukünftiges Mordopfer von der Küche ins angrenzende Wohnzimmer. Ich bleibe für eine Minute stehen und zwinge mich zur Ruhe.

Wir müssen ihn töten – wir müssen ihn aufschlitzen ...

Der Schizo in mir schreit mich an, dass ich endlich meinen Dolch ziehen soll. Ich ignoriere ihn und atme tief durch.

Ein Rascheln ertönt, jetzt folge ich Salaries doch, und erwische ihn dabei, wie er ein Loch in die Couch schneidet und eine Tüte in dem Polster versteckt.

What a fuck soll das werden?
„Hey?"
Er zuckt erschrocken zusammen, dreht sich zu mir um und greift zu seiner Dienstwaffe.
„Was haben Sie da platziert?"
„Nicht platziert, sondern gefunden!"
So langsam wird mir klar, was die Aktion hier soll. Das Arschloch ist verzweifelt. Er hat nichts, womit er dem Club Probleme bereiten kann, und darum ist er zu dem Entschluss gekommen, gegen die Regeln zu verstoßen.
Fluchend sehe ich nach, was er mir da unterjubeln wollte, ziehe die Tüte heraus und sehe den Revolver, der sich darin befindet.
„Sie blödes Arschloch!"
Seine Pistole auf mich richtend legt er den Finger auf den Abzug.
„Hol die Knarre raus."
Die Frage nach dem *warum* stellt sich mir nicht. Mir ist sofort klar, dass er den Revolver erst gegen mich verwenden kann, wenn auf ihm meine Fingerabdrücke sind.
„Vergiss es!"
„Tu es, Paxton oder ich knalle dich ab."
„Niemals!"
Auf eine Stelle neben meinem Kopf zielend, betätigt er den Abzug. Es knallt, das Projektil saust zischend an meinem Ohr vorbei und schlägt nur wenige Zentimeter von mir entfernt in der Wand ein.
„Sie mieser Bastard!"
Salaries lacht laut auf.
„Hol den Revolver raus. Beim nächsten Mal schieße ich nicht vorbei. Wie sich wohl eine zerschossene Kniescheibe aufs Motorradfahren auswirkt. Egal! Wenn ich mit dir fertig bin, verbringst du den Rest deines Lebens in Einzelhaft."
Dafür werde ich ihn umbringen. Aber da er gerade alle Vorteile auf seiner Seite hat, bleibt mir erst mal nichts anderes übrig, als zu tun, was er verlangt.
Mit vor Wut fest zusammengebissenen Zähnen, umfasse ich den Griff und hole den Revolver raus.
„Was versprechen Sie sich davon?"
Die Mundwinkel nach unten ziehend, wedelt er mit seiner Pistole herum.
„Gerechtigkeit."
Das ich nicht lache.

„Gefälschte Beweismittel klingen für mich eher ungerecht."
Salaries zuckt mit den Schultern.
„In manchen Fällen muss man sich eben auf das Niveau seiner Gegner herablassen, um ans Ziel zu kommen."
Fassungslos beobachte ich ihn dabei, wie er sein Funkgerät zur Hand nimmt. Wenn es ihm jetzt gelingt, Verstärkung zu rufen, bin ich geliefert.
Mit dem Revolver in der Hand suche ich fieberhaft nach einer Lösung. Mir kommt eine Idee ... Was wenn das Ding geladen ist? *Never* ... Salaries ist zwar ein Idiot, aber so dumm wird nicht mal er sein? Oder? Einen Versuch ist es wert! Den Revolver anhebend, ziele ich auf die Stirn des Deputys und drücke ab.
Wieder ertönt ein Knall. Noch bevor das Arschloch seine Kollegen rufen konnte, bohrt sich die von mir abgefeuerte Kugel durch die Haut in seinen Schädel und reißt ihm den halben Hinterkopf weg. Ein Gemisch aus Blut und Hirnmasse verteilt sich auf dem Fernseher, dem Boden und auf allem anderen, was sich in seiner Nähe befunden hat.
„Fuck!"
Schritte werden laut, Storm stürmt ins Wohnzimmer, sieht den toten Cop und bleibt abrupt stehen.
„Oh Fuck!"
„Na sag ich doch."
Verwirrt sieht er mich an.
„Was zum Teufel ist denn hier passiert?"
„Scheiße, Bro. Ich habe keine Ahnung!"
Verwirrt schüttelt er den Kopf.
„Du hast Salaries abgeknallt. Ja? Ich wollte das in den letzten Jahren schon unzählige Male, aber du darfst es? Schon irgendwie unfair. Was?"
Echt jetzt?
„Halt's Maul. Du klingst wie ein kleines Kind, dem man den Lolly weggenommen hat."
Das Funkgerät knistert, meine Nackenhaare stellen sich auf.
„Wollen wir hoffen, dass der Pisser niemandem gesagt hat, wo er hin ist. Sonst sind wir geliefert."
Storm beugt sich über den Toten, durchsucht die Taschen und schaut sich den Durchsuchungsbeschluss genauer an. Ein *tztztz* ... von sich gebend, richtet er sich wieder auf.
„Na schau mal einer an."
Er reicht mir das Dokument.
Nicht sicher, was ich damit soll, ziehe ich eine Augenbraue nach oben.
„Was?"

„Das Datum. Das Ding ist ein Jahr alt und auf jemand ganz anderen ausgestellt. Der Wichser hatte überhaupt kein Recht, sich hier umzusehen.“

Welch eine Überraschung.

„Interessant.“

Ein Schnauben von sich gebend, stemmt er die Hände in die Hüften.

„Würdest du mir bitte sagen, was hier vorgefallen ist?“

Fluchend werfe ich ihm den Revolver zu und setze mich auf die Couch.

Verwundert betrachtet er die Knarre.

„Was willst du denn mit dem Ding? Machst du jetzt einen auf Cowboy, oder was?“

„Den hat Salaries mitgebracht. Ich habe ihn dabei erwischt, wie er ihn in der Couch versteckt hat. Anschließend hat er mich mit vorgehaltener Waffe gezwungen, ihn aus der Tüte zu holen und in die Hand zu nehmen. Das Arschloch hat meine Fingerabdrücke gebraucht, damit sein Plan aufgeht. Du wirst es nicht glauben, er hat sogar abgedrückt, als ich mich geweigert habe, bei seinem Plan mitzumachen.“

Unglauben spiegelt sich in der Mimik meines Bruders.

„Scheiße! Vielleicht war unser Deputy doch nicht so blöd, wie wir all die Jahre dachten.“

Mir eine Lucky anzündend, betrachte ich die Sauerei in meinem Wohnzimmer.

„Oh doch, das war er. Oder wie willst du es dir sonst erklären, dass er dem Outlaw, dem er gerade ein Beweismittel unterschieben will, einen geladenen Revolver in die Hand gedrückt hat?“

Seufzend lässt er sich neben mir aufs Sofa fallen, legt die Füße auf den Tisch und betrachtet den ausblutenden Cop.

„Wir müssen ihn schnellstens loswerden. Sobald er als vermisst gilt, werden seine Kollegen hier als Erstes nach ihm suchen!“

Gedanklich stelle ich längst eine Liste mit den benötigten Sachen zusammen.

Bleichmittel – Bleichmittel und noch mal Bleichmittel. Dazu eine Packung Aspirin, Handschuhe und jede Menge Whisky.

„Das alles so sauber zu machen, dass keine DNA-Rückstände bleiben, wird eine Scheißarbeit. Wenn dieser blöde Drecksack wüsste, was er uns post mortem noch für Probleme bereitet, wäre er sehr zufrieden mit sich.“

Storm klingt so wütend, dass es mich nicht wundern würde, wenn er Salaries noch eine Kugel verpasst, nur um so zumindest einen Teil seines Frusts abzubauen.

„Echt ärgerlich, dass wir keine einsatzbereiten Prospects mehr haben.“

Über meinen Kommentar lachend, schnorrt er sich eine Kippe von mir.

Mein Handy aus der Tasche ziehend, teile ich Raven und Milo mit, dass sie gebraucht werden.

„Shit! Läuft hier eine Party, oder was?"

Picasso kommt auf uns zu, reibt sich das Kinn und runzelt die Stirn.

„Mach dich nützlich oder verpiss dich."

Grinsend steigt er über die Leiche und steckt die Hände in die Taschen.

„Hieß es nicht immer, dass wir dem Deputy kein Haar krümmen dürfen?"

Storm grunzt.

„Die Regel scheint für unseren Präsidenten hier nicht zu gelten. Muss toll sein, der Boss zu sein."

Genervt stehe ich auf.

„Von eurem Mist bekomme ich noch Kopfschmerzen."

„Sag mir einfach, was ich tun kann, um euch bei der Scheiße hier zu helfen. Und dann gehen wir es an."

Endlich mal ein vernünftiger Vorschlag.

„Besorg ein paar Flaschen Reiniger, XXL-Tüten, Handschuhe, eine große Packung Aspirin und Whisky."

„Alles klar, Präs!"

Picasso verlässt die Wohnung. Zumindest hat sich das mit dem Einkaufen schon mal erledigt.

„Was hat es mit den Kopfschmerztabletten auf sich?"

Auf die Frage habe ich schon gewartet.

„Aspirin enthalten viel Ascorbinsäure, wenn du sie in Wasser auflöst und anschließend mit der Mischung den Tatort reinigst, zerstörst du sämtliche DNA-Rückstände. Selbst wenn noch vereinzelte Blutspuren zurückbleiben, werden die für die Ermittler wertlos."

Er sieht mich überrascht an.

„Woher hast du denn die Info?"

„Lola, sie war ausgebildete Apothekerin."

Ungläubig runzelt er die Stirn.

„Du verarschst mich?"

„Nein, gar nicht. Manchmal schadet es nicht, sich mit den Nutten zu unterhalten."

Er grinst, nimmt das Handy des Deputys, zerlegt es und nimmt die SIM-Karte raus.

„Nein danke, ich ficke sie lieber."

Ich mache mich auf den Weg nach unten, parke den Pick-up direkt vor der Eingangstüre und hole eine große Plane.

Raven und Milo tauchen endlich auf. Zusammen rollen wir den Cop auf das Plastik, schnüren die Plane zu einem Paket zusammen, schleppen die Leiche nach unten und legen sie auf die Ladefläche des Wagens.

„Das wäre schon mal geschafft. Jetzt kommt die Drecksarbeit."

Ravens Stimme klingt emotionslos. Für ihn ist ein toter Deputy kein Grund, um sich aufzuregen.

„Wir haben nur ein Problem."

Storm deutet zuerst auf den Streifenwagen, der mitten im Hof steht, und anschließend auf die schwarze Limousine, die draußen auf der Straße steht, und in der sich die zwei Agents befinden, die mich seit dem Drive-by beschatten.

In meinen Augen ist die Aktion absolut hirnrissig. Schließlich werde ich wohl kaum hinter dem Anschlag auf meinen eigenen Club stecken. Die Idioten sollten eher die *Bloods* im Auge behalten, aber verdammt ... An dem Tag, an dem ich kapiere, was die Polizei wann und wieso tut, soll mich der Teufel holen!

„So wie ich das sehe, brauchen wir ein Ablenkungsmanöver. Sobald die Wichser weg sind, beseitigen wir die Leiche und die Bullenkarre. Dann sieht es so aus, als wäre der Deputy glücklich und zufrieden in den Sonnenuntergang gefahren und wir sind aus dem Schneider."

Milo hat recht.

„Aber was für eins?"

Mein VP überlegt kurz.

„Du befindest dich auf ihrem Radar, nicht wir. Wenn du fährst, werden sie dir folgen."

Das könnte klappen.

Gerade als ich mit meinen Brüdern zusammen zurück in den Club gehen will, taucht eine kleine Gestalt am Tor auf. Gespannt warte ich ab. Ava kommt, ihr Fahrrad schiebend, auf uns zu. Ihrer Mimik nach zu urteilen, ist sie stocksauer.

Fuck! Die hat mir gerade noch gefehlt.

„Als ob ich heute nicht schon genug Ärger gehabt hätte!"

„Nicht dein Tag, was Präs?"

Milo boxt mir schadenfroh gegen die Schulter, während Storm mir zuraunt, dass ich Ava anständig behandeln soll. So langsam geht er mir mit seinen Tipps gehörig auf den Sack.

„Du blödes, arrogantes, egoistisches Machoarschloch! Was bildest du dir eigentlich ein? Was glaubst du, wer du bist? Du glaubst wohl, dass du zur Gottheit geworden bist, nur weil jetzt das Wort *Präsident* dein Leder ziert. Aber damit täuschst du dich gewaltig. Du bist nichts weiter als ein Schandfleck aus meiner Vergangenheit. Also hör auf, dich in mein Leben einzumischen, oder ich werde das deine beenden!"

Bloody Hell! Ich muss mich verhört haben.

„Verdammt noch mal, hat sie das gerade wirklich alles gesagt?"

Ravens amüsiertem Gesichtsausdruck nach zu urteilen, hat sie es tatsächlich getan. Während mein VP zumindest versucht, seine Erheiterung zu verbergen, lacht Milo laut los. „Scheiße Präs, ich würde sagen, da musst du alleine durch."

Die Jungs grüßen Ava noch kurz, ehe sie das Weite suchen.

Verräter-Schweine!

Ihr Fahrrad parkend, eilt sie die letzten Meter auf mich zu und schlägt mir ohne Vorwarnung und mit voller Wucht gegen die Brust.

„Fuck Weib! Bist du von allen guten Geistern verlassen?"

„Das fragst ausgerechnet du? Mutig!"

Trotz ihres unverschämten Auftritts kostet es mich einiges an Beherrschung, dass ich sie nicht packe, gegen die nächste Wand pinne und küsse.

Mit funkelnden Augen, roten Wangen und abgehackt kommendem Atem starrt sie mich an und sieht dabei extrem süß aus.

Wenn sie wüsste, womit ich gerade beschäftigt war, bis sie mich unterbrochen hat, würde sie die Klappe sicherlich nicht so weit aufreißen. Aber sie hat keine Ahnung, dass ich gerade einen Cop erschossen habe und dieser nun auf dem Pick-up liegt, mein Wohnzimmer voller Blut ist und ich mir noch immer Gedanken darüber mache, wie ich die Agents weglocken kann, damit meine Brüder die Leiche und den Streifenwagen verschwinden lassen können. Aber anstatt mich um all den Bullshit zu kümmern, stehe ich hier und lasse mich als Machoarschloch und was weiß ich noch alles beschimpfen.

Der einzige Mensch, dem ich so etwas zugestehe, ist Ava, jeden anderen hätte ich für diese Unverschämtheit schon den Hals umgedreht.

„Beleidigst du mich nur oder verrätst du mir auch, worin dein verdammtes Problem liegt?"

Sie schnaubt, verdreht genervt die Augen und sieht mich aufgebracht an.

„Jasper!"

Fuck! Ich hätte mir ja denken können, dass der Schwanzlutscher nicht das Maul halten kann.

12. Kapitel

Ava

Zuerst entschlossen und dann immer unsicherer trete ich in die Pedale. Viel zu früh, komme ich am Stadtrand und somit vor dem Hauptquartier des Hell's Fire Motorcycle Clubs an. Anders als erwartet dröhnt keine laute Musik aus den Boxen. Es brennen keine Ölfässer und man hört auch keine Stimmen. Es ist still – zu still – gefährlich still.

Instinktiv ahne ich, dass etwas nicht stimmt. Erst als ich näher komme, stelle ich fest, dass das kleine Wachhäuschen völlig zerstört ist. Auch das Tor sah schon mal stabiler aus. Hunderte Einschusslöcher zieren die Mauern des Clubhauses. Das was sich mir hier bietet, erinnert an einen Kriegsschauplatz in Syrien und nicht an einen Ort mitten in den USA. Was zur Hölle ist hier passiert?

Ich entdecke Paxton und ein paar andere Member auf dem Hof. Ohne lang darüber nachzudenken, stürme ich auf den Rockerpräsidenten, der mich in den Wahnsinn treibt, zu, hole aus und verpasse ihm einen harten Schlag.

Selbst der Umstand, dass wir Zuhörer haben, kann mich nicht davon abhalten, Paxton all das, was mir auf der Zunge liegt, entgegenzuschleudern. Erst als alles raus ist, bemerke ich die angespannte Stimmung. Die Jungs grüßen mich, dann lassen sie uns alleine – am liebsten würde ich sofort wieder die Flucht ergreifen.

Paxtons Gesichtsausdruck kann man nur als angsteinflößend beschreiben. Seine eisblauen Augen wirken tief und geheimnisvoll wie die See, an seinem Kiefer zuckt ein Muskel und seine Arme sind angespannt.

Wenn er wollte, könnte er mich mit einem Schlag töten.

„Beleidigst du mich nur, oder verrätst du mir auch, worin dein verdammtes Problem liegt?“

Als ob er das nicht wüsste?! Ein Schnauben ausstoßend, verdrehe ich genervt die Augen.

„Jasper!“

Seine Iriden blitzen auf, er weiß sofort, von wem ich rede.

„Was ist mit ihm?“

Die Tatsache, dass er sich dumm stellt, macht mich nur noch wütender.

„Was? Verprügelst du so viele Leute, dass du dich nicht mehr an alle erinnerst?“

„Verprügeln? Hat er das etwa gesagt? So ein Weichei!“

Dieser Mann treibt mich in den Wahnsinn.

„Er hat nichts gesagt. Das war auch gar nicht nötig. Du hast deinen Schlagring benutzt. Warum? Was hat er dir getan?"

Anstatt zu antworten, packt er mich am Arm, schnappt sich mein Fahrrad und führt mich zur Straße.

„Du schmeißt mich raus?"

Ich bin so verwirrt, dass ich über meine eigenen Füße stolpere und gegen ihn knalle. Blitzschnell fängt er mich auf. Plötzlich sind wir uns so nah, dass ich ihn riechen kann. Dieser unverkennbare Duft von Leder, Schießpulver und Mann hat dieselbe Wirkung auf mich wie eh und je: Herzrasen, Schmetterlinge und dieses ganz bestimmte Prickeln im Bauch, dass man einfach nicht missverstehen kann.

Die Zeit verstreicht. Weder lässt er mich los noch versuche ich, von ihm wegzukommen.

Es fühlt sich fast so an, als wären für diesen kurzen Augenblick alle unsere Probleme unwichtig, als hätte es die letzten Jahre nicht gegeben.

Unsere Blicke verschmelzen, wir kommen uns näher, unser Atem vermischt sich und mein Puls schnellt in die Höhe.

Die Magie eines Kusses legt sich zwischen uns. Kurz bevor sich unsere Lippen berühren, knurrt er dunkel und richtet sich wieder zu seiner vollen Größe auf.

Mit noch größeren Schritten als zuvor führt er mich raus auf die Straße. Lässt mich los und drückt mir mein Rad in die Hand.

„Du hast dir einen wirklich beschissenen Zeitpunkt für deinen Besuch ausgesucht."

Ähm, was? Habe ich das gerade richtig gehört?

„Das war kein Besuch, also nicht im eigentlichen Sinne."

Seine Mundwinkel zucken.

„Stimmt, du bist nur gekommen, um mir klarzumachen wie scheiße du mich findest. Vier Jahre habe ich darauf gewartet, dass du hier auftauchst, so hatte ich mir deine Rückkehr jedoch nicht vorgestellt."

Mit diesen Worten wendet er sich von mir ab und lässt mich stehen.

Passiert das gerade wirklich?

Vor Zorn bebend, sehe ich ihm nach.

„Wir sind noch nicht miteinander fertig, Paxton!"

Sich zu mir umdrehend, verschränkt er die Arme vor der Brust.

„Was willst du von mir, Ava?"

Oh verdammt. Wenn ich das nur wüsste!

Nicht sicher, was ich darauf antworten soll, beiße ich mir auf die Unterlippe.

Fluchend kommt er zu mir zurück, umfasst mit beiden Händen mein Gesicht und haucht mir einen federleichten Kuss auf die Stirn.

Das Gefühl seiner warmen, festen Lippen auf meiner Haut, lässt mir die Knie weich werden.

„Hör zu Süße, an jedem anderen Tag kannst du mich so lange anschreien und so oft schlagen wie du willst. Doch jetzt ist ein echt ungünstiger Zeitpunkt dafür. Ich muss ein paar Dinge regeln."

Die Arme fallen lassend, geht er ein paar Schritte rückwärts, dann dreht er sich um und verschwindet im Club.

Ist das gerade wirklich passiert?

Verwundert sehe ich mich um, stampfe mit dem Fuß auf und mache mich auf den Heimweg. An der Kreuzung angekommen bleibe ich, als eine schlumpfblaue Harley an mir vorbeirattert, stehen. Wenn ich mich nicht täusche, ist das Owens Bike. Die Hand zum Gruß hebend, gibt er Gas und fährt Richtung Club.

Ihm nachsehend, frage ich mich, was da wohl los ist?

Paxton konnte es kaum erwarten, mich loszuwerden. Kann es sein, dass er bereits eine neue Frau hat? Eine Old Lady vielleicht sogar? Die Frage zuckt wie ein Blitz durch mein Hirn, ein bitterer Geschmack breitet sich auf meiner Zunge aus, mein Herz schmerzt. Kurz bevor ich an meinem Haus angekommen bin, drehe ich entschlossen wieder um und fahre zurück zum Club.

Ich muss wissen, was da los ist?!

Wenn Paxton tatsächlich eine Lady hat, will ich das erfahren.

Alleine die Möglichkeit, dass eine andere Frau meinen Platz eingenommen hat, treibt mir die Tränen in die Augen. Schön blöd, ich weiß ... Schließlich habe ich ihn damals verlassen ... Entschlossen trete ich mit aller Kraft in die Pedale und sehe gerade noch, wie Paxton davonrast. Die Scheinwerfer der am Straßenrand stehenden Limousine gehen an, dann folgt der Wagen dem Rocker, den ich eigentlich zur Rede stellen wollte.

Kurz abwägend, ob ich doch wieder nach Hause fahren soll, entscheide ich mich dafür, hier auf ihn zu warten, und fahre erneut auf den Hof. Je näher ich dem Clubhaus komme, umso deutlicher wird mir das gesamte Ausmaß des Schadens. Mein Blick fällt auf weiße Kreidespuren am Boden. Neugierig steige ich von meinem Bike und gehe zu der Stelle. Es sieht so aus, als wäre damit der grobe Umriss eines Körpers nachgespurt worden.

Ach du heilige ... da ist jemand gestorben!

Erschrocken stolpere ich einen Schritt zurück und kämpfe gegen die aufsteigende Übelkeit an.

Mit zitternden Händen schiebe ich mein Fahrrad zu dem direkt vor der Türe stehenden Pick-up. Eine ziemlich eigenartige Art zu parken.

Nachdem ich es an die Wand gelehnt habe, gehe ich an dem Auto vorbei und betrete den Club. Aus irgendeinem Grund überkommt mich das Gefühl, dass ich mich umdrehen sollte. Langsam tue ich es und riskiere einen Blick auf die Ladefläche. Das Erste, was ich sehe, ist eine große dunkelblaue Plane, die mit Tape und einer Schnur zusammengebunden wurde, erst bei genauerem Hinsehen bemerke ich die zwei Schuhe, die davor liegen. *Merkwürdig!* Neugierig wie ich bin, stelle ich mich auf die Zehenspitzen, um mehr erkennen zu können und weiche sofort einen Schritt zurück.

Bilde ich es mir nur ein, oder stecken da tatsächlich noch Füße drinnen?

Ich muss mich täuschen, oder?

Erneut riskiere ich einen Blick – ich habe mich nicht getäuscht.

Oh mein Gott! Da liegt eine, in eine Plane gewickelte, den Stiefeln nach zu urteilen, männliche Leiche auf dem Pick-up.

Entsetzt und ungläubig betrete ich den großen Hauptraum und suche nach jemandem, der mir einige meiner Fragen beantworten kann.

Doch auch hier ist nichts mehr so, wie es einmal war.

Was ist hier nur passiert?

Bis auf einen Billardtisch, ein paar Sofas und einen Flipperautomaten ist der Club leer. Glasscherben und die Teile eines Spiegels liegen auf dem Betonboden verstreut, die Poster an der Wand sind zerrissen.

Stimmen werden laut, ein Fluch ertönt.

„Scheiße, das stinkt wie abgelaufenes Sushi!“

Storms Lachen hallt durch den Raum, es hört sich, an als wäre er oben im ersten Stock.

Erleichtert, dass ich jemanden gefunden habe, steige ich die Treppe nach oben.

„Zieh besser Handschuhe an, die Bleiche verätzt dir sonst die Finger.“

Das klang nach Raven.

„Und was machen wir mit dem Aspirin? Mit den vier Flaschen Whisky runterspülen, oder was?“

Owen lacht.

„Ich habe nur gekauft, was mir Paxton angeschafft hat.“

Wieder höre ich Storm.

„Die Tabletten sollen wir in einem Eimer mit Wasser auflösen und damit ganz zum Schluss noch mal über den Boden und so weiter gehen. Das soll helfen, die verbleibenden DNA-Spuren zu beseitigen.“

Das ist mit Abstand das kurioseste Gespräch, das ich jemals belauscht habe.

„Wo hast du denn den Scheiß her? Kuckst du jetzt Wissenschaftssendungen, oder was?“
Der Vizepräsident des Clubs klingt ungläubig.
„Nope. Das hat Paxton mir so erklärt. Er wird schon wissen, warum er das so machen will.“
Jetzt klingt es, als würden Möbel umgestellt werden, etwas zerbricht.
„Shit! Dieser fucking Deputy kann froh sein, dass der Präs ihm schon das Hirn aus dem Schädel gepustet hat.“
Deputy?
In meinem Kopf überschlägt sich alles. Die Leiche auf der Ladefläche ist niemand geringerer als Salaries.
Mein gezischtes „Ach du heilige Scheiße!“ hallt über den leeren Gang und verrät meine Anwesenheit. Raven taucht im Türrahmen auf, stemmt die Hände in die Hüften und flucht. „Das kann doch wohl nicht wahr sein! Was machst du hier, Ava?“
Nette Begrüßung.
„Herausfinden, was hier gespielt wird.“
„Ich dachte, Paxton hat dich weggeschickt?“
Auf ihn zu gehend, nicke ich.
„Hat er auch. Ich bin zurückgekommen.“
Seine Augen blitzen belustigt auf.
„Genauso eine Rebellin wie früher. Scheinst dich nicht verändert zu haben.“
Mich in eine bärenhafte Umarmung ziehend, verwuschelt er mir die Haare und führt mich in Paxtons Wohnung.
Es fühlt sich gut und zugleich merkwürdig an, wieder hier zu sein.
Dieser MC war für lange Zeit wie ein zweites Zuhause für mich.
„Schaut mal, wen ich gefunden habe.“
Schlagartig richten sich drei Augenpaare auf mich.
„Bedeutet deine Anwesenheit, dass du nun endgültig wieder zurück bist, oder dass du unserem Präsidenten noch mehr Ärger bereiten willst?“
Milo bedenkt mich mit einem finsteren Blick.
„Kann ich noch nicht genau sagen.“
Er runzelt die Stirn.
„Was kannst du nicht sagen?“
„Was nun zutrifft, dass mit dem Zurück oder das mit dem Ärger.“
Trotz des harten Ausdrucks in seinen Augen verziehen sich seine Lippen zu einem Grinsen.

„Hast mir gefehlt, Kleine. Mit dir war es nie langweilig."
Wer Milo kennt, weiß, dass diese Äußerung schon das Maximum seiner emotionalen Fähigkeiten war.
„Wenn du bleiben willst, dann setz dich da hin." Storm deutet auf das Sofa. „Und fass möglichst nichts an."
Ich tue, was er sagt, und beobachte das rege Treiben um mich herum.
„Will mir einer sagen, was hier passiert ist?"
Raven brummt ein „Nein!".
„Ich habe das zugeschnürte Paket auf dem Pick-up gesehen. Nett von euch das ihr ihm die Schuhe angelassen habt. So bekommt er, wenn ihr ihn irgendwo vergraben habt, zumindest keine kalten Füße."
Auf einmal starren mich alle mit offenem Mund an.
„Fuck, Mädchen. Deine große Klappe hat mir echt gefehlt."
Lachend kippt Raven den Inhalt von einer der orangen Flaschen auf den Boden und verteilt die klare Flüssigkeit großzügig auf dem Laminat.
Der intensive Gestank brennt sich in meiner Nase fest.
„Oh verdammt, ich habe total vergessen, wie heftig dieses Zeug stinkt."
Durch den Mund atmend stehe ich auf und öffne das Fenster.
„Hast wohl in Chicago keine Spuren verschwinden lassen müssen. Was?"
„Nein. Es war eine ziemlich leichenfreie Zeit."
Owen brummt, rollt den runden Teppich zusammen und wirft ihn sich über die Schultern.
„Das können wir nicht gerade behaupten, was Brüder?"
Er zwinkert mir zu und trägt seine Last nach unten.
Die nächsten Minuten verbringen wir in einvernehmlichem Schweigen.
Die Routine, mit der die Männer ans Werk gehen, verrät mir, dass sie ziemlich geübt darin sind, Blut, Haare und Knochensplitter zu beseitigen. An sich nicht wirklich verwunderlich. Was mich aber sehr wohl überrascht ist, wie ruhig ich bleibe. Anscheinend bin ich in den alten Club-Girl-Modus verfallen. Früher habe ich allerhand heftige Sachen zu Gesicht bekommen, ich kann also, ohne eingebildet klingen zu wollen, behaupten, dass ich dank den Rockern des Hell's Fire Motorcycle Clubs ziemlich abgehärtet bin.
„Wenn ich die Lage richtig einschätze, dann ist Paxton vorhin weggefahren, um die Agents, die ihn beschatten, wegzulocken, damit ihr die Sauerei beseitigen und den toten Cop wegschaffen könnt. Richtig?"

Owen kommt zurück, öffnet eine der Jack Daniels Flaschen und trinkt einen großen Schluck, ehe er sie mir in die Hand drückt.
„Gut kombiniert, Mädchen."
Erleichterung macht sich in mir breit.
„Das heißt, Paxton hat keine Lady?"
Storm lässt den Lumpen in den Putzeimer fallen und sieht mich irritiert an.
„Was hat das eine mit dem anderen zu tun?"
Mein Magen zieht sich schmerzhaft zusammen.
„Na ja ... er hat mich vorhin so schnell vom Hof gescheucht. Da dachte ich mir, dass er sich vielleicht nach meinem Fortgehen eine Lady genommen hat und verhindern will, dass wir uns begegnen."
Raven setzt sich neben mir auf die Couch, zieht sich die Latexhandschuhe von den Fingern und nimmt mir den Whisky ab.
„Paxton ist nie über deinen Verrat hinweggekommen. Du bist nicht fortgegangen, wie du es eben so schön formuliert hast, sondern du hast deinen Kerl, als er dich am meisten gebraucht hat, verlassen und verraten."
Bämm! Schonungslos und offen wie eh und je.
„Wird interessant zu beobachten, wie er reagieren wird, wenn er zurückkommt und dich in seiner Wohnung vorfindet."
Oh ja, wirklich sehr interessant ...
Für ein paar Sekunden spiele ich mit dem Gedanken, doch lieber wieder zu gehen. Schlussendlich tue ich es nicht, bleibe einfach sitzen und nippe immer wieder an dem Whisky.
Keine Ahnung wie viel Zeit vergeht. Dreißig Minuten? Eine Stunde? Irgendwann ist die Reinigungsaktion vorbei und die Männer machen sich daran, die Leiche wegzuschaffen.
„Kommst du mit, Ava?"
Raven sieht mich neugierig an.
„Nein, ich denke nicht. Zum Schluss drückt ihr mir noch einen Spaten in die Hand und lasst mich die Drecksarbeit machen. Darauf kann ich gut verzichten."
Der Sergeant at Arms zündet sich eine Zigarette an, als er meinen sehnsüchtigen Blick sieht, reicht er mir auch eine.
„Bist du noch da, wenn wir zurückkommen, oder haust du wieder ab?"
Meine Lungen mit Nikotin füllend, sehe ich Milo unsicher an.
„Ist es schlimm, wenn ich das selber noch nicht weiß?"
Er schüttelt den Kopf.
„Natürlich nicht. Was mich angeht, gehörst du zu uns."

Diese Treuebekundung tut unheimlich gut. Im Gegensatz zu den meisten Personen in meinem Umfeld habe ich keine Ahnung, wo mein Platz ist oder wohin ich gehöre? Ich fühle mich so ein bisschen wie ein Blatt im Wind. Darum ist es auch doppelt komisch, dass irgendwie alle anderen Menschen, denen ich begegne, ganz genau zu wissen scheinen, was ich am besten aus meinem Leben machen sollte.

Erschöpft und leicht angetrunken wünsche ich den Jungs viel Erfolg und bleibe schlussendlich alleine in Paxtons Wohnung zurück. All meinen Kummer im Whisky ertränkend, schnappe ich mir den schwarzen Hoodie, der über der Couchlehne hängt, und ziehe ihn mir an. Der Pullover ist warm, weich und riecht nach dem Mann, den ich so sehr vermisse. Vor den Fenstern ist es bereits dunkel, durch die dicken Wolken zeichnet sich die Sichel des Mondes ab. Müde strecke ich die Beine aus, stelle den fast leeren Jack Daniels auf den Tisch und schließe die Augen.

Seit ich wieder in Big Lake bin, ist ein Tag verrückter als der andere. Ich bin gespannt, ob jemals wieder so etwas wie Normalität in meinem Leben Einzug hält ...

13. Kapitel

Paxton

Eine Tankfüllung und mehrere Stunden später passiere ich das Tor zum Clubgelände und atme erleichtert auf, als ich den Pick-up mit leerer Ladefläche neben den geschlossenen Werkstatttoren stehen sehe. Zumindest das wäre erledigt! Müde parke ich das Bike, steige ab und rolle meine Schultern hin und her.

Was für eine verfluchte Scheiße!

Als Präsident ist es mein Bestreben, sämtliche Probleme und Schwierigkeiten abzuwehren und den Club zu schützen. Doch anstatt den aktuellen Ärger zu klären, kämpfe ich gegen immer neue Hürden an.

Immer wenn ich denke, dass es endlich wieder etwas bergauf geht, passiert etwas, das meine Männer und mich erneut an unsere Belastungsgrenzen bringt!

Luthors Tod, die *Bloods,* die Cops, das FBI und jetzt auch noch der Deputy. An das Theater mit Ava will ich gar nicht erst denken.

Holy Fuck! Ich kann immer noch nicht glauben, dass sie hier aufgetaucht ist, mich geschlagen und bedroht hat.

Was zur Hölle ist nur los mit diesem Weib?

Es hat sich absolut falsch angefühlt, sie wegzuschicken. Aber es musste sein. Ich konnte nicht zulassen, dass sie zur Komplizin bei einem Polizistenmord wird.

Morgen, oder sollte ich lieber heute sagen, es ist bereits zwanzig Minuten nach Mitternacht, werde ich sie besuchen und mir ihre Vorwürfe anhören.

Einfach lächerlich!

Wenn sie denkt, dass ich jemals damit aufhören werde, sie zu beschützen, täuscht sie sich gewaltig. Für ihre Sicherheit zu sorgen, ist wie ein Instinkt – ein Drang, den ich niemals ablegen kann.

Prüfend sehe ich mich um, von dem Streifenwagen fehlt jede Spur.

Wie es scheint, haben es meine Brüder geschafft, diesen Bullshit zu klären.

Nachdem ich unten niemanden finde, mache ich mich auf den Weg in den ersten Stock und entdecke einen erschöpft aussehenden Storm auf der obersten Stufe sitzend.

Schweigend setze ich mich neben ihn, strecke die Beine aus und hole meine Kippen aus der Tasche. Ich zünde zwei Luckys an, reiche ihm eine und erhalte ein dankbares Nicken.

Einen Schluck Whisky nehmend, reicht er mir die viereckige Flasche und lehnt sich mit den Ellenbogen nach hinten.

„Alles erledigt?“

„Jepp! Den Revolver habe ich zusammen mit dem Deputy in einem Waldstück am See vergraben. Sicherheitshalber habe ich die Leiche mit einem Kanister Benzin übergossen und angezündet. Selbst wenn irgendwann mal die Leiche ans Tageslicht kommt, wird es keine Spuren geben, die uns mit Salaries in Verbindung bringen.“

Das höre ich gerne ...

„Und die Bullenkarre?“

Ein trockenes Lachen von sich gebend, klemmt er sich die Kippe in den Mundwinkel.

„Steht ganz unauffällig vor dem Polizeirevier.“

„Perfekt, danke Bro!“

Er rempelt mich mit der Schulter an und wirft mir einen prüfenden Seitenblick zu.

„Bedank dich nicht zu früh. Da ist noch etwas, das ich mit dir besprechen muss.“

Dass so etwas kommt, war klar.

„Ich dachte mir schon, dass du nicht wegen der schönen Aussicht hier gesessen hast.“

„Jetzt oder nach der Zigarette?“

Gute Frage.

„Danach.“

„Soll mir recht sein.“

Im einvernehmlichen Schweigen leeren wir den Whisky, rauchen unsere Kippen und hängen für ein paar friedliche Minuten unseren Gedanken nach.

Nach einer Weile lasse ich den glühenden Filter vor meinem Stiefel fallen und drücke ihn mit dem Absatz aus.

„Okay. Also, was ist los?“

Er grunzt, setzt sich aufrechter hin und betrachtet für ein paar Sekunden seine Hände, ehe er zu reden anfängt.

„Tu mir einen Gefallen, mein Freund, und versuch nicht auszuflippen.“

Ach verdammt!

„Wenn du schon so anfängst, dann halt lieber dein Maul.“

Grinsend schüttelt er den Kopf.

„Geht nicht. Sorry, Präs.“

„Noch ein toter Cop?“

Unruhig steht er auf.

„Schlimmer.“

„Was kann schlimmer sein als ... Shit!“
Noch während ich es aussprechen wollte, kapiere ich, über was er mit mir reden will.
„Ava?“
„Ja. Sie liegt schlafend auf deiner Couch!“
Wie bitte?
„Wiederhol das, ich glaube, ich habe mich verhört!“
„Du hast mich richtig verstanden.“
Teufel noch eins ...
„Dann sag mir zumindest, dass sie nichts von dem Scheißdreck mit Salaries mitbekommen hat.“
Er muss nichts sagen, sein Mienenspiel ist mir Antwort genug.
„Fuck, Bro. Fuck!“
Ich springe auf die Füße und gehe auf Storm los.
Anstatt meinen Schlag abzuwehren, steckt er ihn mit einem gepressten *uff* ein.
„Wehr dich gefälligst!“
„Nein, Präs. Ich werde mich nicht mit dir prügeln.“
Fluchend bringe ich die restlichen Stufen hinter mich und gehe zu meiner Wohnung.
Vor der offen stehenden Türe zögere ich.
Das ist doch alles völlig für den Arsch!
Die letzten Jahre habe ich mir nichts so sehr gewünscht, wie nach einem langen anstrengenden Tag heimzukommen und dort Ava vorzufinden. Jetzt ist dieser Wunsch wahr geworden und ich habe keine Ahnung, wie ich damit umgehen soll.
Am liebsten würde ich umdrehen und in meinem Büro auf dem Sofa schlafen.
Mein Mädchen so nah bei mir zu wissen, stellt meine Beherrschung auf eine harte Belastungsprobe.
Wie soll ich diese Nacht hinter mich bringen, ohne Ava zu packen, in mein Bett zu werfen und die aufgestaute Sehnsucht der letzten Jahre an ihr zu stillen?
Sie ist mein – Sie ist dein – Sie ist unser!
Mein zweites Ich denkt nicht daran, sich zurückzuhalten. Doch ich darf diesen Stimmen nicht nachgeben. Zumindest so lange nicht, bis ich herausgefunden habe, warum zum Teufel sie hier im Club schläft und nicht in dem Haus ihres Vaters?
Tief durchatmend, beiße ich die Zähne zusammen, betrete den Flur und gehe direkt ins Wohnzimmer. Der Anblick, der sich mir dort bietet, bringt mich völlig durcheinander.

Mitten in dem chaotischen Raum, der nach Bleichmittel stinkt und in dem sich sicherlich noch versteckte Blutspritzer befinden, liegt das Mädchen, das ich mehr brauche als den nächsten Atemzug. Es ist kalt, das Fenster steht offen und in der Wand steckt das Projektil aus Salaries Dienstwaffe, das meine Brüder vergessen haben zu entfernen. So viel dazu, dass keine Beweise mehr übrig sind. Es sind die übersehenen Kleinigkeiten, die Männer wie mich für den Rest ihres Lebens in den Knast bringen.

Sie trägt meinen Pullover, der ihr viel zu groß ist, und der sie wie ein Kind wirken lässt.

Ihre langen karamellbraunen Haare liegen auf dem Kissen verteilt, ihre rosa Lippen sind leicht geöffnet. Leise schleiche durch den Raum zu dem Fenster, schließe es und ziehe meine Klinge. Wenige Sekunden später habe ich das Projektil aus der Wand bekommen. Ich stecke es ein, gehe vor Ava in die Knie und betrachte die perfekte Anordnung ihrer Sommersprossen. *Gott sie ist so schön ...*

Leise seufzend winkelt sie die Beine an.

Ein Murmeln von sich gebend, zieht sie die Stirn kraus. Sie hat schon damals im Schlaf geredet und ich bin wie ein liebeskranker Trottel Nacht für Nacht neben ihr gesessen, habe sie beobachtet und dem Wirrwarr, das sie von sich gegeben hat, gelauscht.

Fluchend stelle ich fest, dass sich an meiner Faszination für dieses Mädchen nichts verändert hat. Wenn überhaupt möglich ist sie stärker geworden. Ich spüre instinktiv, dass ich nie aufhören werde, diese Frau zu lieben. Denn wenn ich es könnte, hätte ich es längst getan. Nach meiner Entlassung damals habe ich mich dazu gezwungen und mich selbst gehasst, als es nicht funktioniert hat.

Heute weiß ich, dass es nicht klappen konnte! Wie sollte es auch? Wie soll man aufhören, einen Teil seiner selbst zu lieben? Ava gehört zu mir. Daran kann auch keine Entfernung dieser Welt etwas ändern. Gegen die Gefühle, die ich für diese Frau hege, bin ich machtlos. Fluchend balle ich die Hände zu Fäusten, gebe dem Drang, ihr nahe sein zu wollen, nach, und beuge mich so weit zu ihr vor, dass ich mit der Nase über die seidige Haut ihres Halses streifen kann. *Weich, warm und vertraut ...* Ihren Duft inhalierend, schließe ich die Augen und genieße den Moment.

Wir müssen sie in unser Bett bringen. Es wäre falsch, unser Mädchen hier liegen zu lassen!

Dieses Mal gebe ich nach. Überlasse meinem Schizo das Sagen und strecke wie von selbst die Arme aus, um sie hochzuheben.

Ihr Gewicht in den Armen balancierend, brumme ich zufrieden.

Über vier endlos scheinende Jahre hat es gedauert, bis Ava endlich wieder da ist, wo sie hingehört. Ein Wirbelsturm, bestehend aus unzähligen Emotionen, stürmt auf mich ein.

Langsam, jeden Schritt genießend, trage ich sie in mein Schlafzimmer, lege sie vorsichtig in die Mitte des Bettes und kann mich kaum an ihr sattsehen.

Ehrfurcht breitet sich in mir aus.

Wir werden sie nie wieder gehen lassen! Nie wieder!

Mein Besitzanspruch erreicht einen neuen Höhepunkt, und ich weiß, dass ich verloren habe. Völlig egal wie sehr Ava mich hassen wird – völlig egal wie sehr sie gegen mich ankämpfen wird – ich werde sie behalten.

Was hat es für einen Sinn, gegen das Chaos, aus dem meine Existenz zurzeit besteht, anzukämpfen, wenn mein Lebensinhalt zehn Minuten von mir entfernt, getrennt von mir, lebt? Gar keinen! Und darum werde ich dieses Theater beenden.

Vor ein paar Wochen habe ich mir neben Luthors Leiche geschworen, dass ich Ava, sollte sie jemals wieder von alleine zu mir zurückkommen, nie wieder gehen lassen werde. Und diesen Schwur werde ich halten. Koste es, was es wolle!

Mich dazu zwingend, den Blick abzuwenden, gehe ich ins Badezimmer, stelle mich unter eine eiskalte Dusche und bleibe dort so lange, bis sich meine Hände taub anfühlen.

Ich lasse mir bewusst Zeit, gehe in die Küche und rauche dort erst eine Lucky, ehe ich wieder zu Ava zurückkehre und mich zu ihr ins Bett lege.

In dem Augenblick, in dem ich sie zu mir ziehe, meine Arme um sie schlinge und meine Nase in ihren Haaren vergrabe, überkommt mich ein längst vergessener Frieden. Sollte ich sie jemals wieder verlieren, kann ich mich genauso gut selbst umbringen. Jeder Tag ohne Ava ist sinnlos.

Tief einatmend, schließe ich die Augen, genieße die Wärme des kleinen Körpers, der sich an den meinen schmiegt und erlaube es mir, einzuschlafen.

Was auch immer der morgige Tag für uns bereithält, Ava wird das Gelände des Hell's Fire Motorcycle Clubs nicht ohne meine Erlaubnis verlassen.

14. Kapitel

Ava

Mir ist so heiß, dass es sich anfühlt, als würde ich verglühen. Was ich als komisch empfinde, denn als ich eingeschlafen bin, hat es mich leicht gefroren. Mit geschlossenen Augen versuche ich, mich zu bewegen – es geht nicht.

Irgendetwas hält mich fest, engt mich regelrecht ein. Mein Herz beginnt zu rasen, der Schlaf fällt von mir ab und ich reiße die Augen auf. Es dauert einen Moment, bis ich kapiere, wo ich mich befinde. Ich liege nicht mehr auf der Couch in Paxtons Wohnzimmer, sondern in seinem Bett und in seinen Armen.

Ach du heilige ... Wie bin ich denn hierhergekommen? Hart und warm drückt sich sein Körper an den meinen, sein gleichmäßig kommender Atem streift über meinen Nacken, lässt mich erschaudern.

Für ein paar göttliche Sekunden erlaube ich mir, seine Nähe zu genießen, doch dann wird mir bewusst, wie gefährlich dieser Rockerpräsident für mich ist, und ich versuche, etwas Abstand zwischen uns zu schaffen. Kaum dass ich mich zu bewegen beginne, stößt Paxton ein dunkles Knurren aus und spannt die Arme an. Seine dicken Muskelstränge zucken, was zur Folge hat, dass ich noch etwas näher bei ihm lande.

Fasziniert streiche ich mit meinen Fingerspitzen über seine tintenverzierte Haut. So düster und gefährlich dieser Mann auch sein mag, genauso wunderschön ist er auch. Paxton ist ein tödliches Raubtier und ich bin seine Beute. So war es damals und so ist es heute ...

Wieder versuche ich, mich aus seiner besitzergreifenden Umarmung zu befreien, alles was ich damit erreiche, ist, dass er die Augen aufschlägt und mir ein „Guten Morgen, Baby“ ins Ohr brummt.

Baby? Oh, oh ...

Was ist heute Nacht passiert? Wie viel Whisky habe ich getrunken?

Das letzte Mal, als wir uns gesehen haben, konnte er mich gar nicht schnell genug davonjagen. Ich meine, er hat mich vom Clubgelände geworfen. Und jetzt liege ich in seinem Bett, in seinen Armen und er nennt mich sein Baby?

Prüfend bewege ich meine Beine und stelle fest, dass mein Slip an Ort und Stelle ist. Ich fühle mich auch nicht so, als ob ich Sex gehabt hätte.

Erleichterung breitet sich in mir aus. Zwar verstehe ich immer noch nicht, wie ich in diese Situation gekommen bin, aber das werde ich gleich klären.

„Wie bin ich hierhergekommen?“
„Meinst du zum Club oder in mein Bett?“
Bilde ich es mir ein, oder macht er sich gerade über mich lustig?
„Letzteres.“
Mit der Nase an meinem Hals entlangstreichend, knabbert er verspielt an meinem Ohrläppchen, ehe er seine Hüfte bewegt und so seine Erektion gegen meinen Po presst.
Mein Körper reagiert instinktiv mit purer Lust. Das Blut in meinen Adern beginnt zu kochen, zwischen meinen Beinen breitet sich ein sehnsüchtiges Pulsieren aus und mein Herz gerät aus dem Takt. Während mein Hirn panisch *‚Tu das nicht‘* schreit, wird mein Slip feucht.
„Ich habe dich getragen.“
Das erklärt so einiges.
Zwar gibt er mich nicht frei, doch er lockert seinen Griff so, dass ich mich bewegen kann. Langsam drehe ich mich zu ihm um, sehe ihm in die Augen und betrachte sein faszinierendes Gesicht. Um ehrlich zu sein, hätte ich nicht gedacht, jemals wieder zu dem Vergnügen zu kommen, in Paxtons Armen zu schlafen und neben ihm aufzuwachen.
Es gibt so viel, das zwischen uns steht – tausende Dinge müssen besprochen werden und trotzdem kann ich an nichts anderes denken, als meine Lippen auf die seinen zu pressen, ihn zu küssen und mich an ihn zu schmiegen. Ich widerstehe dem Drang, streiche mit dem Zeigefinger über die rauen Stoppeln an seinem Kinn und inhaliere seinen Geruch. Er riecht nach Mann, Seife und Abenteuer.
„Was tun wir hier nur?“
Meine Frage hängt wie Nebel zwischen uns. Seine Hand in meinen Haaren vergrabend, haucht er mir einen dieser unglaublich zärtlichen Küsse auf die Stirn, die meinen Kreislauf immer völlig durchdrehen lassen.
„Wir finden endlich wieder zueinander!“
Seine Antwort gefällt mir, dennoch weiß ich nicht, ob ich schon bereit dafür bin.
„Du willst mich zurück?“
Laut knurrend runzelt er die Stirn.
„Ich wollte dich immer. Seit unserer ersten Begegnung an jedem verdammten Tag meines Lebens.“
Oooohhhh …
„Aber wie soll das funktionieren? Es ist zu viel passiert. Es stehen so viele Dinge zwischen uns.“

An meinen Haaren ziehend, sorgt er dafür, dass ich den Kopf in den Nacken legen muss.

„Nichts steht zwischen uns. Du bist mein, Ava. Tief in deinem Inneren weißt du das auch. Dein Fortgehen war ein Fehler, dass du endlich zurückgekommen bist, war richtig."

Wenn er das so sagt, klingt es so leicht.

„Wir können nicht so tun, als hätte es die letzten Jahre nicht gegeben, Paxton. Du und ich, wir haben uns verändert. Ich bin nicht mehr das Mädchen von früher."

Unsicher wie er reagieren wird, sehe ich ihn an. Irgendwie dachte ich, dass ihn meine Worte wütend machen, stattdessen bilden sich an seinen Augenwinkeln kleine Fältchen.

„Stimmt, es hat sich verändert. Wenn ich dich jetzt gleich ficke, verstoße ich gegen kein Gesetz mehr, weil du volljährig bist."

Das bringt mich zum Kichern.

„Weil es dich braven Bürger auch jemals gestört hat, gegen ein Gesetz zu verstoßen?"

Seine Mundwinkel zucken, es fühlt sich gut an, mit ihm zusammen zu lachen.

„Fuck, Baby! Für dich würde ich alle Gesetze dieser Welt brechen. So war es damals und so ist es heute. Du bist mein Mädchen, Ava. Egal was du sagst, egal wie sehr du dich zierst und völlig egal, wie viele tausend Meilen uns trennen!"

Das hätte fast schon romantisch klingen können, wenn er es nicht so gesagt hätte, wie wenn er in den Krieg ziehen müsste, um seinen Besitzanspruch auf mich geltend zu machen.

„Du meinst das absolut ernst, oder?"

Paxton nickt, beugt sich vor und leckt über meinen Hals, saugt etwas Haut in seinen heißen Mund und lässt mich seine Zähne spüren. Erst fühlt es sich gut an, dann schmerzhaft. Bis ich kapiere, was er da gerade macht, gibt er mich auch schon wieder frei. Die gepeinigte Stelle pocht dumpf. Auch ohne in den Spiegel zu sehen, weiß ich, dass er mir ein gut sichtbares Zeichen verpasst hat. Den Drang, mich zu markieren und als sein Eigentum zu zeichnen, hat er früher schon gehabt.

„Das war nicht richtig. Dazu hattest du kein Recht! Zwischen uns hat sich nichts verändert. Dass ich diese Nacht in deinem Bett verbracht habe, bedeutet gar nichts!"

In der einen Sekunde liegen wir noch nebeneinander, in der nächsten finde ich mich unter ihm wieder. Werde von seinem Gewicht tief in die Matratze gedrückt und starre in vor Wut pechschwarze Augen. Harte Muskeln, ein bestimmender Griff und ein lauter Fluch sind alles, was ich noch wahrnehme. Etwas, das sich nach Angst anfühlt, breitet sich in mir aus, verschlägt mir den Atem.

Ich weiß, was los ist. In diesem Zustand habe ich Paxton schon ein paar Mal erlebt und darum weiß ich auch, dass es jetzt besser ist, nichts mehr zu sagen, was ihn aufregen könnte. In dieser Verfassung ist ihm alles zuzutrauen.

„Wie kannst du es wagen?"

Seine dunkle, kraftvolle Stimme hallt in meinem Inneren nach.

„Erst machst du mich süchtig nach dir, wirst zum Mittelpunkt meiner Welt und zum Grund meiner Existenz. Dann verlässt du mich und verheimlichst mir, dass du mein Kind in dir getragen hast. Vier lange Jahre hast du dich nicht einmal bei mir gemeldet, dann tauchst du plötzlich wieder in Big Lake auf, bringst meine Welt erneut zum Kippen, marschierst in meinen Club, suchst meine Nähe, schläfst auf meiner Couch und willst ernsthaft behaupten, dass ich kein Recht habe, dich als mein Eigentum zu zeichnen? Bullshit Baby! Ich habe alles Recht der Welt, dich zu behalten. Und genau das werde ich auch tun. Ich behalte dich, fessle dich an mich und lasse dich nie wieder gehen!"

Nicht sicher, mit welcher seiner Persönlichkeiten ich es gerade zu tun habe, versuche ich, meine Hände zu befreien, ein lächerlicher Versuch.

Paxton hat mich im wahrsten Sinne des Wortes eingefangen.

„Es gibt kein Entkommen für dich, meine Süße!"

Seine Erektion gegen meinen Bauch drückend, fletscht er die Zähne.

„Und wenn du ehrlich zu dir bist und endlich damit aufhörst, dir etwas vorzumachen, dann musst du dir eingestehen, dass du uns auch gar nicht entkommen willst! Du weißt, dass du uns gehörst!"

Natürlich bemerke ich sofort, dass er von sich in der Mehrzahl spricht. Ein untrügliches Zeichen dafür, dass er den Kampf gegen seinen inneren Dämon verloren hat.

Ich öffne den Mund, will ihm widersprechen, tue es dann doch nicht. Aber ich schweige nicht aus Angst, sondern weil ich weiß, dass er recht hat.

Wir beide haben schon immer zusammengehört – ich bin sein und er ist mein.

Tränen verschleiern mir die Sicht, sammeln sich in meinen Augenwinkeln und laufen über.

„Schhhhh ... Nicht weinen, Süße. Wir passen auf dich auf. Du bist bei uns sicher."

All die unterdrückten Gefühle brechen an die Oberfläche. Meine Sehnsüchte kollidieren mit meinen Ängsten, ich komme mir schrecklich entblößt und verletzlich vor.

„Was soll ich nur tun?“

Der wilde, gehetzte Ausdruck in seinen Iriden verschwindet. Nach und nach sieht er wieder mehr wie der Mann aus, den ich liebe, und nicht wie ein tödliches Monster.

„Bleib bei mir. Dieses Mal für immer! Wir brauchen uns, Ava. Nur zusammen können wir glücklich sein.“

Instinktiv weiß ich, dass er recht hat. Die letzten Jahre sind der beste Beweis dafür, dass ich ohne diesen Rocker nicht leben kann. Das Schwerste für mich ist jedoch nicht, mich erneut für Paxton zu entscheiden, sondern mir einzugestehen, dass mein Weggehen damals ein schlimmer Fehler war, und dass wir wegen meiner Dummheit nicht nur unser Baby, sondern auch so viel Zeit verloren haben. Immer mehr Tränen brechen an die Oberfläche. Paxton versteht, dass ich gerade zerbreche, er dominiert mich nicht mehr, sondern hält mich schützend fest und lässt zu, dass ich mich an seiner Brust vor den Schatten unserer Vergangenheit verstecke. Die Minuten verstreichen, der Schmerz in mir lässt nach, wird weniger und löst sich endlich auf.

Den viel zu langen Ärmel des Hoodies, den ich trage, nehmend, wische ich mir die letzten salzigen Tropfen aus dem Gesicht, fülle meine Lungenflügel mit frischem Sauerstoff und spüre, wie sich eine mir völlig neue Ruhe in mir ausbreitet.

Es fühlt sich fast so an, als hätten mein Herz, meine Seele und alles, was mich sonst noch ausmacht, endlich begriffen, dass ich wieder zu Hause und bei dem Mann bin, zu dem ich gehöre.

„Geht es wieder, Süße?“

Der sonst so unerschütterlich wirkende Rocker sieht mich unsicher an.

„Versprich mir, dass du nicht mehr zulässt, dass ich erneut so einen Fehler begehe und abhaue.“

Ein raues Lachen rumpelt in seinem Brustkorb.

„Bei meinem Leder, das schwöre ich dir, Ava!“

Ich suche seinen Blick, vergrabe meine Finger in seinen langen Haaren und ziehe ihn zu mir herab.

„Küss mich.“

Unser Atem vermischt sich, mein Herz steht für einen kurzen Moment still, dann beginnt es wie verrückt zu rasen.

„Ich will dich, Baby!“

Mit den Lippen über die seinen streifend, öffne ich meinen Mund für ihn. Unsere Zungen begegnen sich. Fremd und doch vertraut umschlingen sie sich.

Paxtons herber Geschmack flutet meine Sinne.

Der Kuss ist erst sanft, wird dann immer wilder und eindringlicher. Unsere Zähne schlagen aufeinander, ich zerfließe regelrecht unter ihm.

Wieder und wieder wühlt er sich durch meinen Mund. Seine Hände schieben sich unter den Pullover, zerreißen meinen BH und legen so meine Brüste frei. Mit seinen rauen Fingerkuppen über meine empfindlichen Nippel streichend, entlockt er mir ein heiseres Stöhnen.

Unseren Kuss beendend, zieht er mir den Hoodie über den Kopf, richtet sich dann zwischen meinen gespreizten Beinen kniend zu seiner vollen Größe auf und betrachtet mich aus zusammengekniffenen Augen.

„Zur Hölle! Ich habe ganz vergessen, wie unglaublich perfekt du bist."

Die Wölbungen seines Sixpacks zucken vor Anspannung, ich beobachte, wie sich seine Hände zu Fäusten ballen und kapiere, dass er gerade mit sich selbst kämpft.

Die Tatsache, dass er nicht mehr im Plural von sich selbst spricht, ist ein gutes Zeichen. Er scheint gegen die Stimmen in seinem Kopf gewonnen zu haben.

Gierig sauge ich den Anblick, den er mir bietet, in mich auf. Paxton hat sich in den vergangenen Jahren verändert. Es wirkt fast so, als wäre er noch größer, muskulöser und kraftvoller geworden. Es zieren nicht nur weitere Tattoos seine Haut, sondern ich entdecke auch einige Narben, die ich noch nicht kenne.

Die Hand nach ihm ausstreckend, spure ich die schwarzen Konturen des Totenkopfs nach, der seinen kompletten Oberkörper einnimmt.

Der von Rissen gezeichnete Schädel wird nicht nur von zwei engelsgleichen Flügeln flankiert, sondern auch von Flammen eingerahmt. Was ihn ziemlich unheimlich aussehen lässt. Mehrere Tentakel winden sich aus den leeren Augenhöhlen und dem offen stehenden Mund. Das Motiv ist auf eine teuflische Art faszinierend, jedoch auch angsteinflößend. Unter dem Skull steht in großen, schwarzen Buchstaben das Motto des Hell's Fire Motorcycle Clubs geschrieben: *LIVE FREE OR DIE*.

Dieses Tattoo gleicht beinahe 1:1 dem Symbol des MCs. Paxton hat nur eine Sache abändern lassen und das sind die Tentakel, die sich um den Schädel winden. Sie sollen die Stimmen in seinem Kopf darstellen.

Diese Tätowierung passt absolut perfekt zu ihm. Er hat sie sich damals, kurz bevor er in den Knast musste und ich ihn verlassen habe, stechen lassen.

Meine Brüste umfassend, reibt er mit den Daumen über meine Nippel, beugt sich zu mir und saugt sie abwechselnd in seinen heißen Mund.

Keuchend biege ich den Rücken durch, komme ihm so noch ein Stückchen entgegen und grabe ihm meine Nägel in die Schultern.

Er knurrt, leckt sich an meinem Bauch nach unten und öffnet mir die Jeans. Wenige Sekunden später liege ich nackt vor ihm, während er unzählige Küsse auf mich niederregnen lässt und zwischen diesen immer wieder betont, dass er mich nie wieder gehen lassen wird. Sich an der Innenseite meines Schenkels festbeißend, gleitet seine Hand durch meine geschwollenen Falten. Über meinen Kitzler reibend, schiebt er zwei seiner Finger in mich hinein und entlockt mir so einen leisen Schrei.

Oh mein Gott ...

Vor Lust zitternd, hebe ich mein Becken an und komme so seinen warmen Lippen entgegen. Gekonnt teilt er meine Schamlippen, leckt über meine Öffnung und beginnt mich regelrecht aufzufressen. Saugend, züngelnd, lutschend und bohrend sorgt seine Zunge dafür, dass ich den Bezug zur Realität verliere, die Beine immer weiter spreize und mich an sein Gesicht drücke. Meine Zehen krümmen sich, ein Zittern durchläuft meinen Körper, es fühlt sich so an, als würde ich gleich explodieren.

An meiner Klit saugend, stößt er erneut seinen Daumen in mich und lässt mich so kommen. Ein unglaublich intensiver Orgasmus rollt über mich hinweg, vor meinen Augen wird es schwarz, meine Nervenbahnen fangen Feuer.

Es dauert eine gefühlte Ewigkeit, bis die Zuckungen nachlassen und ich wieder so weit bei mir bin, dass ich bemerke, dass Paxton mich die ganze Zeit über beobachtet hat.

„Dir dabei zuzusehen, wie du kommst, ist fast geiler, als selbst abzuspritzen."

Seine Stimme ist ein dunkles Grollen, der Ausdruck, den seine blauen Iriden angenommen haben, kann nur als wild und hungrig beschrieben werden.

Noch immer nicht ganz bei mir, sehe ich ihm dabei zu, wie er aus dem Bett steigt und sich auszieht. Nach wenigen Atemzügen steht er groß, nackt und beeindruckend vor mir.

Sein Sixpack zuckt, dicke Adern zeichnen sich auf seinem Unterleib ab, schlängeln sich in die Richtung seines Gliedes.

Paxton ist verdammt gut gebaut. Ich erinnere mich daran, wie er das allererste Mal in mich eingedrungen ist, mein Jungfernhäutchen durchstoßen und mich so zu der seinen gemacht hat ... Sein Schwanz reckt sich in meine Richtung. Auch hier winden sich dicke Adern über die beeindruckende Länge und münden in der violett schimmernden Eichel. An dem kleinen Schlitz vorne perlt ein einzelner cremiger Tropfen, den ich nur allzu gerne ablecken würde.

„Verdammt! In den letzten Jahren habe ich mich tausende Male daran erinnert, wie geil es sich angefühlt hat, in dir zu sein. Endlich kann ich dich wieder spüren."

„Du hättest kommen und mich holen sollen."

Auf seiner Stirn bilden sich zwei tiefe Falten.

„Vielleicht hätte ich das."

Endlich kommt er wieder zu mir ins Bett, kniet sich zwischen meine Beine und lässt die Spitze seines Gliedes durch meine Mitte gleiten. Alleine durch diese leichte Berührung beginnt mein Puls wie verrückt zu rasen. Teils aus Erregung, teils aus Angst. So scharf ich auch darauf bin, ihn endlich wieder in mir zu spüren, fürchte ich mich auch davor.

Wenn wir das jetzt durchziehen, dann gibt es kein Zurück mehr. Dann bin ich wieder Paxtons Mädchen, gehöre wieder zum Club und in die düstere Welt der Outlaws, in der tote Polizisten einfach mal so auf der Ladefläche eines Pick-ups liegen.

Seine Härte gegen meinen Kitzler drückend, spüre ich seine prallen Hoden über meine Schamlippen reiben. In dem Moment, in dem er an meinen empfindlichen Brustwarzen zupft, fokussiert sich meine Welt auf den Rocker über mir. Alles was jetzt noch zählt, sind er und ich und das, was wir im Begriff sind zu tun.

Seine Lippen streifen über die meinen. Keuchend öffne ich mich ihm, heiße ihn willkommen. Unsere Zungen treffen sich, verschmelzen miteinander und beginnen ein wildes Duell.

Seine Küsse machen süchtig ... Sie habe ich mit am meisten vermisst.

Meine Beine zittern vor Ungeduld. Obwohl ich mich vor seinem Eindringen fürchte, kann ich es irgendwie auch kaum erwarten.

Eine kleine Ewigkeit später beendet Paxton unseren Kuss und stöhnt dabei leise. Nach Halt suchend schlinge ich ihm die Arme um den Nacken, genieße die schiere Kraft, die er ausstrahlt.

Kratzend lasse ich meine Nägel über die straffen Wölbungen seines Rückens gleiten:

Feste Muskeln, weiche Haut und die Erhebung einer Narbe.

Ein ungeduldiges Fauchen ausstoßend, packt er sich meine rechte Hand, presst sie auf seinen Schwanz und umfasst ihn samt meinen Fingern. Den Druck und die Geschwindigkeit vorgebend, zeigt er mir, wonach er sich sehnt.

Gott fühlt sich das gut an.

Seine Oberschenkel spannen sich an, zucken ungeduldig, so als könnten sie es kaum erwarten, in mich zu stoßen.

Federleicht streiche ich über die samtene Haut seiner Eichel, verreibe den Tropfen und beobachte, wie Paxton mit seiner Beherrschung ringt.

„Du gehörst für immer mir, Ava! Ich werde nicht zulassen, dass du mich erneut verlässt. Eher sterbe ich!“

An seinem Hals treten die Sehnen hervor, ein Muskel zuckt an seinem Kiefer. Es ist ihm deutlich anzusehen, dass er sich nicht mehr lange kontrollieren kann.

Trotzdem fürchte ich mich nicht davor, dass er mich verletzen könnte. Ich vertraue niemandem mehr, wie diesem Rockerpräsidenten.

Unsere Lippen treffen sich erneut wie von selbst.

Leise wimmernd lasse ich mich fallen. Paxton umfasst meine Taille und hebt meinen Unterleib an, sodass sich sein harter Schwanz verführerisch gegen mich presst.

Ein animalisches Knurren ausstoßend, richtet er sich auf, verschlingt mich mit seinen Blicken. Das Spiel seiner Brustmuskulatur fasziniert mich, ich streiche mit den Fingern über den Skull auf seiner Haut.

„Du bist so feucht, du kannst es kaum erwarten, von mir gebumst zu werden.“

Der dunkle Klang seiner Stimme hallt in meinem Unterleib nach. Er beugt sich zu mir herab und lässt mich sein Gewicht spüren. Haut an Haut – wir sind uns so nah wie nur irgend möglich.

Für einen bedeutungsvollen Moment sehen wir uns an, ehe wir uns wild und stürmisch küssen. Seine raue Zunge stiehlt mir gekonnt den Atem. *Ich bin verloren ...*

Fieberhaft lasse ich meine Hände über seinen Körper gleiten, entlocke ihm so ein raues Stöhnen. Mein Unterleib pocht sehnsüchtig, mein Kitzler ist geschwollen und meine Brustwarzen sind empfindlich. Ich sehne mich so sehr danach, von diesem Rocker berührt und in Besitz genommen zu werden.

Ich will ihn anfassen, erkunden und berühren. Aber kaum, dass ich es tue, fängt er meine Hände ein und presst sie über meinem Kopf in das Kissen.

„Mach langsam Baby, oder ich drehe durch.“ Meine Brustwarzen in seinen Mund saugend, beißt er sachte zu. Wimmernd schnappe ich nach Luft, der dekadente Schmerz breitet sich wie ein Waldbrand in meinen Nervenbahnen aus.

„Ich will dich ficken! Ich muss es tun! Jetzt!“

Eine dünne Schweißschicht überzieht meine Haut. Paxton löst seine rechte Hand von meinen Gelenken und umfasst sie nun nur noch mit der linken.

Das ist meine Chance ... Ich versuche mich zu befreien, vergebens.

Er hat einfach viel mehr Kraft als ich.

Träge streicht er mit seinen Fingern durch meine Scheide, dringt leicht in mich ein, treibt mich gezielt weiter Richtung Höhepunkt.

Das Prickeln in meinem Bauch wird immer stärker, meine Pussy zieht sich sehnsüchtig zusammen. Ich will, dass er mich endlich nimmt und mich spüren lässt, dass wir füreinander geschaffen sind.

Von Lust getrieben, presse ich meine Lippen wieder auf die seinen.

Sofort schiebt er mir seine Zunge in den Mund und küsst mich so eindringlich, dass grelle Blitze vor meinen geschlossenen Lidern zucken.

Seine Augen verweilen auf meinen Brüsten, seine Wangenmuskulatur beginnt zu zucken. Mit geblähten Nasenlöchern legt er den Kopf schief und atmet geräuschvoll aus.

„Du bist mein!“

Plötzlich verdunkelt sich seine Mimik. Innerhalb des Bruchteils einer Sekunde verwandelt er sich in den bedrohlichen Killer, der er nun mal ist.

Unsicher sehe ich ihn an. Ein dunkles Grollen löst sich aus seiner Kehle.

„Was ist los?“

Selbst mir fällt auf, wie zittrig ich klinge.

„Ich werde dich vor allen Gefahren dieser Welt beschützen.“

In seiner Stimme schwingt eine solche Entschlossenheit mit, dass ich erschaudere.

Sich an meinem Hals festsaugend, vergrößert er den Bissabdruck von vorhin noch etwas, leckt an meinem Schlüsselbein hinab, durch das Tal zwischen meinen Brüsten bis zu meinem Bauchnabel.

Meine Scheidenwände zurren sich um seine Finger zusammen, ich stehe erneut vor einem allumfassenden Höhepunkt.

Keuchend und kraftlos beobachte ich, wie er sich vor mir aufrichtet, ein dämonischer Ausdruck legt sich auf seine markanten Gesichtszüge.

Plötzlich lässt er sich auf mich fallen und umfasst mit einem unnachgiebigen Griff meinen Kiefer. Seine Dominanz ist auf eine düstere Art höllisch sexy, doch auch irgendwie einschüchternd.

„Ab jetzt bist du meine Lady. Ich will, dass du mein Leder trägst, damit jeder auf den ersten Blick erkennt, dass du mein Eigentum bist!“

Sein hartes Glied stupst gegen meinen Eingang. Lang, extrem dick und leicht nach oben gebogen wartet es nur darauf, endlich zum Einsatz zu kommen.

Ich schlucke hart und presse mich ihm entgegen.

Er packt mich an den Knien, reißt sie weit auseinander und legt sich auf mich. Das kratzende Geräusch, als seine Barthaare über meine

Schulter streichen, lässt mich erschaudern. Meinen Hals mit unzähligen Küssen übersäend, entlockt er mir ein lustvolles Keuchen. Mit belegter Stimme raunt er mir ins Ohr, dass er noch nie so glücklich war wie in diesem Moment. Um seinen Worten mehr Nachdruck zu verleihen, lässt er seinen Schwanz durch meine Spalte gleiten und beginnt, an meinem Ohrläppchen zu knabbern. Der dicke Wulst seines Schwanzes drückt sich in mich, ich keuche gequält auf. Er ist verdammt groß! Und es ist einfach schon so lange her. Allein die wenigen Zentimeter seines Glieds dehnen mich so sehr, dass ich kaum noch Luft bekomme.

„Ahhh ..."

Wimmernd versuche ich, ihm auszuweichen, doch Paxton hält mich bestimmend fest.

„Du wirst dich erst wieder an mich gewöhnen müssen."

Seine Muskeln spannen sich an, seine Härte gleitet noch ein Stückchen tiefer in mich.

„Sei tapfer, gleich hast du es geschafft."

Mir einen Kuss auf die Stirn pinnend, stößt er mit aller Kraft zu. Die Wucht, mit der er sich in mich rammt, bringt mich zum Schreien.

Es fühlt sich unbeschreiblich an, ihn komplett in mir zu haben. Er ist so tief in mir, dass ich nicht mehr bestimmen kann, wo ich anfange und wo er endet.

Für ein paar Sekunden gelingt es ihm, stillzuhalten, damit ich mich an das Gefühl gewöhnen kann. Ich spüre deutlich, wie viel Kraft es ihn kostet, sich zurückzuhalten und mich nicht so hart ranzunehmen, wie er es eigentlich braucht.

„Atmen, meine Süße, du musst atmen ..."

Paxton umfasst meinen Hals, sieht mir tief in die Augen. Meine Pussy zuckt, sein raues Stöhnen übertönt mein lustvolles Keuchen.

„Du fühlst dich unglaublich an, Baby. Eng und perfekt ..."

Das Herz schlägt mir wummernd gegen die Rippen, der anfängliche Schmerz wandelt sich in pure Lust, die mich zu verglühen droht.

„Bitte, Paxton. Bitte nimm mich."

„Du willst es? Hart?" Ich zögere kurz, dann nicke ich.

Mehr Aufforderung braucht er nicht.

Langsam zieht er sich aus mir heraus, nur um einen Atemzug später wieder mit aller Kraft in mich zu stoßen. Der Rhythmus, in den er verfällt, ist tief, gnadenlos und intensiv. Bei jedem Vorstoß werde ich auf der Matratze nach oben geschoben.

Ich schnappe japsend nach Luft, halte mich an ihm fest und komme ihm willig entgegen.

Mein Inneres ist so gedehnt, dass ich jede Ader und jede Erhebung seines Schwanzes spüren kann. Ich winde mich unter ihm, werde immer aktiver und fordere ihn so heraus, sich alles zu nehmen, wonach er sich sehnt.

Wir verbinden uns miteinander, verlieren uns ganz in dem Gefühl, eins zu sein.

Ich zucke, zittere und stöhne.

Der Druck, der sich in meinem Inneren aufgebaut hat, explodiert. Der Orgasmus, der mich gleich einer Welle, bestehend aus glühender Lava, überrollt, lässt meine Synapsen durchbrennen. Ich schreie, presse mich Paxton entgegen und genieße es, wieder ihm zu gehören.

Das war unglaublich!

Paxton verliert die Kontrolle, rammt sich immer wieder in meinen zitternden Schoß und knurrt bei jedem Atemzug. Er stößt sich ein letztes Mal bis zum Anschlag in mich und verharrt dann reglos in dieser Position. Er zuckt, brüllt und vibriert regelrecht. Sein heißes Sperma füllt mein Inneres – wir haben nicht an die Verhütung gedacht.

Unsere Blicke treffen sich, ich versuche, das gerade Geschehene zu begreifen, und scheitere kläglich. Das war zu viel – zu intensiv und zu gut, um analysiert zu werden.

Ich traue mich kaum zu atmen. Paxton beugt sich zu mir herab, streichelt mir liebevoll eine Strähne aus dem Gesicht und küsst mich so unsagbar zärtlich, dass mir erneut die Tränen in die Augen steigen. Langsam zieht er sich aus mir heraus, stöhnt dabei zufrieden und stößt einen Fluch aus. Ich keuche leise, herrje bin ich wund ...

„Alles okay bei dir, Baby?“

Wenn ich das nur wüsste.

„Um ehrlich sein, weiß ich es nicht.“

Meine Nerven vibrieren noch immer, sein Samen tropft aus mir heraus.

„Was soll das bedeuten?“

Paxton klingt besorgt.

„Wir haben kein Kondom benutzt und ich nehme keine Pille.“

Seine Augen blitzen auf, er wirkt überrascht, doch dann verziehen sich seine Lippen zu einem breiten Grinsen.

„Mach dir keine Sorgen Süße, alles ist gut. Du bist bei mir, ich lasse dich nie wieder gehen und solltest du nun von mir schwanger sein, wäre ich der glücklichste Mann auf diesem Planeten.“

Nicht sicher, was ich darauf sagen soll, lasse ich zu, dass er sich neben mich legt und an seine Seite zieht.

Wenn ich seinen Worten Glauben schenke, dann ist Paxton bereit, aufs Ganze zu gehen. Ich werde sein Leder tragen, wir werden zusammenziehen und endlich da weitermachen, wo wir damals aufgehört haben.

So sehr ich das auch will und so sehr ich mir auch wünsche, dass wir zusammen glücklich werden, habe ich dennoch meine Zweifel, ob das alles so leicht funktioniert, wie Paxton sich das vorstellt. Immerhin waren wir vier Jahre lang getrennt, das ist eine Zeitspanne, die man nicht einfach so überbrücken kann. Es mag sein, dass er bereit ist, Vater zu sein, ich bin jedoch noch nicht wieder so weit, erneut schwanger zu werden.

An dem Verlust meines letzten Babys bin ich beinahe zerbrochen.

Gleich morgen werde ich zur Apotheke gehen und mir die Pille holen. So lange zwischen Paxton und mir nicht alles geklärt ist und alle offenen Fragen beantwortet wurden, muss ich eine erneute Schwangerschaft unbedingt verhindern.

Er stützt sich auf einen Ellenbogen ab, schaut auf mich herab und verschränkt seine Finger mit den meinen.

„Es fühlt sich surreal an, dass du wieder hier bei mir bist und in meinem Bett liegst."

Ich weiß, was er meint, mir geht es da ähnlich.

„Versprich mir, dass wir es dieses Mal schaffen. Bitte, Paxton. Ich will mit dir glücklich werden."

Das Blau seiner Iriden wird dunkler, beinahe schwarz.

„Was auch immer dazu nötig ist, dass es funktioniert. Ich bin bereit es zu tun. Aber solltest du jemals wieder versuchen, vor mir zu flüchten, wird das ein unschönes Ende nehmen. Das garantiere ich dir."

Der drohende Unterton, der in seinen Worten mitschwingt, lässt mich erschaudern. Nur weil ich die Einzige bin, der es gelingt, Paxton und seinen inneren Dämon milde zu stimmen, darf ich nicht vergessen, wie gefährlich dieser Rocker ist.

Paxton ist ein gnadenloser Killer, den man besser nicht gegen sich aufbringen sollte.

Ich zwinge mich zu einem Lächeln.

„Das war nicht das Versprechen, das ich von dir hören wollte."

Er sagt nichts, sucht meinen Blick und küsst mich anschließend mit einem Hunger, den ich vermutlich niemals stillen kann.

Das was er für mich empfindet, ist grenzwertig, intensiv und nicht normal. Vor langer Zeit hat er mir einmal verraten, dass er besessen von mir ist, ich finde, dieses Wort beschreibt es ganz gut.

Erst als ich schon gar nicht mehr damit rechne, unterbricht er kurz unser Zungenspiel und raunt mir leise zu, dass er mir alles verspricht, so lange ich nur bei ihm bleibe.

Mehr als zufrieden schlinge ich ihm die Arme um den Hals, reibe mich an seinem Bein und seufze, als ich spüre, dass er bereits wieder hart wird.

Obwohl sich meine Mitte wund anfühlt, will ich, dass er mich erneut fickt. Ich will, dass er mich wieder und wieder rannimmt. So oft, bis die Gedanken in meinem Kopf zerplatzen und ich nicht mehr an morgen, sondern nur noch an das Hier und Jetzt denke.

Paxton und ich, wir sind füreinander bestimmt, wollen wir hoffen, dass wir es dieses Mal schaffen, zusammenzubleiben.

Eines hat mich die Vergangenheit gelehrt, Liebe alleine reicht nicht aus, um in der rauen Welt des Clubs bestehen zu können ...

15. Kapitel

Paxton

„Sag mir, dass du sie nicht wieder rausgeschmissen hast?“

Storms Frage lässt mich den neuen Pachtvertrag, in dem es um ein Grundstück, das sich zehn Meilen von hier entfernt in einem Waldstück befindet, geht, beiseitelegen.

„Ich hab mich schon gefragt, wann du auftauchst und den großen Beschützer markierst.“

Ein Grunzen von sich gebend, lässt er sich in den Sessel gegenüber von mir fallen und stellt eine Tasse mit frischem, dampfendem Kaffee vor mir ab.

„Du siehst beschissen aus, Präs. Hattest wohl ’ne anstrengende Nacht.“

„Ja, allerdings!“

Allein die Erinnerung an die vergangenen Stunden mit Ava lassen mich erneut hart werden. Meine Gier nach diesem Mädchen ist völlig außer Kontrolle geraten. Die letzte Nacht habe ich hauptsächlich in ihrer engen Pussy verbracht.

Sie zu berühren, ist wie ein Zwang ...

Bei den letzten beiden Malen hat sie mich um Gnade angefleht – erst als ich befürchtet habe, dass sie vor Erschöpfung ohnmächtig wird, habe ich meine Bedürfnisse zurückgeschraubt und sie schlafen lassen.

Allein das Wissen, dass sie sich hier im Club aufhält, stellt verrückte Dinge mit mir an.

Ich müsste nur aufstehen, hoch in den ersten Stock und in mein Schlafzimmer gehen und schon könnte ich sie sehen. Vor einer Stunde habe ich sie nackt und schlafend in meinem Bett zurückgelassen.

Eigentlich hatte ich gehofft, dass mich die Arbeit ablenkt, aber das hat nicht funktioniert. Es kostet mich einiges an Beherrschung, dass ich mir mein Mädchen nicht erneut packe, um mich bis zum Anschlag in ihren feuchten Körper zu rammen. Einzig das Wissen, dass Ava mir nicht mehr entkommen kann, sorgt dafür, dass ich einigermaßen ruhig sitzen bleibe und den Kaffee trinke, den Storm mir gebracht hat.

Für eine Weile sagt keiner von uns etwas, dann stößt er ein lautes „Fuck!“ aus und sieht mich ungläubig an.

„Zur Hölle, Paxton! Sag mir, dass dieser Gesichtsausdruck bedeutet, was ich denke?“

Ich beschließe, mich dumm zu stellen, zünde mir eine Lucky an und lehne mich entspannt zurück.

„Was denkst du denn?“

Er lacht und schnappt sich, ohne zu fragen, meine Zigarettenschachtel und wartet darauf, dass ich ihm Feuer gebe.

„Dass du endlich zur Besinnung gekommen bist und dir Ava geschnappt hast!“

„So sieht es aus!“

Breit grinsend, nickt er mir zu.

„Wurde aber auch Zeit! Hast viel zu lang gebraucht, um zur Vernunft zu kommen. Ich an deiner Stelle hätte keine vier Jahre gebraucht, um mir mein Mädchen zurückzuholen!“

Ja, natürlich ...

„Du sprichst wohl aus Erfahrung, was? Wenn du dich so gut auskennst, wo ist dann deine Lady?“

Er zuckt mit den Schultern.

„Das einzige Mädchen, das mich jemals wirklich interessiert hat, liegt in deinem Bett. Ava hatte von Anfang an nur Augen für dich. Du Glückspilz hast eine Frau wie sie gar nicht verdient! Also behandle sie gefälligst anständig oder ich breche dir sämtliche Knochen!“

Seine Warnung ignorierend, klemme ich mir die Zigarette in den Mundwinkel und werfe ihm den Pachtvertrag zu.

„Was denkst du darüber?“

Das Dokument keines Blickes würdigend, zieht er eine Augenbraue nach oben.

Da er offensichtlich noch nicht bereit ist, das Thema Ava fallen zu lassen, gehe ich auf ihn ein.

„Hör zu. Dieses Mädchen wird mir nicht mehr entkommen! Ich habe bereits heute Morgen eine Tracking-App auf ihrem Handy installiert und Milo damit beauftragt, ihr Fahrrad und ihr Auto mit einem Peilsender auszustatten. Sollte sie Big Lake, entgegen meinem Befehl hierzubleiben, verlassen, werde ich sie aufspüren und wieder einfangen.“

Das scheint Storm zu beruhigen.

„Gut. Wir sollten ihren Fluchtinstinkt nicht unterschätzen!“

Aye, das sehe ich auch so.

„Hat Ava mit dir über ihre Zeit in Chicago geredet?“

Etwas an seinem Ton verrät mir, dass mir das, was ich gleich erfahren werde, nicht gefallen wird.

„Nein. Kein Wort. Aber falls es da etwas gibt, was ich wissen sollte, dann spuck es aus. Die Scheiße mit den *Bloods* spitzt sich von Tag zu Tag mehr zu. Ich kann keine Überraschungen gebrauchen.“

Sich mit der Hand über die Stirn reibend, stößt er einen Fluch aus.

„Versprich mir, dass du nicht ausflippst.“

Shit!

„Sag einfach, was los ist."

Für einen Moment zögert er, dann steht er auf und beginnt, unruhig auf und ab zu laufen.

„Der Typ, mit dem sie in Chicago zusammen war, und vor dem sie schlussendlich auch geflohen ist, ist ein Cop."

Es dauert einen Moment, bis ich das alles kapiere.

„Du meinst, der Kerl, der sie geschlagen hat, ist Polizist?"

Storm nickt, meine Hände ballen sich zu Fäusten. Im Gegensatz zur Allgemeinheit weiß ich längst, dass sich hinter Polizeimarken meist die größten Wichser verstecken. Manche Männer glauben, wenn sie so ein Ding besitzen, sind sie unantastbar. Aber Fuck! Das sind sie nicht – nicht für mich zumindest. Es erstaunt mich, dass Ava in das Bett eines Cops gestiegen ist, schließlich hatte sie, bevor sie Big Lake verlassen hat, mehr Kontakt zur anderen Seite des Gesetzes.

„Hast du seinen Namen, seine Dienstnummer oder irgendetwas, womit ich ihn aufspüren kann?"

An seiner Mimik erkenne ich, dass er das alles hat, aber nicht bereit ist, mir diese Informationen zu geben.

„Triff jetzt bloß keine falsche Entscheidung, Präs?"

Echt jetzt? Meint er das ernst?

Nicht nur, dass es dieser Typ gewagt hat, mit meinem Mädchen zu ficken, er hat sie noch dazu schlecht behandelt und geschlagen.

Punkt eins war schon sein sicheres Todesurteil, aber dass er Ava auch noch verletzt hat, bringt ihm jede Menge Schmerzen ein. Die meisten Menschen fürchten nichts so sehr wie den Tod. Ziemlich bescheuert ... Es stirbt sich leicht, geradezu schnell.

Was jedoch viel schlimmer ist, sind Schmerzen. Und wie es der Zufall so will, bin ich ein Meister darin, höllische Qualen zu bereiten.

Wenn ich mit diesem Drecksack fertig bin, wird er sich wünschen, nie geboren worden zu sein!

„Was auch immer du gerade planst, vergiss es wieder, Paxton!"

„Sag mir den Namen! Jetzt!"

Anstatt mir die gewünschten Informationen zu geben, schweigt er beharrlich.

„Wenn du ihn mir nicht verrätst, werde ich wohl Ava danach fragen müssen. Und in meiner derzeitigen Verfassung werde ich nicht nett zu ihr sein. Also wenn du sie schützen willst ..."

Wütend umrundet er den Schreibtisch, nun stehe ich ebenfalls auf. Aus zusammengekniffenen Augen starren wir uns an. Nur eine falsche Bewegung und ich schlage ihm die Fresse ein.

„Also? Wie entscheidest du dich, Bruder?"
„Du spielst nicht fair, Paxton!"
Mag sein, aber das ändert nichts an der Tatsache, dass ich früher oder später herausfinde, was ich wissen will.
„Mein Mädchen, mein Problem – meine Regeln!"
„Ich sage es dir. Wenn du mir auf dein Leder schwörst, dass du Ava nicht dafür bestrafen wirst!"
Tief einatmend, zwinge ich mich zu einem Nicken.
„Einverstanden!"
Prüfend sieht er mir in die Augen, erst als Storm sich sicher ist, dass ich es ernst meine, weicht er einen Schritt zurück und zieht einen zusammengefalteten Zettel aus der Innentasche.
Fluchend reiße ich ihm das Papier aus der Hand, falte es auf und lese mir den Namen durch: James Morrison – Dienstnummer 181846.
Ohne Storm eines weiteren Blickes zu würdigen, setze ich mich wieder und klappe den Laptop auf. Kaum dass das Betriebssystem hochgefahren ist, tippe ich den Namen in die Suchleiste. Eine Sekunde später zeigt Google mir das Gesicht des Wichsers an.
Kurze blonde Haare, ausgewaschene blaue Augen, schmächtiger Körperbau.
Fassungslos sehe ich zu Storm.
„Bist du dir sicher, dass es dieser Kerl ist? Der passt so gar nicht in Avas Beuteschema."
Verflucht! Wenn es nach mir ginge, hätte mein Mädchen gar kein Schema!
„Du meinst, weil dieser Polizist das absolute Gegenteil von dir ist?"
Ungeduldig suche ich so viele Informationen wie möglich über diesen Mann zusammen, speichere sie ab und lehne mich, als ich alles, was ich brauche, habe, entspannt zurück.
Storm mustert mich skeptisch.
„Du siehst aus, als hättest du gerade einen Mord begangen, Präs."
„Gedanklich habe ich das auch."
Mit verzerrtem Gesicht lehnt er sich neben mir an die Wand.
„Versteh mich nicht falsch. Für das, was dieses Arschloch mit Ava getan hat, verdient es den Tod. Trotzdem reden wir hier immer noch von einem Cop, der sich außerdem über 400 Meilen von uns entfernt befindet. Fang keinen unnötigen Krieg an. Lass uns die Scheiße hier erst mal geregelt kriegen!"
Im Grunde genommen weiß ich, dass er recht hat. Trotzdem brodelt es in mir.
„Es ist noch keine zwölf Stunden her, dass du die Leiche eines Deputys

verschwinden lassen hast. Also, wo ist das Problem? Wir sind doch schon in Übung!"

Mich mit einem vernichtenden Blick bedenkend, macht er sich daran, das Büro zu verlassen. Bevor er mich alleine lässt, dreht er sich kurz zu mir um.

„Wollen wir hoffen, dass uns die Nummer mit Salaries nicht um die Ohren fliegt. Im Gegensatz zu normalen Menschen haben Bullen die blöde Angewohnheit, nach ihrem Tod noch mehr Ärger zu verursachen als davor! Also reg dich ab, geh zu deinem Mädchen und sorg dafür, dass sie dir nicht wieder davonläuft."

Mit meinem Mittelfinger mache ich ihm klar, was ich von seinem Ratschlag halte.

Lachend macht er sich davon. Völlig egal wie Storm oder meine anderen Brüder darüber denken, für mich ist dieser James bereits ein toter Mann. Mag sein, dass ich es noch nicht diese Woche schaffe, nach Chicago zu fahren, aber das ist auch gar nicht nötig.

Wenn es sein muss, kann ich extrem geduldig sein.

Ich widme meine Aufmerksamkeit erneut dem Pachtvertrag. Erst als ich mir sicher bin, dass die Anwälte ihn genauso aufgesetzt haben, wie ich es wollte, setze ich meine Unterschrift auf die dafür vorgegebene Zeile.

Zumindest wäre diese Sache schon mal erledigt.

Nach einem prüfenden Blick auf die Uhr stelle ich fest, dass es bereits nach zehn ist.

Eine Lucky aus der Schachtel ziehend, mache ich mich auf den Weg nach oben.

Wollen wir doch mal sehen, ob meine Süße schon wach ist.

16. Kapitel

Ava

Müde strecke ich die Beine aus, drehe den Kopf zur Seite und öffne die Augen.

Als Erstes fällt mein Blick auf die an der Wand hängenden Waffen, anschließend auf die leere Seite des Bettes.

In der ersten Sekunde stört es mich, dass Paxton ohne mich aufgestanden ist, doch dann bin ich erleichtert, dass ich mich noch nicht sofort mit ihm auseinandersetzen muss.

Die letzte Nacht verändert alles. Dass ich mit ihm schlafe, war so nicht geplant – absolut nicht! Doch jetzt, wo es passiert ist, lässt es sich wohl kaum rückgängig machen.

In meinem Inneren herrscht ein schreckliches Chaos, bestehend aus Glück, Wut, Verzweiflung und verrückten Hoffnungen, die wahrscheinlich niemals in Erfüllung gehen werden. Im Grunde genommen war es absehbar, dass ich hier lande. Paxton hat mich schon immer wie magnetisch angezogen. Dennoch hatte ich gehofft, dass ich jetzt erwachsen und vernünftig genug bin, um dem Sog, den er auf mich ausübt, zu widerstehen. Mein derzeitiger Aufenthaltsort beweist, dass ich in den letzten vier Jahren nichts dazugelernt habe.

Verdammt noch mal!

Noch nicht bereit, mich schon mit den Konsequenzen der letzten Nacht auseinanderzusetzen, schließe ich die Augen und stelle mir einfach vor, dass ich nicht nackt in dem Bett des gefürchteten Präsidenten des Hell's Fire Motorcycle Clubs liege, sondern in einem Fünf-Sterne-Hotel irgendwo in Hawaii.

Das dunkle Geboller der Motorräder, das durch das geöffnete Fenster zu mir hereindringt, ist das Wellenrauschen, und das krächzende Krähen der Raben, die in den alten Tannen, die gleich hinter dem Clubhaus stehen, sitzen, ist der Ruf der farbenfrohen Paradiesvögel, die hoch oben auf den Kokospalmen sitzen.

Nur für das unverkennbare Geräusch der sich mir nähernden Bikerstiefel will mir leider nichts einfallen ...

„Hey Baby, bist du wach?"

So viel zu dem Thema, dass mir noch etwas Zeit bleibt, ehe ich mich mit Paxton auseinandersetzen muss.

„Nein, außerdem bin ich gar nicht da. Ich bin auf Hawaii."

Ein raues Lachen ausstoßend, kniet er sich aufs Bett. Die Matratze gibt unter seinem Gewicht nach. Mit einem widerwilligen Seufzen öffne ich die Augen und sehe meinen Rocker an.

„Planst du gerade deine nächste Flucht? Oder warum denkst du an eine Inselkette im Pazifischen Ozean?"

Er hat nur halb im Scherz gesprochen, was mir verdeutlicht, dass er mir immer noch nicht ganz verziehen hat.

„Wahrscheinlich bin ich einfach nur urlaubsreif."

Dazu sagt er nichts, der zweifelnde Blick, mit dem er mich mustert, ist mir Antwort genug. Paxton vertraut mir nicht mehr und das habe ich mir selbst zuzuschreiben.

Noch immer nicht ganz wach, lasse ich meine Augen über ihn gleiten und sauge jedes noch so kleine Detail in mich auf. Die schwarzen Bartstoppeln, die sein Kinn zieren, das Funkeln in seinen eisblauen Iriden, die Art, wie er die Lippen zusammenkneift, und die Muskelberge, die sich unter dem weißen T-Shirt, auf dem in dicken schwarzen Lettern *Hell's Fire MC* geschrieben steht, verbergen.

Alles an diesem Outlaw ist groß, beeindruckend, kraftvoll und tödlich. Dieser Mann ist alles, nur nicht harmlos.

„Wenn du mich weiter so ansiehst, ficke ich dich!"

Klingt gar nicht schlecht.

„Soll das eine Drohung sein?"

Mit der Zunge schnalzend, klappt er die Decke hoch und entblößt so meine Beine. Blitzschnell, sodass ich mich nicht mehr in Sicherheit bringen kann, schießt sein Arm vor. Seine Finger schlingen sich um meinen Knöchel, mit einem kraftvollen Ruck zieht er mich näher zu sich heran.

„Nein, meine Süße, das ist eine Tatsache! Dass ich dich nicht schon längst geweckt und gebumst habe, war reine Freundlichkeit von mir."

Oha ...

„Und du bist gekommen, um das jetzt nachzuholen?"

Er leckt sich über die Lippen und lässt seine Hand an meinem Bein immer weiter nach oben gleiten.

„Allein das Wissen, dass du endlich wieder mir gehörst, lenkt mich von der Arbeit ab. Fuck! Es warten Dutzende Dinge darauf, von mir geklärt zu werden, doch ich kann an nichts anderes denken, als dich zu berühren, zu küssen und in den Armen zu halten. Du bist meine Rettung und zugleich mein Untergang!"

Paxtons Stimme klingt dunkel und fremd.

Ich setze mich auf, komme ihm entgegen und halte mich an seinen Schultern fest. Das Leder seiner Kutte fühlt sich rau und zugleich weich an meinen Fingern an.

Unsere Blicke begegnen sich, mein Herz gerät aus dem Takt, stolpert hilflos in meinem Brustkorb umher.

Nervosität breitet sich in mir aus. Obwohl wir die letzte Nacht miteinander verbracht haben, fühle ich mich in seiner Nähe noch immer unsicher. Kein Wunder, wenn man bedenkt, was in der letzten Zeit alles zwischen uns passiert ist. So vertraut wir uns auch sind, mindestens so fremd sind wir uns auch.

Unser Atem vermischt sich, ich höre das Knurren, das sich aus seiner Kehle löst.

Ein Schauer rieselt zwischen meinen Schulterblättern und an meinem Rückgrat entlang. Die Härchen auf meinen Armen stellen sich auf, zwischen meinen Schenkeln sammelt sich eine verräterische Feuchtigkeit.

„Ich will nicht dein Untergang sein."

Mein geflüstertes Eingeständnis bringt die Muskeln in seinen Armen zum Zucken.

„Was willst du dann, Ava?"

Eine gute Frage.

„Weißt du das denn nicht?"

Er schüttelt den Kopf, beugt sich zu mir vor und streift mit seiner Nase über meine Schläfe.

„Du bist für mich ein unlösbares Rätsel. Immer wenn ich denke, zu wissen, wie du tickst, überraschst du mich." Er spricht mit leiser Stimme, für diesen Moment zählen nur wir beide. Alles um uns herum ist vergessen.

„Küss mich, küss mich so, als wäre es unser erstes Mal."

Die Hand von meinem Bein nehmend, schlingt er mir seine Arme um die Taille und obwohl er versucht, zärtlich zu sein, spüre ich doch, dass es kein Entkommen für mich gibt.

An meiner Unterlippe knabbernd, züngelt er sachte über meinen Mundwinkel, ehe er die Konturen meiner Lippen nachspurt und mit seiner rauen Zunge in mich eindringt.

Erkundend, wühlend aber vor allem verführend, erobert er einen meiner Sinne nach dem anderen für sich. Mit trägen Zungenschlägen wühlt er sich durch meinen Mund, stiehlt mir den Atem und schenkt mir dafür den seinen ... Ich zerschmelze, Schmetterlinge fliegen durch meinen Bauch, mein Herz schäumt vor Liebe über. Erst als ich zittere und es sich so anfühlt, als würde ich ohne seine verführerischen Lippen nicht mehr leben können, löst er sich ganz sachte von mir und stupst mit seiner Nase kurz gegen die meine. Stirn an Stirn, keuchend und von unseren Emotionen überwältigt, halten wir uns fest und versuchen, das eben Erlebte zu verstehen ...

So intensiv dieser Kuss auch gewesen sein mag, ich brauche mehr von diesem Mann.

„Halt mich als wäre es unser letztes Mal.“

Mit einer Hand über meinen Rücken streichend, schlingen sich seine warmen Finger um meinen Nacken. Bedeckt von meinen Haaren zeichnen sie unsichtbare Kreise auf die empfindliche Haut. Sein anderer Arm legt sich jetzt besitzergreifend um meine Mitte, zieht mich noch etwas fester zu ihm, sodass er zum Mittelpunkt meiner Welt wird.

Ich fühle mich sicher, geborgen, beschützt und geliebt. Dieser Rocker mag für jeden anderen Menschen auf dieser Erde ein eiskalter Killer sein, für mich hingegen ist er ein unbesiegbarer Beschützer. Mich so nah wie möglich an ihn drückend, genieße ich den Moment und lasse zu, dass er all meine Schutzmauern durchbricht, und meine Seele für sich beansprucht.

„Was machst du nur mit mir, Ava?“

Paxton klingt gequält, so als ob er ganz dringend eine Antwort auf diese Frage bräuchte.

Wir spüren das Gleiche, sehen uns an und finden uns erneut in einem Kuss. Dieses Mal ist er wilder und stürmischer. Unsere Zähne schlagen aufeinander, ich kralle mich an dem Revers seiner Kutte fest, sinke gegen ihn und überlasse mich seiner Führung.

„Liebe mich, als wäre es für immer!“

Knurrend und mit geblähten Nasenflügeln sieht er mich an. Schmerz und Hoffnung spiegeln sich in seinen Iriden, das Blau seiner Augen verdunkelt sich, wirkt fast schon schwarz. Ich kann regelrecht spüren, wie sein innerer Dämon an Macht gewinnt, zum Vorschein kommt und die Kontrolle übernimmt.

„Was soll dieses *wäre*? Was willst du uns damit sagen, Baby? Hast du vor, zu gehen? Falls ja, dann lass es! Versuch es gar nicht erst, denn wir werden dich behalten. Das Einzige, was uns dazu bringen kann, dich freizugeben, ist unser Tod!“

Wie üblich, wenn die Stimmen in seinem Kopf zu laut werden, kommt der paranoide Teil seines Ichs deutlich hervor.

„*Schhh* ... Beruhig dich, Paxton. Ich werde dich nicht verlassen. Wenn es dir lieber ist, formuliere ich den Satz um.“

Er nickt, brummt etwas Unverständliches und packt mich noch etwas fester, sodass ich mich kaum noch bewegen kann.

Im Augenblick verhält sich mein Rockerpräsident völlig irrational. Immer wieder unglaublich, was ein kleines Wort in ihm auslösen kann. Seufzend drücke ich ihm einen Kuss auf die Lippen und sehe ihn an.

„Liebe mich, denn es *ist* für immer!“

Freude zeichnet sich auf seinen sonst so ernst wirkenden Gesichtszügen ab, die Dunkelheit weicht aus seinem Blick, ich kann regelrecht spüren, wie sich sein innerer Dämon langsam wieder zurückzieht. Grob, sodass ein leichter Schmerz an meinem Nacken hinabrieselt, reißt er meinen Kopf zur Seite und sieht mich ein letztes Mal prüfend an, ehe er mich so stürmisch küsst, dass sich mein Gleichgewichtssinn verabschiedet. In der Sekunde, in der sich seine Zunge durch meinen Mund wühlt, weiß ich, dass ich keine Chance habe, diesem Mann jemals wieder zu entkommen. Ich habe mich mit jeder Faser meines Körpers an Paxton gebunden. Wir mögen zwar so unterschiedlich sein wie Tag und Nacht, dennoch gehören wir ganz genauso zusammen wie die Sonne und der Mond.

„Du bist mein.“ Er knurrt mehr, als er spricht, drückt mir die Beine auseinander und kniet sich dazwischen. Einen meiner Nippel in seinen heißen Mund saugend, lässt er mich seine Zunge und seine Zähne spüren. Keuchend biege ich den Rücken durch, presse mich der Liebkosung entgegen und sehne mich nach mehr.

Noch hat er mich kaum berührt und dennoch fühlt es sich so an, als würde ich in Flammen stehen.

„Nimm mich, ich will dich tief in mir spüren.“

Paxtons Pupillen sind geweitet, seine Iriden schimmern in einem tiefen Blau, unglaublich schön und zugleich absolut tödlich!

Obwohl ich dank letzter Nacht wirklich wund bin, kann ich es kaum erwarten, ihn endlich wieder in mir zu haben.

„Du hast keine Ahnung, wie sehr ich dich will, Baby. Wenn du wüsstest, was gerade in meinem Kopf vorgeht, würdest du panisch davonlaufen und mich um Gnade anflehen.“

Damit könnte er vielleicht sogar recht haben. Bis zu einem gewissen Grad kann ich mir durchaus vorstellen, was in seinem Kopf los ist, doch der wahre Umfang der Dunkelheit, die in ihm wohnt, kennt nur er.

„Tag für Tag habe ich mich gefragt, wo du bist, was du machst und wie es dir geht. Die letzten Jahre waren die Hölle, das stehe ich kein weiteres Mal durch! Dich zu verlieren hat mich fast in den Wahnsinn getrieben. Als ich erfahren habe, dass du nach Big Lake zurückgekommen bist, sind mir die Sicherungen durchgebrannt. Ich brauche dich, Ava. Ich brauche dich so sehr. Wenn du mich jemals wieder verlässt, werde ich dich verfolgen und für den Rest deines Lebens an mich ketten!“

Er macht eine kurze Pause und atmet tief durch. Die Muskeln in seinen Armen spannen sich an, auf seiner Stirn tritt eine Ader hervor.

„Ich werde dich jetzt ficken, dann werde ich mich um die Scheiße mit den *Bloods* kümmern und anschließend reden wir über unsere Zukunft."

Wieder küsst er mich, dieses Mal verwandelt sich sein hartes, gnadenloses Zungenspiel nach wenigen Herzschlägen in eine sinnliche Verführung. Meine Hände auf Reisen schickend, öffne ich seinen Gürtel, mache mich an seiner Hose zu schaffen und ertaste die beeindruckende Erektion, die sich darin befindet. Lang, dick und hart drückt sich sein Glied gegen meine Finger. Ein wildes Knurren ausstoßend, presst er sich gegen meine Handfläche, beißt die Zähne zusammen und stößt zischend den Atem aus.

„Oh Baby! Fuck!"

Die Stimmung zwischen uns ändert sich, sämtliche Zurückhaltung verpufft und ich beginne damit, ihm die Klamotten regelrecht vom Leib zu reißen. An Paxtons Kiefer zuckt ein Muskel, es ist offensichtlich, dass er sich kaum noch zurückhalten kann.

Seine dunklen Augen wandern über meinen Bauch, hinab zu meiner bereits feuchten Pussy. Langsam, um ihn zu provozieren, spreize ich die Beine noch etwas weiter und reibe über meinen geschwollenen Kitzler.

„Das ist alles deins, Mister Präsident!"

Ein ungeduldiges Fauchen ausstoßend, ballt er die Hände zu Fäusten. Zwischen meinen weit geöffneten Schenkeln kniend, richtet er sich auf und spurt mit seinen schwieligen Fingerspitzen meinen Bauchnabel nach, ehe er mit seiner Hand die meine bedeckt.

Seine zuckende Bauchmuskulatur lässt mir das Wasser im Mund zusammenlaufen. Jeder Zentimeter an ihm ist perfekt definiert, hart und mehr als bereit, endlich in mich einzudringen. Dieser Biker strotzt nur so vor Kraft und Vitalität. Alleine das Wissen, dass er in wenigen Augenblicken all diese Muskeln dazu einsetzen wird, um mich zu vögeln, lässt mich noch etwas feuchter werden.

Die schwarzen Konturen seiner vielen Tattoos komplettieren das Gesamtbild des unbezwingbaren, gefährlichen Outlaws. Süchtig danach, ihn zu berühren, lasse ich meine Finger über seinen angespannten Bizeps gleiten, während meine rechte Hand, von der seinen geleitet, über meine Muschi reibt.

Die wulstigen Erhebungen seiner unzähligen Narben verraten mir, dass Paxtons Leben während meiner Abwesenheit alles andere als leicht und langweilig war.

Mit einer ruckartigen Bewegung schiebt er meine Hand beiseite und dringt mit einem Finger tief in mich ein. Keuchend presse ich mich ihm entgegen. Seufzend winde ich mich unter meinem Rocker, genieße das Gefühl von seiner Haut auf der meinen.

„Oh Baby, deine Pussy ist so nass, ich kann es kaum erwarten, mich bis zu den Eiern in dich zu stoßen."

Der wilde Klang, den seine Stimme angenommen hat, lässt mich erschaudern.

Geschickt winkelt er seinen in mir steckenden Finger an, touchiert so meinen G-Punkt und entlockt mir einen lauten Schrei.

„Ich will dich, bitte ..."

Selbst mir fällt auf, wie sehnsüchtig ich klinge. Mich unter sich begrabend, pinnt er mich mit seinem Gewicht tief in die weiche Matratze. Instinktiv schlinge ich ihm meine Arme um den Nacken. Für ein paar Sekunden sehen wir uns an, ehe unsere Lippen in einem sinnlichen Kuss verschmelzen.

Er vergräbt seine Zähne in meiner Unterlippe.

Wimmernd versuche ich ihm auszuweichen, doch das lässt er nicht zu. Gekonnt züngelt er über die gepeinigte Stelle und beginnt damit, erneut über meinen Kitzler zu reiben.

Jaaaaa, das ist es! Die Kombination aus Lust und Pein hatte schon immer eine berauschende Wirkung auf mich ...

Trügerisch sanft beendet er unseren stürmischen Kuss. Zitternd und atemlos liege ich unter ihm, vor meinen Augen verschwimmt alles.

„Sieh mich an."

Ich tue, was er verlangt, unsere Blicke treffen sich.

Meiner Mitte einen leichten Klaps verpassend, schwört er mir mit eindringlicher Stimme, dass er alles in seiner Macht Stehende tun wird, um mich glücklich zu machen.

Verrückterweise glaube ich ihm jedes Wort.

Auf seine eigene, verbotene und gefährliche Art wird es ihm garantiert gelingen.

Das ist es ihm früher schon. Hätte er nicht ins Gefängnis gemusst und wäre ich nicht schwanger geworden, wäre zwischen uns alles anders gekommen!

Etwas von der Feuchtigkeit auf meiner Rosette verreibend, übt er mit seinem Daumen sanften Druck aus. Das mittlerweile ungewohnte Gefühl, dort berührt zu werden, lässt mich zusammenzucken. Früher hatten Paxton und ich oft Analsex, aber seit meinem Fortgehen wurde ich dort nicht mehr berührt. Irgendwie habe ich keinem meiner Liebhaber so viel vertraut, um mich ihm auf diese Art zu öffnen.

Ihm meine Fingernägel in die Schultern jagend, kneife ich die Augen zusammen und zwinge mich dazu, weiter zu atmen.

„Schhh ... alles ist gut. Entspann dich, Süße."

Nicht bereit, einfach nur passiv unter ihm zu liegen, streiche ich über die samtene Haut seiner Eichel, umfasse seinen harten Schaft und pumpe über die komplette Länge.

Er stöhnt, fängt meine Hände ein und sieht mich warnend an.

Ich lege den Kopf zur Seite, grinse ihn glücklich an und lecke mir die Lippen. Seine Nasenflügel blähen sich, plötzlich wirkt er so, als würde er jede Sekunde die Kontrolle verlieren und wie eine Bestie über mich herfallen.

„Du bist der Wahnsinn, Frau!"

Sich auf mich fallen lassend, saugt er an meinen Nippeln, seine kratzigen Bartstoppeln schaben über die empfindliche Haut zwischen meinen Brüsten.

Stöhnend japse ich nach frischem Sauerstoff, der bittersüße Schmerz, der mich durchzuckt, als er in das empfindliche rosa Fleisch beißt, entlockt mir einen Schrei.

„Verdammt, Paxton! Fick mich endlich!"

Über meine Ungeduld lachend, gibt er meine Hände wieder frei und pinnt mir einen Kuss auf die Lippen.

Quälend langsam streicht er mit seinen Fingern durch meine zuckende Mitte, dringt mit dem Daumen in mich ein und treibt mich so immer weiter Richtung Höhepunkt.

Um zu verhindern, dass ich den ganzen Club zusammenschreie, küsse ich Paxton erneut. Seine Zunge wühlt sich durch meinen Mund, es fühlt sich einfach zu gut an, von ihm geküsst und berührt zu werden.

Sein Blick verweilt auf meinen Brüsten. Immer fester in mich stoßend, gibt er ein animalisches Brummen von sich, als meine Titten durch die Kraft seiner Stöße zu wackeln beginnen.

Das Gefühl der Dehnung und sein Geschmack auf meinen Lippen, all das reicht beinahe aus, um mich kommen zu lassen. Die Mimik meines Outlaws verdunkelt sich immer mehr, er sieht unheimlich bedrohlich aus.

„Fuck! Baby! Fuck!"

Ein dunkles Grollen löst sich aus seiner Kehle. Sein harter Schwanz presst sich groß und dick gegen die Innenseite meines Schenkels.

Mit einem Finger über den kleinen Schlitz an der Spitze streichend, verteile ich die ersten cremigen Tropfen, die sich bereits darauf gebildet haben.

Ein heißer Blitz zuckt durch meinen Unterleib. Sein Glied reibt wieder und wieder durch meine geschwollenen Falten.

Seine Hand in meinen Haaren vergrabend, reißt er meinen Kopf zur Seite, saugt sich an meinem Hals fest und vergräbt seine spitzen Zähne in meiner Kehle.

Ich spüre den Sog, und den Schmerz, der meine Lust in ungeahnte Höhen schnellen lässt.

Tief in meinem Inneren spüre ich, dass ich für diesen Biker geschaffen wurde. Das zwischen uns beiden musste so kommen.

Selbst wenn ich mich am anderen Ende der Welt vor Paxton und dem Hell's Fire Motorcycle Club versteckt hätte, hätte es das Schicksal trotzdem irgendwie geschafft, mich wieder in die Arme dieses Präsidenten zu bringen.

Dank seiner besitzergreifenden, stürmischen und fordernden Art stehe ich kurz davor, zu explodieren. *Oh mein Gott ...*

Wieder und wieder streicht er mit seinen Fingern über meine zuckende Öffnung, fährt die Konturen meiner Schamlippen nach und saugt sich noch etwas fester an meinem Hals fest. Der anfängliche Schmerz verwandelt sich in ein dumpfes Pochen.

Meine Zehenspitzen krümmen sich und mein Unterleib fühlt sich an, als würde er gleich in Flammen aufgehen. Stöhnend spreize ich die Beine noch etwas weiter, bettle ihn an, mir endlich zu geben, was ich so dringend brauche.

Wieder verpasst er meiner empfindlichen Mitte einen Klaps, dieses Mal bedeutend fester. Die bittersüße Pein, die durch meinen Schoß zuckt, entlockt mir ein raues Keuchen. Süchtig nach dem Gefühl von seinen Muskeln kralle ich mich an seinem Rücken fest.

Mit einem leisen Schmatzen lösen sich seine Lippen von mir, während er mit zwei seiner langen Finger in meinen Po eindringt. Die ungewohnte Penetrierung, der Dehnungsschmerz und sein eindringlicher Blick – mehr brauche ich nicht ...

Zucken, bebend und schreiend verliere ich mich in meiner Lust und werde von einem so intensiven Orgasmus hinfort gerissen, dass ich vergesse zu atmen und sich vor meinen Augen flirrende Punkte ausbreiten.

„Jaaaaa ..." Mein heiserer Schrei vermischt sich mit seinem lauten Knurren.

Aus halb gesenkten Lidern beobachte ich, wie er sich auf mir positioniert und sich anschließend viel zu langsam in mich schiebt, mich Stück für Stück dehnt und in Besitz nimmt.

„Du fühlst dich so fucking perfekt an."

Ein letztes Mal streifen seine Lippen über meine Schläfe, ehe er in einen tiefen, harten und gnadenlosen Rhythmus fällt.

Die unglaubliche Dehnung in Kombination mit der dem süßen Schmerz und der Hitze, die er ausstrahlt, sind alles, was ich noch wahrnehme.

Nach Luft schnappend, suche ich seinen Blick und versinke in den geheimnisvollen Tiefen seiner eisblauen Augen. Immer mehr Kraft in seine Stöße legend, packt er mich fest an der Taille und verhindert so, dass ich bei jedem erneuten Eindringen auf der Matratze nach oben geschoben werde.

Ihn in mir zu haben, fühlt sich so gut an, dass ich nicht will, dass es jemals wieder endet.

Ein wildes Fauchen von sich gebend, verändert er den Winkel, mit dem er in mich gleitet, hebt meine Beine an und hakt sie sich über die Schultern.

In dieser neuen Position fühlt es sich so an, als würde er noch ein bisschen weiter in mich eindringen.

Der Takt, mit dem er mich nimmt, ist schnell und hart und es dauert nicht lange, bis ein weiterer Höhepunkt wie ein Tsunami über mich hinwegrollt.

Am ganzen Leib zitternd, spüre ich, wie sich mein Unterleib zuckend und krampfend um seinen Schwanz zusammenzieht. Paxtons Atem kommt laut und rau, seine Stöße werden noch etwas gnadenloser. Plötzlich stoppt er, wirkt wie eine versteinerte Gottheit. Seine Oberschenkel fühlen sich an wie aus Granit, die Muskeln in seinem Bauch zucken heftig. Die Zähne fletschend, lässt er seinen Kopf nach vorne fallen. Mit geschlossenen Augen, zuckenden Armen und geblähten Nasenlöchern pumpt er Schub für Schub seinen Samen in mich hinein.

Verdammt! Wir haben wieder kein Kondom benutzt!

Alles was ich noch wahrnehme, ist das Pulsieren seiner Eichel, seine schier unermüdliche Kraft und das angenehme Brennen zwischen meinen Schenkeln.

„Zum Teufel noch mal, Mädchen!“

Die Sehnen an seinem Hals treten deutlich hervor, eine dicke Ader zeichnet sich auf seiner Stirn ab.

Ich bewege mich etwas, was ihm erneut einen Fluch entlockt. Die Augen öffnend, sieht er auf mich herab.

„Das war verflucht gut!“

Oh ja ...

Stöhnend zieht er sich aus mir heraus, lässt sich neben mir aufs Bett fallen und dreht den Kopf in meine Richtung.

„Alles okay bei dir?“

„Mehr als okay. Davon werde ich nie genug bekommen.“

Die Knöchel überkreuzend, zieht er eine Augenbraue in die Höhe.

„Dein Glück! Das brauche ich ab jetzt mehrmals täglich.“

Wie bitte ...

An seinem wölfischen Gesichtsausdruck kann ich ablesen, dass er das absolut ernst meint. Zufrieden und erschöpft drehe ich mich auf die Seite und streiche über sein stoppeliges Kinn.

Für eine Weile schweigen wir. Eine entspannte Stille breitet sich zwischen uns aus. Und obwohl ich nichts lieber würde, als die postkoitale Blase, in der wir gerade schweben, möglichst lange zu erhalten, beginnen die Fragen in meinem Kopf immer lauter nach Antworten zu verlangen. Seufzend ziehe die Hand zurück und sehe ihn direkt an.

„Verrätst du mir, was sich hier gestern abgespielt hat? Was hat es mit der Tatortkreide auf sich, warum ist das Clubhaus so zerstört und wieso lag ein toter Deputy auf deinem Pick-up?“

Ein Schnauben ausstoßend, beugt er sich über mich, stemmt die Hände neben meinem Kopf in das Kissen und sieht aus zusammengekniffenen Augen zu mir herab.

„So viele Fragen?“

Ich nicke.

„Ja. Wenn du willst, dass ich wieder ein Teil deiner Welt werde, dann will ich alles wissen. Entweder spielst du mit offenen Karten, Paxton, oder es wird nicht funktionieren.“ Er will mich unterbrechen, ich lege ihm meine Hand auf den Mund und halte ihn so davon ab. „Ich bin nicht mehr das naive Mädchen von früher. Mir ist klar, dass du mich nur schützen willst. Aber diese Unwissenheit macht mich verrückt. Du denkst, dass ich an der Realität deines Lebens zerbreche, aber so ist es nicht. Oder bin ich bei dem toten Cop in Panik ausgebrochen? Ich vertraue darauf, dass du und deine Brüder alles geregelt bekommen, trotzdem muss ich wissen, wie es um dich und den Club steht. Anders kann ich mich nicht zu 100 Prozent auf all das einlassen. Versteh das bitte.“

Je länger ich geredet habe, umso ernster ist sein Gesichtsausdruck geworden.

All die Zufriedenheit, die nach dem Sex darin zu finden war, ist nun futsch.

„Willst du mich erpressen?“

Es war so klar ...

Sein stures Männerhirn kann einfach nicht nachvollziehen, dass ich mich nicht nur damit zufriedengeben kann, gefüttert und gefickt zu werden.
„Nein! Ich will mir ein Leben mit dir aufbauen. Aber damit ich das kann, muss ich die Spielregeln kennen!"
Das scheint er zu verstehen.
„Spielregeln also?" Er brummt und runzelt die Stirn. „Was, wenn du Dinge erfährst, die du schrecklich findest? Haust du dann sofort wieder ab?"
Sein Misstrauen habe ich mir selbst zuzuschreiben.
„Nein, aber vielleicht werde ich dich dann bitten, diese Schreckenstaten zukünftig zu unterlassen."
Seine Pupillen weiten sich, dann lacht er einmal kurz, jedoch laut, auf.
„Fuck, Baby! Du klingst schon wie mein Anwalt."
Um etwas Druck aus unserem Gespräch zu bekommen, versuche ich mich an einem Witz.
„Vielleicht sollte ich damit beginnen, Jura zu studieren?"
Anders als erwartet, scheint ihm diese Idee sogar zu gefallen.
„Das wäre gar nicht schlecht. Mit dir als meiner Anwältin würde ich mir einen Haufen Geld sparen."
Meint er das ernst oder will er nur vom eigentlichen Thema ablenken?
„Traust du mir das echt zu?"
Paxton nickt.
„Natürlich. Du bist eine sehr intelligente Frau. Du kannst alles erreichen, was du dir in den Kopf setzt. Wenn du Jura studieren möchtest, kannst du das natürlich auch."
Oh wow!
„Daraus wird wohl trotzdem nichts werden, ein Studium kostet Tausende von Dollar."
Die Mundwinkel kurz nach unten ziehend, zuckt er mit den Schultern.
„Na und? Über solche Dinge brauchst du dir zukünftig keine Sorgen mehr machen. Ich habe genug Geld, ich sorge für dich. Sobald du mein Leder trägst, wird es sowieso offiziell, dass du mein Eigentum bist."
Das alles klingt so verrückt. Dieses ganze Eigentumdings und dieses Gerede vom Studium passen irgendwie nicht zusammen. Das ist, als würde das Mittelalter auf die Neuzeit treffen!
Natürlich weiß ich, was es für mich bedeutet, Paxtons Old Lady zu werden.
Ich muss zugeben, dass es extrem besitzergreifend klingt, wenn er mich als sein Eigentum bezeichnet, aber so läuft es in der Welt der Rocker nun mal. Diese Männer *sind* besitzergreifend, das lässt sich kaum

abstreiten. Doch ich finde daran nichts Schlimmes! Im Gegenteil, es hat schon etwas sehr Romantisches, wenn ein Mann seine Frau mit seinem Leben verteidigt, genau darum geht es nämlich bei der Ladysache.

Wenn ein Biker seine Freundin zu seiner Old Lady ernennt, gehört sie ab diesem Zeitpunkt ihm, sie wird sein Leder tragen, auf dessen Rückseite steht, dass sie zu ihm gehört. In meinem Fall wird also *Property of Paxton* meinen Rücken zieren.

Ich gehöre damit offiziell zum Club und stehe somit auch unter dessen Schutz.

Sollte irgendjemand auf der Welt so dumm sein und mich trotzdem angreifen oder verletzen, muss er damit rechnen, automatisch den gesamten Hell's Fire Motorcycle Club gegen sich zu haben. Das ist eine echt große Sache und ein noch größerer Vertrauensbeweis. Denn wenn ich Mist baue oder mir etwas zuschulden kommen lasse, steht dafür ebenfalls der Club gerade.

„Meine Harley gegen deine Gedanken!"

Mich am Kinn packend, reibt er mit seiner schwieligen Daumenkuppe über meine Unterlippe. Ich lasse meine Zungenspitze vorschnellen, lecke über die raue Haut und sauge seine Fingerspitze in den Mund.

Sofort geht ein Ruck durch seinen Körper, seine Arme spannen sich an.

Kraft ohne Ende ...

„Du musst mir nicht dein Bike geben, ich verrate sie dir auch so."

„Sicher?"

Dieses Mal nicke ich.

„Natürlich. Aber erst erklärst du mir, was hier letzte Nacht vorgefallen ist. Ich bin keine sechs mehr, Paxton. So leicht kannst du mich nicht ablenken. Außerdem funktioniert Offenheit nur in beide Richtungen."

Fluchend lässt er sich wieder neben mir ins Bett fallen, kneift sich in den Nasenrücken und atmet so tief ein, dass sich sein Brustkorb wölbt und es so wirkt, als würde der Death Skull, der sich darauf befindet, zum Leben erwachen.

„Das was du gleich zu hören bekommst, ist keine nette Guten-Morgen-Geschichte, das ist dir doch klar, oder Baby?"

Paxton scheint echt Angst davor zu haben, dass ich aufspringe und die Flucht ergreife.

Was auch immer er mir erzählen wird, muss echt heftig sein.

„Wie? Kommt jetzt kein Märchen über Einhörner und Feen? Jetzt bin ich aber enttäuscht."

Lachend boxt er mir gegen die Schulter. Obwohl er nur minimal Kraft in den Schlag gelegt hat, zuckt ein unangenehmer Schmerz durch meinen Arm.

„Autsch ... spinnst du?"

Anstatt sich bei mir zu entschuldigen, fängt er an, mir von Luthors Tod zu erzählen. Zu meinem Erschrecken lässt er keine Details aus, was dafür sorgt, dass sich eine Gänsehaut über meine Arme zieht. Weiter geht es mit dem ebenfalls ermordeten Prospect, der direkt vor dem Polizeirevier aus einem fahrenden Wagen geworfen wurde. Anschließend erfahre ich, dass die *Bloods* einen Krieg angefangen haben, den Paxton zu gewinnen gedenkt. Der Drive-by, die tote Clubbitch und das Auftauchen der GANG IDENTIFICATION TASK FORCE. *Heilige Scheiße ...*

Noch bevor ich das alles verarbeiten konnte, kommt er an der Stelle an, an der er Salaries dabei erwischte, wie dieser einen Revolver in seinem Wohnzimmer deponiert und Paxton ihn daraufhin mit einem Kopfschuss getötet hat.

Seine Erzählung endet an der Stelle, an der er mich schlafend auf seiner Couch vorgefunden hat.

„Wie du siehst, Baby, hast du dir einen turbulenten Zeitpunkt für deine Rückkehr ausgesucht."

Turbulent? Echt jetzt? So würde ich das nicht nennen ...

Wirklich bemüht, das alles auf die Reihe zu kriegen, schließe ich die Augen und schüttle den Kopf.

„Verdammt, Paxton! Wie willst du es schaffen, dass der Club an diesem ganzen Ärger nicht zerbricht?"

Er setzt sich auf, bückt sich nach seiner Hose und zieht seine Luckys hervor. Sich zwei Kippen auf einmal in den Mund steckend, zündet er sie an und reicht mir eine. Eigentlich mag ich es nicht, im Bett zu rauchen, aber hey ...

Das ist im Augenblick wohl eher nebensächlich.

„Es wird sich alles regeln, Baby. Der Deputy ist vergraben, die Spuren sind beseitigt und die Agents der GANG IDENTIFICATION TASK FORCE können mir so lange sie wollen am Arsch kleben. Ich werde keine Fehler machen, somit werden sie nichts beobachten können, was sie gegen mich oder meine Brüder verwenden können. Wir müssen das alles nur aussitzen und versuchen, unsere Geschäfte währenddessen am Laufen zu halten. Wir werden das Clubhaus wieder auf Vordermann bringen und die *Bloods* für alles, was sie uns angetan haben, tausendfach bezahlen lassen."

Er sagt das so ruhig, als würde ihn das alles überhaupt nicht belasten. Aber ich kenne Paxton besser, ich weiß, wie sehr ihn Luthors Tod schmerzt und wie viel Hass er deswegen in sich trägt.

„Sag mir eins," ich ziehe an der Zigarette und fülle meine Lunge mit dem warmen Rauch. „Wie soll das mit uns in all diesem Chaos funktionieren? So wie ich das sehe, besteht durchaus die Möglichkeit, dass du erneut im Knast landest, und dieses Mal kommst du nicht mit achtzehn Monaten davon, dieses Mal fährst du für zehn oder zwanzig Jahre ein. Je nachdem, was sie dir nachweisen können."

Meine Stimme zittert, Paxton hatte mit seiner Sorge, dass ich wieder abhaue, sobald ich weiß, was los ist, recht ... Der altbekannte Fluchtinstinkt breitet sich in meinem Inneren aus. Am liebsten würde ich aufspringen, meine Siebensachen einsammeln und von hier verschwinden. Mit einem Knurren steigt er aus dem Bett, baut sich vor mir auf und starrt aus finsteren Augen auf mich herab. Ich komme mir vor wie eine kleine Maus, die einem hungrigen Löwen gegenübersteht.

„Es kann *nur* mit dir funktionieren, Ava. Ohne dich kann ich nicht denken, ohne dich bin ich nur ein Schatten meiner selbst."

Die Aufrichtigkeit, die in seiner Stimme mitschwingt, treibt mir die Tränen in die Augen. Nun ist es also so weit – entweder gehe ich jetzt oder ich bleibe und nehme das Risiko in Kauf, zusammen mit dem Club und dem Mann, den ich mehr als alles auf der Welt liebe, unterzugehen.

Wie soll ich mich nur entscheiden? Für ein Leben in Frieden und Freiheit, aber ohne Paxton. Oder aber für eine Existenz voller Gewalt, Gefahren und immer mit einem Fuß im Knast? Für jeden normalen Menschen wäre das eine ganz klare Sache, für mich hingegen ... Ich habe versucht, ohne diesen Rocker zu leben, es hat sich beschissen angefühlt. Er und ich, wir gehören zusammen. So einfach ist das! Und wenn das bedeutet, dass ich dieses Risiko in Kauf nehmen muss, dann ist das eben so.

Zögerlich stehe ich auf, lehne mich an ihn und schmiege mein Gesicht an seinen muskulösen Brustkorb. Dem kraftvollen Wummern seines Herzens lauschend, schließe ich die Augen und akzeptiere mein Schicksal.

Genau hier gehöre ich hin – genau hier ist mein Platz – für immer!

17. Kapitel

Paxton

„Hey Präs?“ Milo taucht in der Werkstatt auf und unterbricht mich bei der Arbeit.

„Was gibt’s? Du siehst doch, dass ich beschäftigt bin.“

Das Schweißgerät ausschaltend, ziehe ich die Schutzbrille ab und drehe mich zu ihm um. Bilde ich es mir nur ein oder wirkt er nervös?

„Am Tor steht ein Streifenwagen. Deputy Nolan will dich sprechen.“

Ich habe mich schon gefragt, wann der hier auftauchen wird.

Die Scheiße mit Salaries ist jetzt vier Tage her. Um ehrlich zu sein, wundert es mich, dass es überhaupt so lange gedauert hat, bis die Cops hier aufgetaucht sind. Eigentlich habe ich damit gerechnet, dass wir die Ersten sind, die verdächtigt werden, wenn in einem überschaubaren Städtchen wie Big Lake ein Polizist verschwindet.

Das war es dann wohl mit der Arbeit ...

Genervt packe ich mir einen Lappen, wische die Hände daran ab und mache mich auf den Weg, um unseren Besuch zu begrüßen. Unter Lucs wachsamem Blick ist Nolan bereits ausgestiegen und wartet ungeduldig darauf, das Clubgelände betreten zu dürfen. Der Prospect lehnt mit schmerzverzerrtem Gesicht am Zufahrtstor. Seit er sich den Zeh abgeschossen hat, ist mit diesem Idioten überhaupt nichts mehr anzufangen. Als er mich kommen sieht, lässt er sich erleichtert in den Klappstuhl neben ihm sinken. Im Gegensatz zu Salaries hat Nolan dem Club nie Ärger gemacht. Im Gegenteil, mir kam es immer so vor, als würde er unsere Existenz die meiste Zeit über verleugnen.

Eine Tatsache, die mir gut gefällt. Was gibt es Besseres als einen Cop, der mit Absicht wegsieht?

„Nolan?“

„Paxton?“

Sein Händedruck ist fest und selbstsicher.

Nicht bereit, Höflichkeitsfloskeln auszutauschen, komme ich direkt zum Punkt.

„Was willst du hier?“

In typischer Bullenmanier lässt er seine Augen prüfend über den Hof gleiten. Erst als er alles gesehen hat, sieht er mich direkt an.

„Einer unserer Deputys wird vermisst.“

Ich stelle mich unwissend.

„Wer?“

Nolan zieht die Nase kraus.

„Salaries. Laut meinen Informationen wurde sein Dienstwagen in der Nacht, in der er verschwunden ist, hier gesehen.“

Nicht verschwunden, nur gut versteckt ...

„Informationen? Berufst du dich etwa auf die zwei Wachhunde, die mir seit einer Woche folgen?“

Zumindest hat er genug Anstand, beschämt zu wirken.

Wenn das alles war, was er bisher *ermittelt* hat, dann werden sie Salaries Überreste nie finden.

„Ja, er war da, er hatte noch ein paar Fragen bezüglich des Anschlags. Allerdings musste ich dann weg, soweit ich weiß, ist er kurz nach mir aufgebrochen.“

Der Deputy wirkt nachdenklich, doch das lässt mich völlig kalt.

Diese Unterhaltung ist das reinste Theater, alles was ich ihm gesagt habe, weiß er dank der Agents schließlich längst.

„Etwas stimmt da nicht, es ist fast so, als hätte Salaries sich in Luft ausgelöst. Zwar steht sein Dienstwagen vor der Polizeiwache, doch von ihm fehlt jede Spur. Kannst du mir das erklären, Paxton?“

Ich zucke nichtssagend mit den Schultern und nutze diese Unterredung als Zigarettenpause.

„Vielleicht war er überarbeitet und ist spontan in den Urlaub geflogen? Vielleicht wurde er auch von Aliens entführt. Keine Ahnung ... Was ihr Cops so alles treibt, ist für mich nicht nachvollziehbar! Aber ich bin ja auch nur ein Mechaniker, der in einem Motorradclub arbeitet. Was weiß ich schon?“

Luc lacht leise vor sich hin. Nolan hingegen scheint das alles überhaupt nicht lustig zu finden.

Mit einem Brummen wendet er sich ab und marschiert zurück zu seinem Wagen.

Bevor er einsteigt, wirft er mir einen finsteren Blick zu.

„Sag mir, Präsident, wenn ich mit einem Durchsuchungsbeschluss wiederkomme, finde ich meinen toten Kollegen dann in einer Tiefkühltruhe in eurem Club? Oder neben der Garage in einem frisch ausgehobenen Grab?“

Endlich hat er genug Eier, um Klartext zu reden.

„Du brauchst keinen Beschluss. Wenn du uns verdächtigst, komm rein und sieh dich um. Meine Brüder und ich wir haben nichts zu verbergen!“

Und das ist nicht mal gelogen! Seit Salaries Tod habe ich größten Wert darauf gelegt, dass der Club absolut sauber ist. Keine Waffen ohne Seriennummer und alle wichtigen Unterlagen befinden sich mittlerweile in Avas Haus. Völlig egal, wie viele Bullen hier auftauchen, sie werden nichts finden, womit sie mir oder einem meiner Männer Ärger bereiten könnten.

Ohne mit der Wimper zu zucken erwidere ich Nolans Blick. Wir starren uns mehrere Minuten lang an, dann knickt er ein und sieht weg.

„Eines Tages bekommt jeder, was er verdient, Paxton."

„Sprichst du von Karma?"

„Nein, von Gerechtigkeit!"

Sehr witzig. In meinen Augen ist es mehr als gerecht, dass Salaries durch den Revolver gestorben ist, den er mir unterjubeln wollte.

Ohne ein weiteres Wort steigt er in sein Auto, legt den Rückwärtsgang ein und fährt davon.

Ich sehe ihm so lange nach, bis er aus meiner Sichtweite verschwunden ist.

Das war ein sehr aufschlussreiches Gespräch. Bis jetzt habe ich nur gehofft, dass die Bullen keine Ahnung haben, was mit ihrem Deputy passiert ist. Aber dank Nolans Auftauchen weiß ich, dass sie tatsächlich im Dunklen tappen.

„Der ist ziemlich angepisst, Boss!"

„Ja, er weiß, dass er verloren hat!"

Mehr als zufrieden gehe ich zurück in die Werkstatt. Zumindest hat sich dieses Problem in Luft aufgelöst. Ein Punkt weniger auf meiner Bullshitliste!

Noch bevor ich meine Arbeit wieder aufnehmen kann, kommt Milo erneut auf mich zu, dieses Mal hat er jedoch Storm im Schlepptau.

Genervt bleibe ich stehen und warte auf die beiden. Storms zufriedenem Grinsen nach muss es etwas Positives sein.

„Ich weiß, wie wir die *Bloods* mit einem Schlag plattmachen können!"

Na, das klingt doch mal vielversprechend.

„Wie?"

Vor Aufregung klatscht er in die Hände.

„Diese Wichser haben nächste Woche eine Versammlung in Benson, dort treffen sich die wichtigsten Member aller Chapter. Wenn es uns gelingen sollte, diese Party zu sprengen, und das meine ich absolut wörtlich, dann haben wir der Schlange den Kopf abgeschlagen."

Das klingt gut – sehr gut – zu gut, um genau zu sein!

„Wo ist der Haken? Und wie habt ihr von dieser Zusammenkunft erfahren?"

Storm lacht.

„Hast du schon mal was von Social Media gehört? Diese Arschlöcher haben eine eigene Facebook-Seite, über die sie sich austauschen und solche Treffen planen."

Echt jetzt?

„Das kann nicht dein Ernst sein."

Um es mir zu beweisen, zieht er sein Handy hervor, tippt ein paar Mal aufs Display und hält es mir vor die Nase.

Und tatsächlich erkenne ich einige der dort angezeigten Profilbilder.

„Warum in drei Teufels Namen machen die das öffentlich? Wollen die, dass die Bullen auftauchen, oder sind die so arrogant, dass sie sich vor nichts und niemanden fürchten?"

Auf diese Frage scheinen weder Storm noch Milo eine Antwort zu haben.

„Völlig egal was zutrifft. Ich will, dass wir sie das Fürchten lehren. Steht dort auch eine genaue Adresse? Wenn ja, müssen wir den Ort auskundschaften, uns die Begebenheiten ansehen und Vorbereitungen treffen. Wenn das alles wirklich stimmt, dürfen wir uns diese Gelegenheit auf gar keinen Fall entgehen lassen. Aber wir müssen vorsichtig sein, es ist durchaus möglich, dass es sich dabei um eine Falle handelt."

Mit der Zunge schnalzend, zündet Milo sich eine Zigarette an.

„Ich bezweifle, dass die so einen Aufwand betreiben, nur um uns in eine Falle zu locken. Diese Hurensöhne können kaum bis zehn zählen."

Storm schüttelt den Kopf und flucht.

„Mag sein. Aber wir hätten es den Typen auch nicht zugetraut, dass sie in der Lage sind, uns anzugreifen. Das war ein Fehler ... Diese Arschlöcher haben uns ein paar harte Schläge verpasst. Schaut euch doch nur mal das Clubhaus an. Außerdem haben wir es ihnen zu verdanken, dass Paxton unter Beobachtung steht. Wir müssen vorsichtig sein und jeden unserer Schritte abwägen."

Ava taucht in der Türe auf, sieht mich und kommt auf uns zu.

„Wie weit ist Benson von uns entfernt?"

„Geschätzte 100 Meilen. Einfach ist das eine Fahrtzeit von knapp zwei Stunden."

Verdammt, das ist keine Strecke, die man mal so in Kauf nimmt.

„Okay, Storm. Ich will, dass du so viel wie möglich über dieses Treffen herausfindest. Am wichtigsten ist die Adresse. Außerdem wäre es nicht schlecht, zu wissen, wie viele dieser Wichser dort sein werden. So sehr ich die *Bloods* auch vernichten will, ich bin nicht bereit, unnötige Risiken einzugehen. Wir haben bereits zwei Brüder verloren, der Tod ist ein gieriges Arschloch."

Die beiden nicken und machen sich an die Arbeit. Sehr gut. So lange ich mir nicht sicher sein kann, dass diese Aktion durchgeführt wird, will ich nicht, dass Ava davon erfährt. Die letzten Wochen waren auch so schon anstrengend genug für sie.

In dem eng anliegenden, sonnengelben Kleid, das sie heute trägt, wirkt sie wie ein Pin-up-Girl aus den 50er Jahren. Ihre langen braunen Haare hat sie hochgesteckt und dank des roten Lippenstifts, den sie aufgetragen hat, bekomme ich innerhalb weniger Sekunden einen Steifen.

„Hey, großer, böser Rockerpräsident, planst du gerade ein Dutzend Morde oder kannst du mit mir Einkaufen fahren?"

Fuck! Hat sie doch etwas von unserer Unterhaltung mitbekommen?

Die Überraschung muss mir ins Gesicht geschrieben stehen, denn sie reißt erschrocken die Augen auf und weicht einen Schritt zurück.

„Oh Scheiße! Du hast tatsächlich gerade daran gedacht, jemanden zu killen."

Bevor sie endgültig aus meiner Reichweite flüchten kann, strecke ich meinen Arm nach ihr aus und ziehe sie mit einem Ruck zu mir.

„Hiergeblieben, Baby."

Anfänglich wehrt sie sich etwas, erst als ich sie küsse, meine Zunge tief in ihren Hals schiebe und meine Hand in ihren Haaren vergrabe, gibt sie ihre Gegenwehr auf und sinkt seufzend an meine Brust.

Gierig wühle ich mich durch ihren Mund, beiße in ihre Unterlippe und packe sie am Arsch. Sie zittert und ihre Knie geben nach. Ein Wimmern ausstoßend, löst sie sich von mir und sieht mich aus verträumten Augen an.

„Na also, das ist doch viel besser als dieses Gezicke!"

Das wollte sie wohl nicht hören, sie versucht erneut, sich loszureißen, und zischt mir ein leises „Du blöder Idiot!" zu.

Lachend verpasse ich ihrem Po einen Klaps, hebe sie hoch und werfe sie mir kurzerhand über die Schulter. Wir kommen bis zur Treppe, ehe uns ein zornig aussehender Raven entgegenkommt und sich uns direkt in den Weg stellt.

„Wir haben ein Problem, Präs!"

Ich denke nicht mal daran, meine Beute wieder abzustellen.

„Welches?"

„Das TNT. Unser Lieferant hat Schwierigkeiten, die benötigte Menge innerhalb der nächsten 48 Stunden zu beschaffen."

Fuck!

„Dann versuch es woanders."

Mein Vize knurrt grimmig.

„Die meisten Lieferanten verlangen ab einer gewissen Abgabemenge ein Führungszeugnis. Außerdem führen sie Listen zu jeder Bestellung.

Sobald es in Benson *Boom* macht, werden die Bullen alle Händler abklappern, und das wird sie zu uns führen."

Doppel Fuck!

Meine Laune verdüstert sich noch etwas mehr, als das über meiner Schulter hängende Mädchen quietschend fordert, endlich abgestellt zu werden, und verlangt, dass ich ihr jetzt sofort sage, wofür ich den Sprengstoff brauche.

„Verdammt! Muss man sich hier um alles selber kümmern?"

Die Arme vor der Brust verschränkend, denkt Raven kurz nach.

„Wir könnten Plastiksprengstoff verwenden. Mit dem habe ich zwar noch nicht so viel Erfahrung, aber was soll schon schiefgehen? Je größer der Knall, umso besser."

Im Gegensatz zu meinem VP und Donald habe ich keine Ahnung von dem ganzen Scheiß. Sprengstoff jagt mir einen höllischen Respekt ein.

„Du meintest, das könnte funktionieren?"

Er nickt.

„Aye, wir müssen nur mehrere Päckchen platzieren, aber das dürfte kein Problem sein."

Das ist zwar nicht die perfekte Lösung, aber was soll's?

„Und von dem Zeug haben wir noch genug auf Lager?"

„Ja, davon stehen noch zwei Kisten im Keller. Ich würde sagen, wir nutzen einfach alles, was wir haben, und lassen die Erde beben."

Wie üblich neigt Raven, wenn es darum geht, etwas in die Luft zu jagen, zu leichten Übertreibungen. Meistens versuche ich, ihn etwas zu bremsen, dieses Mal hingegen lasse ich ihm freie Hand. Soll er sich ruhig austoben. Die *Bloods* haben es nicht anders verdient.

„Asche zu Asche – Staub zu Staub! Wir werden diese Hurensöhne bis auf den letzten Mann auslöschen."

Raven klatscht sich in die Hände, seine Augen blitzen vor Vorfreude.

„Ich dachte, ich fahre noch heute und kundschafte die Lage aus. Je eher wir wissen, mit was für Begebenheiten wir es zu tun haben, umso besser können wir uns vorbereiten!"

Kreischend unterbricht mein zappelndes Mädchen unsere Unterredung. Als ich sie einfach weiter ignoriere, beißt sie mir so fest in den Arm, dass Blut fließt.

„Shit!"

Ich verpasse ihrer runden Kehrseite einen kraftvollen Schlag, der sie gepeinigt zusammenzucken lässt. Schluss mit lustig ...

Raven, der noch immer auf meine Erlaubnis wartet, nach Benson zu fahren, beobachtet uns amüsiert.

„Brauchst du Hilfe, Bro?"

„Nein, aber Kabelbinder und eine Rolle Panzertape."
Während Ava vor Schreck endlich verstummt, beginnt mein VP wissend zu grinsen.

„Ich suche es dir raus, bevor ich fahre."

„Tu das. Nimm dir aber Milo oder Picasso mit. Ich will nicht, dass du dich alleine auf den Weg machst. Bis wir die *Bloods* ein für alle Mal fertiggemacht haben, kleben unsichtbare Zielscheiben auf unseren Rücken."

Sein Handy vibriert, es wirft einen Blick auf das Display und drückt den Anrufer weg.

„Ich nehme unseren Messermann. Picasso kann es sicherlich kaum erwarten, an so einem Bastard seine Klingen zu wetzen."

Ava beginnt erneut, wie wild zu zappeln. Raven geht lachend einen Schritt zur Seite, lässt mich so vorbei. Mit großen Schritten trage ich das kleine Luder Richtung Schlafzimmer.

Es wird Zeit, dass wir endlich klären, wie sie sich als meine zukünftige Lady zu verhalten hat.

18. Kapitel

Ava

Zum Teufel bin ich wütend!

Was denkt sich dieser sture Rocker eigentlich?

Ich bin doch kein Möbelstück, das man einfach so von A nach B tragen kann.

Und dieses ganze Gerede über Sprengstoff, Dutzende Tote und Rache hat mich, ehrlich gesagt, ziemlich entsetzt. *Schön blöd ... Ich weiß.*

Natürlich war mir klar, dass Paxton die *Bloods* nicht mit Gänseblümchen bewerfen wird – trotzdem! Es ist noch mal eine ganz andere Sache, etwas mit eigenen Ohren zu hören.

Was mich erschreckt, ist die Normalität, mit der Paxton und seine Männer ans Werk gehen. In der einen Nacht ist es ein toter Cop, der so mir nichts, dir nichts irgendwo verscharrt wird, in der nächsten geht es darum, einen halben Ort in die Luft zu jagen.

Ach verdammt!

Ich kenne die Gesetze des Hell's Fire Motorcycle Clubs. Eigentlich sollte ich nicht sonderlich überrascht darüber sein, dass die Rache extrem blutig wird. Die Rocker dieses MCs sind nicht gerade dafür bekannt, Gnade walten zu lassen.

Darum ist das auch nicht der Hauptgrund, aus dem ich gerade so angepisst bin, sondern was mich so stört, ist, dass Paxton die Angewohnheit hat, mich einfach zu übergehen, wenn ich unangenehme Fragen stelle. Aber so funktioniert eine Beziehung nun mal nicht. Eigentlich dachte ich, dass wir die Sache mit der Offenheit längst geklärt haben, aber damit lag ich wohl falsch.

Vielleicht habe ich es Paxton zu leicht gemacht?

Vielleicht bin ich ihm zu sehr entgegengekommen?

Es wird Zeit, dass ich ihm vor Augen führe, wie verflucht kompliziert ich sein kann, wenn ich es darauf anlege ...

Kaum dass er mich in seine Wohnung getragen hat, verlange ich lautstark, abgestellt zu werden. Zu meiner Verwunderung ignoriert er mich dieses Mal nicht, sondern lässt mich langsam an seinem Brustkorb hinabgleiten, stellt mich auf die Füße, umfasst meinen Po und ist doch tatsächlich dreist genug, mich küssen zu wollen.

Aber ich bin schneller, drehe den Kopf weg und boxe ihm mit voller Wucht gegen die Schulter. Sein überraschtes „Autsch!" lässt meine Laune wieder etwas nach oben schnellen. Nicht bereit, mich von seiner

Zungenfertigkeit ablenken zu lassen, weiche ich noch einen Schritt zurück und verschränke kampflustig die Arme vor der Brust!

„Was sollte das eben?“

Die Augenbrauen nach oben ziehend, tut er so, als ob er nicht wüsste, weshalb ich ihm am liebsten noch einen Schlag verpassen würde.

„Komm schon, Baby. Reg dich ab!“

Oh ...

Diese Wörter haben auf mich dieselbe Wirkung, wie eine Flasche Spiritus auf ein Lagerfeuer. Ohne lang darüber nachzudenken, verpasse ich ihm eine schallende Ohrfeige. Überrascht sieht er mich an. Ich bin mir sicher, dass er den Schlag mit Leichtigkeit hätte abwehren können, doch er hat es nicht getan. Anstatt, wie erwartet, wütend auf mich zu sein, verzieht er kurz die Lippen und sieht mich neugierig, ja fast schon amüsiert an.

„Geht es dir jetzt besser?“

Ich denke kurz über die Frage nach, und nicke.

„Oh ja, sehr viel besser! Und jetzt erwarte ich, dass du mir ein paar Antworten lieferst, ansonsten werde ich meine Sachen packen, und zurück in mein Haus ziehen. Ich habe nämlich die Schnauze davon voll, mich wie ein kleines Kind behandeln zu lassen!“

Alle Belustigung weicht aus seinen Gesichtszügen, sicherheitshalber schaffe ich noch etwas Abstand zwischen uns und riskiere einen Blick Richtung Türe.

„Versuch es gar nicht erst, Baby! Du kommst keine zwei Meter weit, und du willst nicht wissen, was passiert, wenn du mich dazu bringst, dir nachjagen zu müssen!“

Seiner Stimme nach zu urteilen, will ich das tatsächlich nicht. Ein Knurren ausstoßend, spricht er weiter.

„Und was deinen Vorwurf angeht? Wie kannst du nach all den Nächten, in denen ich dich so hart gefickt habe, dass du in der Früh nicht aus dem Bett gekommen bist, behaupten, dass ich dich wie ein Kind behandle? Du bist meine Frau, und darum entscheide ich, wie viel du über unsere Clubaktivitäten wissen musst.“

Wie bitte? Das hat er gerade nicht wirklich gesagt!

Nicht bereit, mir noch mehr von dieser Scheiße anzuhören, fange ich kurzerhand, wie angekündigt, damit an, meinen Kram zu packen. Wenn er seine Lone-Ranger-Outlaw-Macho-Nummer durchziehen will, dann soll er das machen, aber nicht mit mir.

„Was machst du da, Ava?“

„Blöde Frage!“

Einen Fluch ausstoßend, folgt er mir ins Schlafzimmer.

„Antworte mir!“
Wie witzig. Ich bekomme keine Antworten, aber ich soll ihm welche geben.
Instinktiv werfe ich ihm das Erste, was ich finde, an den Kopf. Mein pinker Pumps knallt gegen seine Stirn und fällt anschließend klackernd zu Boden.
„Bist du jetzt völlig irre geworden, Weib?“
Offensichtlich.
„Nein. Ich lasse mich nur nicht länger von dir verarschen!“
Wir starren uns an, ich traue mich nicht, zu zwinkern.
Nach einer gefühlten Ewigkeit stößt er ein Schnauben aus und gibt als Erster nach.
Krass! Das ist mir ja noch nie passiert ...
Ich koste diesen kleinen Sieg aus und lege herausfordernd den Kopf schief.
„Ich bin für dich in den Club gezogen, ich habe ohne Wenn und Aber akzeptiert, dass die *Bloods* eine Gefahr darstellen und dass es besser ist, wenn ich nicht in der Tankstelle arbeite. Verflucht, Paxton! Ich habe doch nun wirklich alles getan, was du von mir wolltest. Es kann ja wohl kaum zu viel verlangt sein, ein paar Antworten zu erwarten.“
Die Augen gen Himmel drehend, lässt er sich auf sein Bett sinken, hebt meinen Pumps auf und lässt den Absatz zwischen seinen Fingern kreisen. In seiner Hand wirkt mein Schuh wie eine gefährliche Waffe.
Er wirkt nachdenklich, die Sekunden ziehen sich in die Länge, keiner von uns sagt ein Wort. Die Stille ist schwer und drückend und zerrt an meinen Nerven. Gerade als ich denke, dass ich sie keinen Atemzug länger aushalte, stellt er meinen Schuh neben sich auf den Boden und sieht mich an.
„Okay. Was willst du wissen?“
„Alles!“
Sich eine Lucky Strike anzündend, bläst er den warmen Rauch gen Zimmerdecke.
„Wir haben herausgefunden, dass sich die *Bloods* nächste Woche in Benson treffen. Das ist die Gelegenheit für uns, diese Hurensöhne ein für alle Mal unschädlich zu machen. Benson liegt außerhalb unseres Reviers. Was auch immer da passiert, wenn wir es richtig machen, fällt das nie auf uns zurück.“
Nächste Woche? So bald? Mir war natürlich bewusst, dass Paxton irgendwann zum Angriff übergehen muss. Dennoch hatte ich gehofft, mehr Zeit zu haben – mehr Zeit um ... Ja, wofür eigentlich? Keine Ahnung! Die Angst, dass er bei diesem Racheakt sterben könnte, ist

allgegenwärtig. Die Member des Hell's Fire Motorcycle Clubs haben keine besonders hohe Lebenserwartung. Sie vergessen nur zu gerne, dass sie, wie der Rest der Welt, sterblich sind.

„Dafür braucht ihr den Sprengstoff. Ihr wollt sie in die Luft jagen."

Paxton nickt. Mein Verstand läuft auf Hochtouren. Mir kommt da eine Idee.

„Aber dann könnt ihr doch einen Fernzünder verwenden? Ihr könnt das TNT, oder was auch immer ihr benutzt, dort verstecken und aus sicherer Entfernung das Knöpfchen drücken. Ihr müsst den *Bloods* nicht gegenübertreten. Keine fliegenden Kugeln sind etwas Gutes. Stimmt's?"

Hoffnung wallt in mir auf. Vielleicht wird alles nicht so schlimm, wie erwartet.

„Das werden wir sehen. Aber ja, das ist der Plan."

Meine Knie werden weich, ich lasse meine Tasche fallen und lehne mich gegen die Wand.

Mein Gefühl verrät mir, dass er mir noch immer etwas verheimlicht. Aber was? Und was noch viel wichtiger ist, warum? Wieso kann er nicht einfach ehrlich zu mir sein?

„Gibt es noch etwas, das ich wissen muss?"

Er nickt, inhaliert einen Zug seiner Zigarette und steht auf.

„Ja. Und zwar, dass ich dich niemals gehen lassen werde! Schlag mich, bewirf mich mit deinen Schuhen und zick so viel du willst. Aber du gehörst mir! Eher sterbe ich, als dass ich noch mal den Fehler begehe und dir deine Freiheit gewähre. Du kannst mich hassen, aber das ändert nichts an meiner Entscheidung!"

Es ist seltsam! Aber diese wiederholte Drohung beruhigt mich. Denn so ist es nicht mehr meine Entscheidung, ob ich bleibe oder gehe. Diese Wahl hat Paxton für mich getroffen, und das ist gut so. Denn auch wenn ich alles tue, um ruhig und gelassen zu bleiben, muss ich mir eingestehen, dass mir der tote Deputy und die erschossene Bitch Angst machen. Es fühlt sich fast so an, als hätte der Tod seine schwarzen Schwingen über dem Club ausgebreitet, entschlossen, möglichst viele Seelen für sich zu beanspruchen. Erst neulich Nacht bin ich vor Sorge um meinen Rockerpräsidenten beinahe verrückt geworden.

Die Waffenübergabe, die ein paar Meilen außerhalb von Big Lake stattgefunden hat, verlief zum Glück reibungslos, aber das war nicht selbstverständlich. Als Erstes musste es Paxton gelingen, die Agents, die ihm am Arsch kleben, abzuhängen, ehe er sich um das Geschäftliche kümmern konnte.

Stundenlang bin ich wach im Bett gelegen, habe auf jedes Geräusch gelauscht und auf ihn gewartet. Als er dann endlich zu mir zurückgekommen ist, bin ich vor Erleichterung in Tränen ausgebrochen. In dieser Nacht war er ganz besonders zärtlich zu mir, er hat mich in seine Arme gezogen, mein Gesicht mit federleichten Küssen bedeckt und mich so hingebungsvoll geliebt, dass mein Herz vor Glück beinahe geplatzt ist. Ich war mir sicher, dass sich in dieser Nacht etwas zwischen uns verändert hatte, dass unsere Beziehung einen Schritt in die richtige Richtung gemacht hat. Aber da habe ich mich anscheinend getäuscht. Alles ist wie immer.

„Wir drehen uns im Kreis? Habe ich recht?"

Paxton sieht mich erstaunt an.

„Was meinst du damit, Süße?"

„Na, das ist doch ganz einfach. Immer wenn mir was nicht passt, drohe ich damit, zurück in mein Haus zu ziehen, um so zu dir und zum Club Abstand zu schaffen. Gleichzeitig verlange ich jedoch von dir, dass du mir vertraust und offen zu mir bist. Aber wie sollst du das denn, wenn du befürchten musst, dass ich bei jeder Kleinigkeit die Flucht ergreife?"

Irgendwie wird mir das gerade alles zu viel. Tränen steigen mir in die Augen, ich schniefe leise.

Seine Hand nach mir ausstreckend, fordert Paxton mich auf, zu ihm zu kommen. Ich tue es, denn im Moment brauche ich nichts so dringend wie seine Nähe.

Mich auf seinen Schoß setzend, streicht er mir einen salzigen Tropfen von der Wange und haucht mir einen Kuss auf die Stirn.

Gott, wie sehr ich es liebe, wenn er das tut.

Die Arme fest um mich schlingend, raunt er mir mit leiser Stimme ins Ohr, dass ich der Mittelpunkt seiner Welt bin, und dass er alles in seiner Macht Stehende tun wird, um mich glücklich zu machen. Sein heißer Atem streift über mein Ohr und an meinem Hals entlang.

Erneut schniefend, suche ich seinen Blick.

„Versprich mir, dass dir nichts passieren wird. Versprich mir, dass du einhundert Jahre alt wirst und dass wir zusammen glücklich werden. Bitte, Paxton ich muss das wissen, sonst komme ich um vor Sorge."

An seinen Mundwinkeln zupft ein Lächeln und an seinen Augenwinkeln bilden sich dünne Fältchen.

„Ich verspreche es dir."

Obwohl mir klar ist, dass es eigentlich nicht in seiner Macht steht, mir so etwas zuzusichern, der Tod ist schließlich unberechenbar, beruhige ich mich wieder etwas.

Mein geliebter Rocker wirkt gerade ziemlich friedlich. Das ist der perfekte Zeitpunkt, um das Thema anzusprechen, was mir seit meinem Einzug ins Clubhaus auf der Zunge gelegen hat. Bisher habe ich nur auf den geeigneten Moment gewartet, um es zur Sprache zu bringen.

„Kann ich dich um noch eine Sache bitten?“

Seine Stirn runzelt sich.

„*Du* kannst mich um alles bitten.“

„Wenn euer Plan aufgeht und ihr die *Bloods* plattgemacht habt, können wir dann zusammen in mein Haus ziehen? Diese Wohnung hier ist kein Zuhause, sondern nur eine Übergangslösung. Ich brauche dich für mich. Auch wenn es nur ein paar Stunden am Tag sind ...“

Genau wie erwartet, wirkt er nicht sonderlich begeistert, was bedeutet, dass ich meinen Joker ziehen muss.

„... ich will überall und jederzeit mit dir Sex haben, ohne dass uns deine Brüder dabei zuhören können. Bitte Schatz! Ich will, dass wir in einem Haus mit einem Garten wohnen, ich will einen Hund und ich will, dass wir eine Familie sind.“

Bei dem Wort Familie leuchten seine Augen hoffnungsvoll auf. Seine Hand auf meinen Bauch legend, beugt er sich vor und streift mit seinen Lippen über die meinen. Die Finger in seinen Haaren vergrabend, öffne ich mich für ihn und gewähre seiner Zunge so Einlass. Gierig wühlt er sich durch meinen Mund, stiehlt mir den Atem und entlockt mir ein Stöhnen.

„Du kämpfst unfair, Mädchen.“

Oh nein, ich nutze nur die Waffen einer Frau.

Wieder küsse ich ihn, erst als er sich erneut von mir löst, rede ich weiter.

„Ich sage dir nur, was ich mir wünsche ...“

Ein animalisches Geräusch ausstoßend, dreht er sich um, sodass ich mit dem Rücken auf der Matratze lande, und legt sich auf mich.

Ich spüre jeden harten Zentimeter seines Körpers. Mit seinem Gewicht pinnt er mich auf dem Bett fest und kneift die Augen zusammen, an seinem Kiefer zuckt ein Muskel.

„Wenn du mit mir spielst, wenn du mir Hoffnungen machst, wo keine sind, wirst du das bitter bereuen, Ava!“

Seine Stimme klingt eiskalt und gnadenlos, ein Schauer lässt mich erbeben.

Gegen meine aufsteigende Angst ankämpfend, lecke ich mir nervös über die Lippen.

„Ich möchte nur das Beste für uns beide.“

Seine Iriden wirken schwarz und zeitlos, mein Herz gerät aus dem Takt.

Es ist Paxton deutlich anzusehen, dass er mit sich selbst kämpft. Die Dunkelheit in ihm droht hervorzubrechen.

„Du willst das Gesamtpaket?“

„Ja, ich will alles! Alles was ich will, ist, mit dir glücklich zu werden. Was ist daran so verkehrt?“

Sein „Nichts“ klingt wie das Zischen einer Schlange.

„Mir ist klar, dass du und dieser Club unzertrennbar seid. Du bist der Präsident des Hell’s Fire Motorcycle Clubs und ich weiß, wie viel dir das bedeutet, aber das heißt doch nicht, dass wir hier im ersten Stock wohnen müssen, wenn wir auch ein Haus haben, das wir zu unserem Zuhause machen können.“

Er nickt widerwillig, ich habe fast gewonnen.

Einen Kuss auf seine Lippen pinnend, reibe ich meine Nasenspitze an der seinen.

„Ich brauche mehr *Du* und *Ich*. Verstehst du?“

Wieder nickt er, das Blau kehrt in seine Iriden zurück, der Dämon in ihm scheint mit mir einer Meinung zu sein.

„Das ist aber erst möglich, wenn die *Bloods* keine Bedrohung mehr für uns darstellen. Wenn es um dich geht, bin ich nicht bereit, Risiken einzugehen!“

Dieses Mal ist er derjenige, der mich küsst, doch alle Sanftheit ist daraus verschwunden.

Stürmisch, wild, beinahe schon grob stößt er mir seine Zunge in den Hals, packt mich mit der rechten Hand an der Kehle und drückt leicht zu.

Mit der linken fasst er mir zwischen die Beine, zerreißt meinen Slip und dringt mit zwei seiner Finger bis zum Anschlag in mich ein.

Keuchend japse ich nach Luft, was durch seinen festen Griff beinahe unmöglich ist.

Mit dem Daumen über meinen Kitzler reibend, sorgt er dafür, dass ich immer feuchter werde. Erst als er sich sicher ist, dass ich für ihn bereit bin, öffnet er seine Hose.

Dick und prall stupst seine Eichel gegen meine empfindlichen Falten, teilt sie und bahnt sich ihren Weg in mein zuckendes Inneres. Die Spannung in meinem Unterleib schnellt in die Höhe, es fühlt sich fast so an, als hätte mein Körper nur darauf gewartet, gevögelt zu werden. Paxton trifft die empfindliche Stelle, stimuliert meinen G-Punkt und sorgt so dafür, dass meine Beine zu zittern beginnen ...

Der unberechenbare, tödliche und alles andere als harmlose Outlaw, dem mein Herz gehört, braucht nur wenige Stöße, um mich laut schreiend kommen zu lassen. Ich zucke, keuche und wimmere, kralle mich an seinen Schultern fest und presse mich ihm sehnsüchtig entgegen.

So ist es einfach jedes Mal zwischen uns. Sobald Paxton mich berührt, drehen meine Hormone durch, meine Sinne fangen Feuer und meinem Verstand gehen die Lichter aus.

Sich immer entschlossener in mich hämmernd, beißt er die Zähne zusammen. Die Sehnen an seinem Hals treten deutlich hervor, auf seiner Stirn windet sich eine dicke Ader. Paxton hält nichts zurück, sein nächster Stoß ist so fest und tief, dass mir ein gepeinigtes Wimmern über die Lippen kommt.

„Fuck! Fuck! Fuck!"

Brummend treibt er sich ein letztes Mal bis zum Anschlag in mich, ehe er seinen Samen in mich pumpt. Ein heißes Pulsieren hallt in meinem Bauch wider – wir haben mal wieder nicht verhütet.

Erschöpft schließe ich die Augen, atme tief durch und genieße den Moment.

Jetzt, in dieser Sekunde, gibt es nur uns zwei – alles andere ist nebensächlich!

Aus meinem Plan, mir heimlich die Pille zu besorgen, ist bisher nichts geworden und so langsam befürchte ich, dass es dafür zu spät ist. Wir haben jede Nacht Sex – mehrmals. Und selbst das reicht ihm meistens nicht, wie das eben Geschehene bestens beweist.

Einmal habe ich versucht, ohne ihn oder einen seiner Männer das Clubgelände zu verlassen, und bin grandios gescheitert. Dank des Ärgers mit den *Bloods* wacht Paxton mit Adleraugen über mich. Ganz davon abgesehen müsste ich das Wort *Apotheke* nur erwähnen und er wäre sofort hellhörig. So wie ich das sehe, werde ich mir statt der Pille demnächst einen Schwangerschaftstest besorgen müssen.

Die Vorstellung, erneut schwanger zu werden, macht mir eine Scheißangst.

Noch einmal verkrafte ich es nicht, mein Baby zu verlieren ...

Dennoch kann ich nicht bestreiten, dass es etwas Wunderbares wäre, erneut von Paxton ein Kind zu erwarten.

Mit seinem Finger über meine Schläfe streichend, bewegt er sich etwas, sein Glied schiebt sich erneut bis zum Anschlag in mich, entlockt mir ein leises Keuchen.

„Alles okay bei dir?"

Seine Frage reißt mich aus meinen Überlegungen.

„Ja, natürlich."
Mit den Fingern streife ich durch seine Haare, genieße das weiche Gefühl und lasse meine Hände über seine Kutte gleiten. Das Präsidentenpatch nachspurend, suche ich seinen Blick.
„Wir haben wieder nicht verhütet."
Paxtons Pupillen weiten sich, ich spüre, wie sich die Stimmung zwischen uns verändert.
„Ich habe dir gesagt, wie ich über dieses Thema denke. Du bist *meine* Frau, ich werde nie wieder verhüten! Warum zum Teufel sollte ich auch? Je schneller du schwanger bist, umso besser."
Mit einem Ruck zieht er sich aus mir heraus, stellt sich hin und schließt seine Hose.
Gott, das ist so unfair ...
Während ich mich erschöpft und angreifbar fühle, wirkt er stark und unbesiegbar.
Sein Sperma tropft aus mir heraus, rinnt mir über den Oberschenkel. Paxton scheint zu spüren, wie ich mich gerade fühle, er schiebt mein Kleid zur Seite, spreizt meine Knie und reibt meine Schamlippen mit seinem Samen ein.
Die Geste ist unmissverständlich, er markiert meine Pussy als sein Eigentum.
„Rosa, empfindlich, verletzlich, wunderschön und dank des Ficks eben geschwollen. Und was das Beste ist, das ist alles meins. Jeder Mann, der es wagt, sich dir auch nur zu nähern, ist so gut wie tot!"
Nur Paxton schafft es, romantisch und zugleich angsteinflößend zu sein.
Diese Rockerromantik hatte schon immer eine verheerende Wirkung auf mich.
Der Augenblick ist so intim, dass ich nicht weiß, wie ich mich verhalten soll.
„Du hast gewonnen, Baby!"
Überrascht sehe ich ihn an.
„Was meinst du?"
Die Mundwinkel nach unten ziehend, legt er den Kopf schief.
„Ganz einfach. Wir ziehen so bald wie möglich in das Haus. Du hast recht, wir brauchen mehr solcher Momente. Ich brauche mehr von dir – muss dich öfters spüren und mehr Zeit in dir verbringen. Du bist wie Medizin für mich. Nur in deiner Nähe fühle ich mich ruhig und zufrieden."
Meiner empfindlichen Mitte einen Klaps verpassend, dringt er ein letztes Mal mit zwei Fingern tief in mich ein, schiebt so sein Sperma

wieder in meinen Unterleib und beißt sich auf die Unterlippe. Sein Blick ist währenddessen auf meine Schamlippen gerichtet, der Ausdruck, den seine markanten Gesichtszüge dabei annehmen, ist teuflisch.

„Ich will, dass du einen Test machst. Nach letzter Woche müsstest du voll von mir sein."

Sein Handy klingelt, rettet mich vor einer Antwort.

„Storm?"

Ohne einen letzten Blick zurück, marschiert er aus seinem Schlafzimmer und lässt mich alleine zurück.

Verwirrt und überwältigt bleibe ich noch einen Moment liegen, schließe die Augen und atme mehrmals tief durch.

Das alles geht zu schnell, viel zu schnell ...

Ich bin erst vor ein paar Wochen zurück nach Big Lake gekommen und Paxton hat mich schon wieder völlig vereinnahmt. Die Welt des Clubs ist erneut zu meiner Realität geworden, wollen wir hoffen, dass dieses Mal ein Happy End und keine Katastrophe auf uns wartet.

Mit zittrigen Fingern zupfe ich mein Kleid zurecht, stehe auf und gehe ins Badezimmer, um mich sauber zu machen.

Paxton hat recht, es würde an ein Wunder grenzen, wenn der Schwangerschaftstest, den er verlangt, negativ ausfallen würde. Unsicher reibe ich über meinen Bauch und flehe alle übernatürlichen Kräfte dieser Welt an, mir beizustehen.

19. Kapitel

Paxton

„Was soll das heißen, dass das Treffen auf Morgen vorgezogen wurde?"
Storm klingt genauso entsetzt wie ich.

„Irgendetwas muss vorgefallen sein. Die *Bloods* treffen sich schon morgen in Benson."

Bullshit! Das ist kein gutes Zeichen!

„Das ist knapp! So bleibt uns kaum genügend Zeit, um alles vorzubereiten. Raven und Picasso sind gerade dabei, sich die Lage vor Ort genauer anzusehen. Wir müssen auf deren Einschätzung warten, ehe wir entscheiden können, was wir nun tun."

Ein frustriertes Schnauben dringt durch den Hörer zu mir durch.
„Diese Gelegenheit dürfen wir uns auf gar keinen Fall entgehen lassen, Präs."

Das werden wir sehen.

„Wo bist du?"

„Bei Donald, sehen ob er etwas braucht."

Einen prüfenden Blick Richtung Tor werfend, stelle ich fest, dass die schwarze Limousine nicht an ihrem gewohnten Platz steht.

Was ist da los?

Haben die Agents endlich aufgegeben oder braut sich da etwas zusammen?

„Beweg deinen Arsch anschließend direkt hierher. Und sag ihm, dass wir vielleicht bei der Aktion in Benson, seine Hilfe brauchen. Raven ist gut, aber Donald ist besser."

Luc sitzt auf seinem Klappstuhl, was wirklich ein komischer Anblick ist.

„Wird gemacht, Boss."

Er legt auf, ich stecke mein Telefon ebenfalls wieder ein und mache mich auf den Weg ins Lager. Wie es aussieht, rennt uns die Zeit davon, es kann also nicht schaden, schon mal alles vorzubereiten.

Eine Stunde später stapeln sich auf meinem Schreibtisch nicht nur unzählige Waffen, sondern auch massenhaft Munition und ein paar Kisten Sprengstoff.

Zufrieden lehne ich an der Fensterbank, rauche eine und genieße den Anblick.

Wenn es nicht mit dem Teufel zugeht, haben die *Bloods* keine Chance gegen uns.

So langsam packt mich die Ungeduld. Ich will diese Scheiße endlich hinter mir haben und mich um mein Mädchen kümmern.

In den letzten Wochen ist so viel passiert, dass ich kaum zum Durchatmen gekommen bin. Storm taucht im Türrahmen auf, eine Bierflasche in der Hand stößt er einen lauten Pfiff aus.

„Bei dem Anblick bekomm ich glatt ’nen Harten.“

„Wie geht es Donald?“

Er zuckt mit den Schultern und grinst.

„Ganz gut, stirbt vor Langweile und ist nicht von seiner Idee abzubringen, mit nach Benson fahren zu wollen.“

Das trifft sich gut.

„Er kann sich kaum für ewig verstecken. Keine Ahnung was es zu bedeuten hat, aber die Agents sind nicht mehr auf ihrem Posten. Wenn sie die nächsten 24 Stunden nicht wieder auftauchen, scheint sich dieses Problem in Luft aufgelöst zu haben.“

Ein dreckiges Grinsen breitet sich auf dem Gesicht meines Bruders aus. „Diese Idioten waren blind und blöd. Wir haben den Deputy vor ihren Augen auf den Pick-up geladen und sie haben nichts geschnallt.“

Lachend nippt er an seinem Bier und setzt sich auf den Stuhl direkt vor dem Schreibtisch.

„Jetzt wird es ernst.“

Ich nicke.

„Aye, hast du schon herausgefunden, warum das Treffen auf morgen vorverlegt wurde?“

Die Beine ausstreckend, nimmt er sich eine der bereitstehenden Kalaschnikows.

„Das wollte ich dir gerade erzählen. Sylvester, dieser Wichser, gibt sich die Ehre. Er hat das neue Datum bestimmt. Warum? Keine Ahnung! Aber verdammt, ich finde es gut. Je schneller wir unseren Standpunkt klargemacht haben, umso besser.“

Storm scheint ziemlich siegessicher zu sein.

„Ein paar Tage mehr Vorbereitungszeit wären nicht schlecht gewesen. Aber ich stimme dir zu, je eher es *Boom* macht, umso besser.“

Das Sturmgewehr zurückstellend, lässt er die Schultern kreisen.

„Wie geht es Ava? Ich habe sie heute den ganzen Tag noch nicht gesehen?“

Sein ewiges Interesse an meinem Mädchen geht mir langsam gehörig auf den Sack.

„Es reicht, wenn ich sie gesehen habe!“

Er versteht sofort, dass es besser für ihn ist, das Thema schnell wieder zu wechseln.

„Hast du schon was von Raven gehört?“
Einen Blick auf die Uhr werfend, schüttle ich den Kopf.
„Nein, er und Picasso müssten eben erst angekommen sein. Er meldet sich, sobald er Genaueres weiß. Bis dahin müssen wir abwarten.“
„Warten geht am besten an der Bar. Außerdem habe ich da was organisiert, das du sehen solltest.“
Neugierig folge ich ihm den Gang entlang und staune nicht schlecht, als mir plötzlich ein Billardtisch im Weg steht.
„Wo hast du den denn aufgetrieben?“
Während wir reden, werden mehrere Flipperautomaten, eine alte Jukebox und zwei Dartscheiben, in denen noch die Pfeile stecken, reingetragen.
Storm strotzt nur so vor Selbstzufriedenheit.
„Nachdem sich die Bullen hier ausgetobt haben, hat mir unser Clubhaus nicht mehr gefallen, also habe ich die Lagerräume und Keller unserer Casinos durchsucht und bin fündig geworden. Unglaublich, was wir so alles rumstehen haben.“
Warum bin ich da nicht darauf gekommen?
„Das war eine gute Idee, Bro.“
Kaum dass ich das ausgesprochen habe, tragen Luc und Milo ein großes, pinkes Sofa in U-Form an uns vorbei. Der Geruch, den es verströmt, kenne ich nur allzu gut.
„Ach du Scheiße, wo hast du das denn her? Und wieso riecht es nach Muschi?“
Lachend stellt er sein Bier ab und packt mit an.
„Na ja, da das in den Casinos so gut funktioniert hat, habe ich mir auch gleich die Bordelle und Laufhäuser vorgenommen.“
Yetta und Tanja, zwei unserer Clubbitches tauchen auf, beide haben zwei Kisten voller goldener, roter und silberner Kissen in den Händen.
Rolex, ein weiterer Member unseres Clubs, stellt sich neben mich und schüttelt ungläubig den Kopf.
„Fuck Präs, wenn das so weitergeht, komme ich mir vor wie im Puff. Fehlen nur noch diese Neonherzen an der Wand, die so lila leuchten.“
Amüsiert beobachte ich, wie alles abgestellt, aufgehängt und angeschlossen wird.
„Na, du musst es ja wissen!“
Brummend lässt er mich stehen, verschwindet draußen auf dem Hof und kommt wenige Sekunden später mit einem neu aussehenden Boxsack wieder.
„Mag sein, dass ihr euch alle in Pussys verwandeln wollt, ich behalte meine Eier noch etwas.“ Mit dieser Ansage hängt er den Sandsack auf

und verpasst ihm gleich ein paar Faustschläge. Ich war so damit beschäftigt, das Treiben zu beobachten, dass ich gar nicht bemerkt habe, dass Ava nach unten gekommen ist.

Erst als sie neben mir auftaucht und mir einen Kuss aufs Kinn drückt, sehe ich sie.

„Was ist denn hier los?"

„Storm hat unsere Häuser abgeklappert und ein paar Sachen besorgt." Sie lehnt sich an mich und schlingt ihre Arme um meine Mitte.

So mag ich sie am liebsten, anschmiegsam und schutzbedürftig.

„Ich komme mir vor wie bei einer Folge *Schöner Wohnen*. Fehlen nur noch ein paar Duftkerzen und ein fluffiger Teppich."
Rolex hört ihre Worte und wirft ihr einen finsteren Blick zu.

„Vergiss es, Prinzessin, dann sieht es hier ja endgültig aus wie in einem Laufhaus."

Meine Süße kichert.

„Wenn du willst, kannst du dir ja ein paar Strapse von mir ausleihen. Ich bin mir sicher, die stehen dir."
Rolex ist eines der wenigen Mitglieder, die Ava noch nicht von früher gekannt haben. Er hat sein Anwärterjahr hinter sich gebracht, während ich im Knast saß. Seinen merkwürdigen Straßennamen hat er einem Vorfall mit einer Nutte und einem reichen Geschäftsmann zu verdanken.

Damals war er für den Sicherheitsdienst in einem unserer Bordelle zuständig. Die meisten Schlampen haben in ihren Zimmern direkt neben ihren Betten Notfallknöpfe, die aussehen wie ganz normale Lichtschalter. Falls also ein Freier zu grob wird, sie schlägt oder zu gewissen Praktiken zwingt, betätigen sie den Schalter und rufen so um Hilfe. So war es auch in besagter Nacht. Ein junger Typ, der durch Aktien mehrere Millionen gemacht hatte, war damals der Meinung, dass er eines unserer Girls beim Sex würgen muss. Kurz bevor sie das Bewusstsein verloren hat, ist es ihr jedoch noch gelungen, den Knopf zu drücken. Rolex, der eigentlich Roger heißt, ist in das Zimmer gestürmt und hat die Nutte reglos im Bett liegend vorgefunden, während der Typ sie einfach weiter gefickt hat. Roger sind die Sicherungen durchgebrannt, er hat die auf dem Nachttisch liegende Rolex genommen, sie wie einen Schlagring benutzt und dem Wichser damit die Fresse poliert. Als er mit ihm fertig war, hat der Typ nicht nur eine neue Uhr, sondern auch ein neues Gebiss und mehrere kosmetische Operationen gebraucht.

Mit dieser Aktion hat er sich nicht nur meinen Respekt, sondern auch auf Lebzeiten einen neuen Spitznamen gesichert.

Die Tatsache, dass er niemals zu spät, sondern immer auf die Minute pünktlich ist, passt zudem perfekt.

Während Ava und Rolex sich immer weiter aufziehen und sich über das Puffsofa lustig machen, beginnt mein Handy zu klingeln.

„Raven?"

„Hey Präs, wir sind vor einer halben Stunde in Benson angekommen und haben das Gebäude, in dem die Versammlung stattfinden soll, ausgekundschaftet. Das wird ein Kinderspiel morgen. Es gibt weder Sicherheitskameras noch eine Alarmanlage. Die Hintertüre stellt kaum ein Hindernis dar. Wir müssen uns nur Zutritt verschaffen, unsere Päckchen platzieren, uns auf die Lauer legen und das Knöpfchen drücken!"

Das klingt zu gut, um wahr zu sein.

„Wo ist der Haken?"

Mein VP gibt ein Grunzen von sich.

„Picasso hat gesagt, dass du das fragen wirst. Scheiße, Paxton. Jetzt habe ich fünfzig Dollar verloren."

„Selber schuld, wenn du auf jeden Scheiß eine Wette abschließen musst. Also, wie sieht es aus? Irgendwelche Risikofaktoren?"

Ich höre, wie er sich eine Kippe anzündet.

„Na ja, die ganze Aktion ist ein Risikofaktor. Aber ansonsten sieht es gut aus. Wenn alles läuft wie geplant, gehören die *Bloods* in 48 Stunden der Vergangenheit an."

Und wieder gute Nachrichten – der Tag wird immer besser.

„Gut, dann bewegt eure Ärsche zurück. Die Zeit rennt, wir müssen einiges vorbereiten."

Das Telefon wegsteckend, senke ich den Kopf und vergrabe meine Nase in Avas Haaren. Tief einatmend, inhaliere ich ihren süßen Duft und schließe für einen Moment die Augen.

In meiner Fantasie sehe ich sie wieder vor mir im Bett liegen, dass Kleid nach oben geschoben, mit weit gespreizten Beinen und meinem Sperma, das aus ihrer frisch gefickten Pussy tropft.

Der Dämon in mir knurrt, fletscht die Zähne und verlangt von mir, dass ich sie beiße, zeichne und vor allen meinen Brüdern als mein Eigentum markiere. Mit aller Kraft kämpfe ich gegen den Drang, auf ihn zu hören, an.

Die Geschäftigkeit um mich herum ist der beste Beweis dafür, dass es nichts und niemandem gelingt, dem Hell's Fire Motorcycle Club nachhaltig zu schaden.

Alles was die Cops so mutwillig zerstört haben, war ersetzbar – unser Kampfgeist ist so stark wie nie. Morgen werden wir die *Bloods* vernichten und sobald uns das gelungen ist, stehen uns hoffentlich ein paar friedliche Monate bevor.

Avas Bitte, mit ihr in das Haus zu ziehen, ist für mich absolut verständlich. Allerdings war die Art, mit der sie versucht hat, meine Zustimmung dafür zu bekommen, gefährlich für sie. Seit ich weiß, dass sie von mir schwanger war, kann ich an nichts anderes denken, als daran, erneut dafür zu sorgen, dass sie mein Kind unter ihrem Herzen trägt.

Ich will diese Frau auf alle erdenklichen Arten an mich binden. Ich will, dass sie keine Chance hat, sich jemals wieder von mir zu trennen.

Das Bedürfnis, sie immer in meiner Nähe zu haben, wird von Tag zu Tag stärker und droht mich in den Wahnsinn zu treiben. Sollte sich herausstellen, dass sie, im Gegensatz zu ihren Behauptungen, noch nicht dazu bereit ist, eine Familie mit mir zu gründen, und dass sie mich belogen hat, kann ich ihr nur raten, in Deckung zu gehen. Alleine die Vorstellung, dass es so sein *könnte*, lässt mich die Fäuste ballen.

Ava scheint zu merken, dass ich vor Anspannung regelrecht vibriere.

„Alles okay bei dir?"

In meinem Kopf hallen ihre Worte wie ein nie zu enden scheinendes Echo wider.

Ich will, dass wir eine Familie sind ... Ich will, dass wir eine Familie sind ... Ich will, dass ...

„Ja, alles in Ordnung."

Dass sie mir nicht glaubt, kann ich in ihren Augen erkennen.

„Ich müsste später noch kurz einkaufen. Ist es okay, wenn ich deinen Wagen nehme?"

Interessant! Obwohl ich ihr schon ein Dutzend Mal gesagt habe, dass ich sie, so lange das mit den *Bloods* noch nicht geklärt ist, nicht alleine lasse, versucht sie es immer wieder.

„Was brauchst du? Sag es mir und ich schicke Luc los."

„Nein danke. Ich brauche typische Mädchensachen, die kaufe ich mir lieber selbst. Aber du könntest mich ja zusammen mit Luc fahren lassen."

Ganz bestimmt nicht! Ich lasse doch nicht den unfähigen Idioten, der sich selbst in den Fuß geschossen hat, auf das Wichtigste in meinem Leben aufpassen. Bullshit! Avas Sicherheit würde ich Raven, Milo oder Storm anvertrauen, aber niemals unserem nichtsnutzigen Prospect.

Unsicherheit blitzt in ihren Iriden auf. Irgendetwas stimmt da nicht! Langsam kommt es mir verdächtig vor, dass sie immer wieder versucht, ohne mich loszuziehen. Was verbirgt sie vor mir? Gerade als ich ihr sagen will, dass sie das vergessen kann, kommt mir eine Idee. Vielleicht sollte ich sie wirklich mit Luc fahren lassen, ihr folgen und so herausfinden, was hier gespielt wird.

„Okay. Aber nimm dein Handy mit.“

Rolex, der unsere Diskussion mitgehört hat, wirft mir einen überraschten Blick zu.

Ava hingegen scheint nicht zu ahnen, dass ich ihr eine Falle stelle. Sie stellt sich auf die Zehenspitzen, drückt mir einen Kuss auf die Lippen und rennt los, um ihre Handtasche zu holen.

„Was soll das werden, Präs? Du vertraust Luc die Sicherheit deiner Lady an?“

„Ja, sie will nur einkaufen.“

Einen Fluch ausstoßend, sieht er Ava nach, wie sie die Treppe hocheilt.

„Hör zu, ich begleite dein Mädchen. Luc ist ein unfähiges Arschloch. Du hättest ihn schon längst wegschicken sollen.“

Sein Angebot ist gut gemeint. Und ich bin mir auch sicher, dass er fähig genug ist, um Ava im Notfall zu beschützen. Aber dieses Mal werde ich es ausschlagen. Ich muss wissen, warum sie unbedingt ohne mich einkaufen gehen will. Was verbirgt sie vor mir?

„Danke, aber das passt so.“

„Sicher?“

Ich bedenke ihn mit einem warnenden Blick, der ihn verstummen lässt, und mache mich auf die Suche nach Luc.

Keine zehn Minuten später beobachte ich ihn dabei, wie er zusammen mit Ava vom Clubgelände fährt. Zu meinem Bike gehend, setze ich mir den Helm auf und folge den beiden. Ich komme genau bis zum Tor, ehe sich mir ein Streifenwagen in den Weg stellt!

Fuck! Das kann doch echt nicht wahr sein ...

Ein sehr zufrieden aussehender Nolan steigt aus dem Auto und kommt auf mich zu.

Was auch immer er will, er sollte sich kurzfassen!

„Paxton, wie gut das ich dich noch erwische.“

„Was willst du? Ich muss los.“

Kommt es mir nur so vor, oder lässt er sich mit Absicht Zeit, mir zu antworten?

„Ich bin eigentlich nur vorbeigekommen, um dich darüber zu informieren, dass die GANG IDENTIFICATION TASK FORCE von euch abgezogen wurde. Dir ist mit Sicherheit schon aufgefallen, dass die zwei Agents weg sind.“

Das wird Donald freuen, endlich kann er wieder zurück zum Club.

„Ein Anruf hätte es auch getan.“

Er verzieht keine Miene.

„Ich wollte persönlich vorbeikommen und bei der Gelegenheit gleich fragen, ob ihr was von Salaries gehört habt. Es fehlt noch immer jede Spur von ihm."

Jede Spur? Das ist gut, sehr gut sogar.

„Nein, kein Sterbenswort."

Die Mimik des Bullen versteinert. Was soll diese Scheiße? Er weiß so gut wie ich, dass wir den Wichser kaltgemacht haben. Es würde mich nicht mal wundern, wenn Nolan über Salaries Plan, uns einen Revolver unterzuschieben, Bescheid wusste.

„Seltsam."

Er reibt sich über das Kinn und sieht mich prüfend an.

„Das Leben als Polizist ist gefährlich, wenn man den falschen Leuten auf den Sack geht, kann es durchaus passieren, dass man die Quittung dafür kassiert."

Zufrieden beobachte ich, wie sich seine Pupillen erschrocken weiten. Daran, dass meine Warnung angekommen ist, besteht kein Zweifel. Nolan räuspert sich, öffnet die Türe und steigt wieder in seinen Wagen.

„Ja ... ähm ... gut das wir das klären konnten, Paxton!"

„Sehe ich auch so."

Diese Scheiße hat mich Minuten gekostet. Luc und Ava haben dank Nolan einigen Vorsprung. Mit einem Fluch steige ich wieder auf, starte den Motor und gebe Gas.

Fuck! Fuck! Fuck!

Ich will für Nolan hoffen, dass Ava nichts passiert. So langsam gehen mir diese Spielchen gehörig auf den Sack!

20. Kapitel

Ava

Irgendetwas stimmt nicht!

Warum hat Paxton zugestimmt, dass ich mit Luc fahren kann? Ich weiß, was er von dem Prospect hält – gar nichts. Dass Luc sein Leder noch trägt, verdankt er nur einem Umstand, nämlich dem, dass sein Präsident so viel andere Scheiße um die Ohren hat, dass ihm der Nerv fehlt, sich mit einem unfähigen Anwärter auseinanderzusetzen.

Immer wieder riskiere ich einen unsicheren Blick in den Rückspiegel, doch von meinem Rocker fehlt jede Spur. *Sehr komisch!* Ich hätte gewettet, dass er mir heimlich folgt. An sich kein gutes Zeichen für unsere Beziehung, aber da ich sein Misstrauen mehr als verdient habe, werde ich das nicht weiter analysieren. Es wird einige Zeit vergehen, bis Paxton mir wieder vertraut. Und die Aktion gerade eben spricht wohl deutlich dafür, dass er durchaus Grund dazu hat, an mir zu zweifeln.

Aber verdammt! Die Umstände lassen mir keine andere Wahl!

Ich muss wissen, ob ich bereits schwanger bin, wenn ja ... darüber denke ich erst nach, wenn es tatsächlich so ist, und wenn nein, dann muss ich mir schnellstens die Pille besorgen. Alles, was ich zu Paxton gesagt habe, ist wahr. Ich will eine Familie mit ihm, ich will, dass wir in das Haus ziehen und zusammen glücklich werden. Doch im Augenblick ist einfach nicht der richtige Zeitpunkt für ein Kind. So lange es für mich zu gefährlich ist, alleine das Gelände des Clubs zu verlassen, um so etwas Lächerliches zu tun, wie einkaufen zu gehen, steht ein Baby für mich nicht zur Debatte.

Das könnte nie gut gehen. Ich bezweifle, dass es einen Anbieter für schusssichere Kinderwagen und gepanzerte Autositze gibt.

Luc merkt, dass ich nervös bin, und sieht mich nachsichtig an.

„Keine Sorge Ava, ich sorge dafür, dass du in Sicherheit bist."

Am liebsten hätte ich laut gelacht. Im Ernstfall wäre wohl eher ich diejenige, die ihm den Arsch rettet, und nicht andersherum.

„Fahr einfach ein bisschen schneller."

„Warum?"

Er sieht verwirrt aus.

„Ganz einfach, weil ich es eilig habe!"

Zufrieden beobachte ich, wie er Gas gibt. Wenige Minuten später setzt er den Blinker und wir fahren auf den Parkplatz der Shopping-Mall.

Endlich! Genau wie geplant lasse ich meinen Geldbeutel auf dem Sitz liegen und steige nur mit den fünfzig Dollar in meiner Hosentasche aus.

Kaum dass wir den großen Eingangsbereich des Einkaufszentrums betreten, sehe ich Luc erschrocken an.
„Oh verdammt, ich habe mein Portemonnaie im Auto vergessen, kannst du es mir bitte schnell holen? Ich warte hier auf dich."
Luc sieht mich zweifelnd an.
„Es gefällt mir nicht, dich aus den Augen zu lassen, Paxton hat mir befohlen, immer bei dir zu bleiben, und das am besten mit dem Finger am Abzug."
Wie nett. Sein übertriebener Mannesstolz bringt mich zum Lachen. Hoffentlich schießt er sich nicht wieder aus Versehen einen Zeh ab.
„Hör zu, ich muss eh auf die Toilette und ich bezweifle, dass dein Präsident will, dass du mich *dahin* begleitest. Also hol du in der Zwischenzeit schnell mein Geld und dann können wir einkaufen. Je schneller wir das alles erledigen, umso eher sind wir zurück im Club und du kannst Paxton beweisen, dass auf dich Verlass ist."
Bei dem letzten Satz habe ich beinahe ein schlechtes Gewissen. Es ist nicht gerade nett von mir, dass ich Luc Hoffnungen mache, wo es längst keine mehr gibt.
Zögerlich gibt er nach.
„Okay, aber du beeilst dich und kommst sofort wieder hierher."
Ohne mir meine Erleichterung anmerken zu lassen, nicke ich und warte, bis er die gläsernen Schiebetüren hinter sich gebracht hat. Die Apotheke, in die ich will, befindet sich direkt hinter dem Floristen, drei Geschäfte links von mir. So schnell ich kann, eile ich los, stolpere über meine eigenen Füße und remple einen jungen Mann an. Eine Entschuldigung murmelnd, renne ich weiter.
Endlich in der Apotheke angekommen, bin ich völlig atemlos. Die kompetent wirkende ältere Dame, die einen weißen Kittel und ein grünes Halstuch trägt, lächelt mich freundlich und zugleich erwartungsvoll an.
„Wie kann ich Ihnen helfen?"
„Ich brauche einen Schwangerschaftstest und die Pille."
Dank der ungewöhnlichen Kombination meiner Bestellung sieht sie mich verwirrt an.
„Wollen Sie nicht erst den Test machen und, je nachdem wie dieser ausfällt, die Pille kaufen?"
Mir ist klar, dass sie nur nett sein will, aber dafür habe ich jetzt echt keine Zeit.
„Nein! Ich brauche diese beiden Sachen, und zwar schnell."
Die Frau wirkt irritiert, anscheinend habe ich sie vor den Kopf gestoßen.

„Hören Sie, ich habe es eilig! Bitte beeilen sie sich. Die Marke von dem Test ist mir egal, bei der Pille würde ich die *Mercilon* bevorzugen. Aber auch da nehme ich einfach, was sie dahaben!“

So langsam scheint die Apothekerin zu verstehen, dass ich unter Zeitdruck stehe. Einen prüfenden Blick Richtung Türe riskierend, trommle ich nervös mit den Fingern auf die Verkaufstheke.

„Haben Sie ein Problem? Brauchen Sie Hilfe?“

Ihre Freundlichkeit in allen Ehren, aber verdammt ...

„Nein! Ich brauche nur die zwei Sachen!“

Einen unsicheren Blick mit ihrer Kollegin tauschend, macht sie sich endlich daran, ihre Arbeit zu erledigen. Ein paar Minuten später stecke ich endlich die Pille und den Schwangerschaftstest ein und drücke ihr die fünfzig Dollar in die Hand.

Da das alles hier eh schon viel zu lange gedauert hat, fehlt mir die Zeit, um auf das Rückgeld zu warten. So schnell ich kann, kehre ich zurück an die Stelle, an der ich mit Luc verabredet bin, doch anstatt dort, wie erwartet, auf den Prospect zu treffen, stehe ich plötzlich einem wütend aussehenden Paxton gegenüber.

„Wo zur Hölle warst du?“

Oh, oh ... Was macht er hier?

„Auf der Toilette.“

Ich erkenne sofort, dass er mir nicht glaubt.

„Falsch. Die befinden sich hinter mir, du bist aber aus der anderen Richtung gekommen.“

Heilige … will er jetzt einen auf Sherlock Holmes machen, oder was?

„Na ja, ich war danach noch kurz in der Apotheke.“

An seiner Stirn tritt eine Ader hervor – das ist kein gutes Zeichen.

„Interessant. Und was hast du da geholt?“

Ich zögere kurz, dann ziehe ich den Test hervor.

Seine Augen weiten sich, er wirkt überrascht.

Paxtons Blick gleitet von meinem Gesicht hinab zu meinem Bauch.

„Du meinst, dass du schwanger bist?“

Mit den Schultern zuckend, gehe ich den letzten Schritt auf ihn zu und streiche mit den Fingern über das raue Leder seiner Kutte.

„Na ja, nach der letzten Woche liegt das wohl durchaus im Bereich des Möglichen. Mein Zyklus war so weit, dass wir genau die fruchtbaren Tage erwischt haben.“

Die Wut und das Misstrauen weichen aus seinen harten Gesichtszügen, Freude macht sich darauf breit. Das intensive Blau seiner Augen funkelt, an seinen Mundwinkeln zupft ein Lächeln. Ein Knurren ausstoßend, nimmt er mir den Test ab, steckt ihn ein und reißt mich von den Füßen.

Einen Kuss auf meinen Mund pinnend, drückt er mich so fest an sich, dass ich kaum noch atmen kann.

„Oh Baby. Du machst mich zum glücklichsten Mann der Welt."

Ich zwinge mich zu einem Lächeln, die Pillenpackung in der Innentasche meiner Jeansjacke scheint auf einmal eine Tonne zu wiegen, das Gewicht droht mich beinahe in die Knie zu zwingen.

Was bin ich nur für ein schrecklicher Mensch?

Sein Kuss ist stürmisch wild und voller Hunger. Wären wir jetzt in seiner Wohnung und nicht hier, mitten in der Shopping-Mall, würde er mich garantiert gegen die Wand drücken, mein Kleid anheben und mich erneut bumsen. So aber wühlt er sich mit seiner Zunge durch meinen Mund, packt mich an den Haaren und stöhnt leise, als ich damit beginne, meine Mitte an seinem Oberschenkel zu reiben.

Und während ich mich an ihm festkralle, als wäre er mein Rettungsboot in einem wilden Sturm, bin ich innerlich zerrissen. Einerseits kann ich es kaum erwarten, mit diesem Rocker meine Zukunft zu planen, andererseits hingegen spüre ich instinktiv, dass es noch zu früh ist, um an Nachwuchs zu denken.

Wäre ich ein besserer Mensch, würde ich ehrlich und offen mit Paxton darüber reden und hoffen, dass er mich versteht. Aber ich bin feige und tue es nicht. Was vielleicht daran liegen könnte, dass ich genau weiß, wie er reagieren wird, wenn ich ihn um ein bisschen mehr Zeit bitte. Er würde ausflippen, durchdrehen und die Kontrolle an den Teil seines Ichs verlieren, der für uns alle eine Gefahr darstellt.

Seine Zähne in meiner Unterlippe vergrabend, entlockt er mir ein leises Keuchen, ehe er mich wieder abstellt und sich meine Hand schnappt.

„Komm schon, Baby, lass uns einkaufen gehen."

Mit zitternden Knien, rasendem Herzen und prickelnden Lippen lasse ich zu, dass er mich in den Walmart zieht. Es fühlt sich schön normal und zugleich irgendwie seltsam an, mit Paxton in der Obstabteilung zu stehen und Papayas in den Einkaufskorb zu legen, den ich mir geholt habe. Es ist fast so, als würde uns das Schicksal einen kleinen Vorgeschmack auf das Leben geben, das ich mir so sehr wünsche.

„Wo ist Luc?"

„Ich habe ihn weggeschickt."

Das dachte ich mir schon.

„Sei ehrlich zu mir, was machst du hier?"

Er wirft mir eine Paprika zu und zwinkert mir zu.

„Dafür sorgen, dass meine wahrscheinlich schwangere Frau genügend Vitamine zu sich nimmt."

Mein schlechtes Gewissen versetzt mir einen heftigen Stich.

„Wirklich sehr verantwortungsvoll von dir. Und ich dachte, du hättest keine Zeit, um mich zu begleiten, weil du einen Bombenanschlag planen musst."

Das Gemüse zu der Papaya legend, wende ich mich von meinem Rocker ab und bringe den restlichen Einkauf möglichst schnell hinter mich.

Die Ecken der Pillenpackung bohren sich tief in meine Haut, ich fühle mich beschissen.

„Hey, was ist los! Geht es dir nicht gut?"

Paxtons Fürsorglichkeit verstärkt mein schlechtes Gewissen nur noch.

„Nein, alles gut."

Mein Haarshampoo, die Tagescreme und alles andere auf das Band der Kasse legend, warte ich, bis wir dran sind.

Mir seines prüfenden Blickes nur allzu bewusst, meide ich es, ihn direkt anzusehen. Paxton hat das unheimliche Talent, genau zu wissen, wann ich ihm etwas verheimliche.

Manchmal kommt es mir fast so vor, als könnte er meine Gedanken lesen, als wäre ich ein offenes Buch. Nicht zum ersten Mal bemerke ich, wie die Leute Paxton ausweichen und ihm respektvoll Platz machen. Manche grüßen uns, die meisten vermeiden es jedoch, in seine Richtung zu sehen, es wirkt fast so, als würden sie befürchten, so den Zorn des gefährlichen Outlaws auf sich zu ziehen.

In den Augen der Männer sehe ich Bewunderung und Neid, in denen der Frauen Gier und Interesse.

Kaum dass er bezahlt hat, hält er mich davon ab, auch nur eine der drei Tüten zu tragen, und führt mich Richtung Ausgang.

„Es gefällt mir nicht, dass du so schweigsam bist."

Noch bevor wir die Glastüren passieren, sehe ich die Apothekerin auf uns zueilen.

Oh Scheiße!

„Mrs, Sie haben vorhin ihren Kassenzettel und ihr Rückgeld vergessen. Außerdem waren Sie so schnell wieder weg, dass ich Sie noch nicht über die Nebenwirkungen aufklären konnte."

Mit einem unsicheren Blick sieht sie kurz zu Paxton, ehe sie mir die Quittung und ein paar Münzen in die Hand drückt.

„Seit wann hat ein Schwangerschaftstest Nebenwirkungen?"

Irritiert sieht die Frau zu Paxton.

„Ich meinte die Pille, die ich ihrer Frau gegeben habe."

Oh mein Gott! Ich bin erledigt und so gut wie tot!

Ein lautes „Fuck!" von sich gebend, nimmt er alle unsere Einkäufe in eine Hand, packt mich am Arm und zerrt mich raus auf den Parkplatz.

Die Apothekerin bemerkt, dass sie einen Fehler gemacht hat, sie ruft mir hinterher, dass sie den Sicherheitsdienst alarmiert, ich komme nicht dazu, ihr davon abzuraten.

Selbst wenn sie zwei Dutzend dieser Securitys zu uns schickt, werden die es nicht schaffen, mich vor dem vor Wut zitternden Rockerpräsidenten zu retten.

Draußen angekommen zerrt Paxton mich zu seinem Bike, das direkt neben dem Pick-up steht, in dem Luc sitzt.

„Verflucht, Ava! Was denkst du dir eigentlich? Hältst du mich für den größten Loser dieses Planeten, oder was läuft hier?"

Endlich lässt er mich los, ich kann noch immer spüren, wo sich seine Finger in mein Fleisch gegraben haben. Das wird garantiert Hämatome geben.

„Du erzählst mir was von Familie, einem Zuhause und Babys, derweil hoffst du in Wirklichkeit, dass du nicht schwanger bist. Du willst kein Kind von mir – du hast mich belogen!"

Der Klang, den seine Stimme angenommen hat, ist mehr als besorgniserregend.

Paxton klingt nicht mehr nach sich selbst, der Ausdruck in seinen Augen, macht mir Angst. Immer mehr Abstand zwischen uns schaffend, suche ich nach den richtigen Worten – ich finde sie nicht. Wie soll ich ihm nur erklären, warum ich so gehandelt habe?

„Bitte, lass es mich erklären ..."

Mit den Händen fährt er sich durch die Haare, bei der Bewegung klappt seine Kutte auf und offenbart die schwarze Glock, die sich darunter in dem ledernen Holster befindet.

„Auf noch mehr Lügen kann ich durchaus verzichten."

Die Zähne zusammenbeißend, verpasst er dem Vorderreifen einen Tritt.

„Steig auf die Harley, wir fahren!"

Das ist Lucs Stichwort und mir wird klar, dass er nur auf uns gewartet hat, um die Einkäufe zum Club fahren zu können.

Zögerlich gehe ich auf das Motorrad zu. In dieser Stimmung ist Paxton unberechenbar!

„Vielleicht sollte ich doch lieber mit Luc fahren."

Mit einem Brüllen dreht er sich zu mir um, hebt mich kurzerhand hoch und setzt mich auf den breiten Sitz seines Motorrads.

„Sei einfach still und tu, was ich von dir verlange. Du befindest dich gerade weiß Gott nicht in der Position, Forderungen zu stellen."

Auweia!

Mit ruckartigen, von Zorn geleiteten Bewegungen steigt er ebenfalls auf, startet den Motor und gibt, ohne darauf zu warten, dass ich mich an ihm festhalte, Gas.

Erschrocken kreische ich auf, schlinge ihm blitzschnell die Arme um die Taille und kämpfe gegen die Flut von Tränen an, die mir in den Augen brennen.

Ach Scheiße! Das habe ich ja mal wieder ganz toll hinbekommen!

Während wir auf die Straße abbiegen, beobachte ich, wie eine Handvoll Wachmänner aus der Mall stürmt. Sie sind mit Schlagstöcken bewaffnet und sehen uns irgendwie erleichtert hinterher. Es ist offensichtlich, dass sie nicht besonders erfreut darüber waren, sich mit dem Präsidenten des Hell's Fire Motorcycle Clubs anlegen zu müssen. *Das kann ich durchaus nachvollziehen ...*

Ein dunkles BMW-Cabrio kommt uns mit offenem Verdeck entgegen. Aus irgendeinem Grund betrachte ich den Fahrer etwas genauer und zucke erschrocken zusammen.

Der Moment vergeht viel zu schnell, das Auto ist an uns vorbei und Paxton biegt links ab.

Vor Schreck wie erstarrt, kämpfe ich gegen die aufwallende Panik an.

War er es? Nein! Niemals! Oder vielleicht doch? Aber was, wenn ...

Mein Verstand will nicht begreifen, was ich gerade gesehen habe.

Obwohl ich versuche, es zu leugnen, bin ich mir ziemlich sicher, dass der Mann in diesem BMW niemand Geringerer war, als James, mein gewalttätiger Ex aus Chicago.

Verzweifelt versuche ich mir einzureden, dass ich mich täusche, es gelingt mir nicht.

Paxton fährt wie ein Irrer, er legt sich viel zu tief in die Kurven, ignoriert jegliche Geschwindigkeitsbegrenzungen und lässt den Motor aufheulen.

Anstatt mich, wie erwartet, direkt zum Club zu bringen, schlägt er eine völlig andere Richtung ein. Wir fahren an meinem Haus, der alten Eiche, unter der wir uns das erste Mal geküsst haben, und der Tankstelle vorbei. Das Ortsschild von Big Lake fällt zurück, genau wie die unzähligen Meilen, die wir die nächste Stunde hinter uns bringen. Meine Pumps, das kurze sonnengelbe Sommerkleid und die Jeansjacke bieten keinen wirklichen Schutz gegen den kühlen Fahrtwind. Mir ist kalt, meine Finger sind fast taub, dennoch traue ich mich nicht, mich zu beschweren oder, wie sonst, meine Finger unter seinem Pullover zu verstecken. Verwirrt von den Geschehnissen der letzten Stunde warte ich einfach ab, wohin er mich bringt. Es vergeht eine weitere Stunde, ehe ich kapiere, was unser Ziel ist – das County Gefängnis, in dem er für eineinhalb Jahre eingesessen hat.

An den unüberwindbaren Mauern vorbeirasend, halten wir erst vor einem mit Stacheldrahtrollen versehenem Tor an.

Kaum dass der Motor verstummt ist, löse ich meine Arme von ihm und rutsche ein Stückchen zurück, sodass ich nicht mehr an seinem Rücken klebe. Tausend Fragen liegen mir auf der Zunge, dennoch schweige ich.

Es wird seinen Grund haben, dass er mich hierhergebracht hat und so warte ich darauf, dass er ihn mir mitteilt.

Von seiner Harley steigend dreht er mir den Rücken zu und betrachtet die Wachtürme.

Die Zeit verstreicht, als er sich endlich wieder zu mir umdreht, erkenne ich ihn kaum wieder. Der Rocker, der nun vor mir steht, hat wenig mit dem Mann gemein, den ich so sehr liebe.

Alles an ihm wirkt abweisend, kalt und entschlossen – alles außer seinen Augen, die sind mit so viel Schmerz gefüllt, dass es mir den Atem verschlägt. Ich ahne instinktiv, dass ich der Auslöser für sein Leid bin – ich bin die einzige Person, die Paxton jemals wirklich an sich herangelassen und zugleich die einzige, die ihn verraten und im Stich gelassen hat. Reglos auf der Harley sitzend, warte ich ab, was nun passiert.

„Früher dachte ich immer, dass der Verlust meiner Freiheit das Schlimmste ist, was mir passieren kann. Erst als ich dich verloren habe, ist mir klar geworden, dass mir alle Freiheit dieser Welt nichts nützt, wenn du nicht bei mir bist ..."

Paxton macht eine kurze Pause und holt tief Luft. „An dem Tag, an dem Luthor mir gesagt hat, dass du Big Lake und somit auch mich ohne ein Wort verlassen hast, bin ich gestorben. Etwas in mir ist zerbrochen. Während meiner Inhaftierung und all die Jahre danach war ich ein gebrochener Mann. Noch zerstörter und kränker, als ich es von Geburt aus bin. Ich habe gemordet, gefickt, gefoltert und gekämpft. Nichts davon hat mich wirklich berührt, es hat nur dazu beigetragen, die Zeit, die ich auf dieser Welt absitzen muss, zu füllen. Nacht für Nacht habe ich die Augen geschlossen und mir dein Gesicht vorgestellt, mich an deine Küsse und deine Stimme erinnert." Seine Hände ballen sich zu Fäusten. „Ich war unzählige Male kurz davor loszufahren und dich einzufangen. Du kennst mich, Ava! Niemand hätte mich davon abhalten können, dich zu packen und zurück nach Big Lake zu schleifen. Aber weißt du, was mich davon abgehalten hat?"

Jetzt sieht er mich direkt an, ich bringe ein heiseres „Nein" zustande.

„So verrückt und düster die Stimmen in meinem Kopf auch manchmal sein mögen, selbst ihnen war klar, dass ich dich nicht als meine Gefangene haben wollte, sondern als meine Frau, als mein Mädchen, dem ich blind vertrauen und das ich bedingungslos lieben kann. Also habe ich versucht, ohne dich zu leben, und bin daran beinahe zugrunde gegangen." Ein trauriges Lächeln huscht über seine Lippen, eine Träne rinnt mir über die Wange.

„An dem Tag, an dem ich erfahren habe, dass du wieder zurück bist, konnte ich das erste Mal seit Jahren wieder richtig atmen. Es war fast so, als wäre durch die Schwärze, die sich über mir ausgebreitet hat, etwas Licht gedrungen. In der Nacht, in der du dich mir hingegeben hast, hat sich Hoffnung in mir ausgebreitet. Ich wollte so unbedingt daran glauben, dass wir es dieses Mal schaffen, zusammen glücklich zu werden, dass ich nicht bemerkt habe, dass du dich von mir abgekapselt hast. Egal wie hart ich dich gefickt und wie tief ich in dich eingedrungen bin, dein Herz habe ich nie berührt ..."

Seine Stimme bricht, ein Schluchzen löst sich aus meiner Kehle.

Ich will etwas sagen, ihm widersprechen und mich entschuldigen, doch er hält mich mit einem finsteren Blick davon ab.

„Als du gesagt hast, dass du mit mir leben willst, war das für mich wie ein Wunder. Die Vorstellung, dass so ein perfektes Wesen wie du bereit ist, mit einem Monster wie mir eine Familie zu gründen, war so schön, dass ich nicht erkannt habe, dass du mir nur etwas vorgemacht hast."

Den Schwangerschaftstest aus seiner Tasche ziehend, wirft er ihn mir vor die Füße.

„Was sollte das? Warum hast du den Test und die Pille gekauft? Wolltest du mir Hoffnungen machen, wo keine sind? Ich verstehe das alles einfach nicht, Ava."

Der große, mächtige und so gut wie nur aus Muskeln bestehende Rocker, der kein Problem damit hat, gegen die ganze Welt anzukämpfen, und für den tote Cops nichts weiter sind als eine ärgerliche Nebensache, wirkt auf einmal so verletzlich.

Nach kurzem Zögern steige ich von seinem Motorrad und gehe auf ihn zu.

„Dass ich dich so verletzte habe, tut mir unendlich leid. Es war nie meine Absicht, dir wehzutun. Dass ich mir die Pille besorgt habe, bedeutet nicht, dass ich kein Kind von dir will, sondern einfach nur, dass ich der Meinung bin, dass wir auf den richtigen Moment warten müssen. Versteh mich doch bitte ... Als ich unser erstes Baby verloren habe, bin ich daran beinahe zerbrochen. So lange die *Bloods* so eine Gefahr für uns darstellen, ist es nicht gut, schwanger zu werden. Wie soll ich auf unser Kind aufpassen, wenn ich selber dauernd beschützt werden muss?“

Ich strecke die Hand aus, will die seine ergreifen, doch er zieht sie sofort zurück.

„Ich will, dass du weißt, dass kein Tag vergangen ist, an dem ich nicht bereut habe, dich verlassen zu haben. Wenn ich die Zeit zurückdrehen könnte, würde ich es sofort tun. Doch das geht nicht. Alles was uns bleibt, ist die Zukunft und die will ich mit dir verbringen. Ich liebe dich, Paxton! Ich liebe dich mehr als alles andere auf der Welt!“

Zweifelnd sieht er mich an.

„Wenn es so ist, wie du sagst, warum hast du dann nicht einfach mit mir geredet?“

Echt jetzt?

„Sei ehrlich. Wie hättest du reagiert, wenn ich dir gesagt hätte, dass ich will, dass wir Kondome benutzen oder dass ich mir die Pille besorgen werde?“

Die Lippen zu einem schmalen Strich zusammenpressend, lässt er die Schultern rollen.

„Ganz genau, wenn es um dieses Thema geht, verhältst du dich nicht rational, Paxton. Also, was blieb mir anderes übrig, als es heimlich zu tun?“

Das Blau seiner Iriden färbt sich dunkel, ein Fauchen ausstoßend, packt er mich an den Schultern. Seine Finger graben sich so tief in meine Haut, dass ich vor Schmerz zusammenzucke.

„Du. Bist. Unser!“

Ich habe die ganze Zeit darauf gewartet, dass er die Kontrolle verliert, jetzt ist es soweit.

„Schwöre es Ava. Schwöre uns hier und jetzt, dass du uns nie wieder etwas verheimlichst. Wir wollen, dass du schwanger wirst, wir wollen, dass du von uns abhängig bist und dich unserer Gnade auslieferst.“

Oh mein Gott! Was soll ich darauf antworten?

Einer der bewaffneten Wachmänner, der sich hinter dem verschlossenen Tor befindet, wird auf unseren Streit aufmerksam und kommt auf uns zu. Ich kann ihm nur raten, sich nicht einzumischen. Paxton ist gerade durchaus in der Stimmung, auch vor einem Gefängniswärter keinen Halt zu machen.

„Ava! Schwöre es!“

Paxtons Zischen lässt mich verängstigt zusammenzucken.

Obwohl ich mich gerade vor ihm fürchte und ich das Gefühl habe, dass der Schizo in ihm immer stärker wird und immer öfter die Kontrolle übernimmt, will ich nichts mehr als mit diesem Rocker zusammen sein.

Es ist gegen jede Logik, gegen jede Vernunft und verdammt riskant, aber so ist es.

„Ich schwöre es dir!"

Erleichterung blitzt in seinen dunklen Augen auf, das Zittern, das ihn bis eben im Griff hatte, wird weniger.

„Ich akzeptiere keine doppelten Böden und keine Reißleinen. Ich will dich ganz Ava! Jetzt und sofort. Keine Kondome, keine Pille, kein Wenn und Aber. Morgen werde ich mich um dein Leder kümmern, ich werde einen Priester besorgen und dir meinen Namen auf den Arsch tätowieren lassen. Fuck Baby! Ich werde dich auf jede erdenkliche Art und Weise an mich binden. Wann kapierst du das endlich?"

Mit rasendem Puls und viel zu schnell kommendem Atem lasse ich seine Androhung auf mich wirken. Es mag verrückt klingen, aber ich glaube, ich verstehe erst jetzt das ganze Ausmaß seiner Besessenheit.

„Einen Priester?"

Paxton nickt.

„Aye, Baby, ich werde dir einen Ring anstecken und du wirst meinen Namen tragen."

Trotz des Ärgers zwischen uns muss ich grinsen.

„Dir ist klar, dass das der unromantischste Heiratsantrag aller Zeiten war, und dass ich erst mal zustimmen muss, deine Frau zu werden."

Ein warnendes Knurren ausstoßend, beugt er sich zu mir hinab, sodass sein heißer Atem über meine Stirn streift.

„Du *bist* längst meine Frau! Wir müssen es nur noch amtlich machen."

Am liebsten würde ich ihm widersprechen, doch ich spüre bis in den hintersten Winkel meines Herzens, dass er recht hat.

Mit beiden Händen mein Gesicht umfassend, streift er mit seinen Lippen über meine Schläfe und hinab zu meinen Lippen.

Überraschend sanft erobert er meinen Mund, reibt mit seinen rauen Fingerkuppen über die Linie meines Kinns und stöhnt leise auf, als ich damit beginne, meine Zunge um die seine zu schlingen.

Paxton hat sich mir in den letzten zehn Minuten mehr geöffnet als jemals zuvor. Er hat mir gezeigt, wie es tief in seinem Inneren aussieht und (typisch Rocker) jede Menge Forderungen an mich gestellt.

Einem Impuls heraus folgend, beende ich unseren Kuss, hole die Pillenschachtel aus meiner Jackentasche und gebe sie ihm.

Irritiert sieht er mich an.

„Du hast recht mit dem, was du gesagt hast: entweder ganz oder gar nicht."

Seine Stirn legt sich in Falten.

„Baby, wenn du mir die jetzt gibst, nur um dir heimlich neue zu besorgen, und ich das herausfinde, wirst du das bitter bereuen!“

Die Warnung ist angekommen ...

„Wie soll ich dir beweisen, dass es mir ernst ist?“

Paxton zögert kurz, dann ziehen sich seine Mundwinkel nach oben.

„Mein Name in schwarzer Tinte für ewig auf deinem Arsch!“

Ach du Heilige.

An dem Funkeln in seinen Augen erkenne ich, dass er sich sicher ist, dass ich kneife.

Na warte.

„Abgemacht!“

Fassungslos sieht er mich an. „Du verrücktes Mädchen.“ Wieder küssen wir uns, dieses Mal erobert er mich wild und gierig. Erst als ich keuchend gegen ihn sinke, lässt er von mir ab und vergräbt stattdessen seine Fäuste in meinen Haaren.

„Lass uns nach Hause fahren, Baby.“

„Klingt gut.“

Ein Lachen rumpelt in seinem Brustkorb. Die Pillen einfach auf den Boden werfend, betrachtet er mein Sommerkleid.

Einen Fluch ausstoßend, legt er kurz die Kutte und seine Knarre ab, zieht sich den Hoodie aus, stülpt ihn mir über den Kopf und hilft mir dabei meine Hände durch die viel zu langen Ärmel zu fädeln. Seine Körperwärme ist in dem dicken Stoff gespeichert, ich erschaudere wohlig.

„Zum Teufel! Ich liebe es, wenn du meine Sachen anhast.“

Absolut tödlich – extrem besitzergreifend – und ganz und gar meiner!

Erst als er sich das Holster und die Kutte wieder angezogen hat, drückt er kurz seine Lippen auf die meinen, hebt mich auf seine Harley und reibt mit seiner Hand über meinen nackten Oberschenkel.

„Du bist wunderschön, kompliziert und absolut verrückt. Aber ich brauche dich wie die Luft zum Atmen.“

Unsicher was ich darauf erwidern soll, öffne ich den Mund. Doch Paxton scheint gar keine Antwort von mir zu brauchen. Einen letzten Blick auf das Gefängnis werfend, in dem er achtzehn Monate seines Lebens verbracht hat, steigt er ebenfalls auf sein Motorrad, nimmt sich meine Arme, zieht sie um seine Taille und steckt meine Finger unter das Leder seiner Kutte.

Bevor er den Motor starten kann, rutsche ich so nah wie möglich an ihn heran und flüstere ihm leise ins Ohr, wie sehr ich ihn liebe. Ein Ruck geht durch seinen Körper, die Muskeln in seinen Armen zucken und seine Nasenflügel blähen sich.

Mit einem kraftvollen Tritt lässt er das Motorrad zum Leben erwachen, wir fahren los und ich schließe die Augen.

Die Sonne steht hoch im Westen, die Wolken wirken, als hätte man sie violett gefärbt.

Während Paxton uns zurück nach Big Lake bringt, versuche ich, die Geschehnisse der letzten Stunden zu verarbeiten.

Ganz oder gar nicht ...

Der heutige Tag hat mir verdeutlicht, dass Paxton mich längst verschlungen hat. Es gibt kein Entkommen, keine Absicherungen und keine Notausgänge. Dieser Mann, an dessen Rücken ich lehne, ist mein Schicksal.

Alles was ich tun kann, ist, darauf zu vertrauen, dass mein Rocker stark genug ist, um für meine Sicherheit zu sorgen. Wenn sein Plan aufgeht, sind die *Bloods* ab morgen Geschichte. Ich kenne Raven, Storm und die anderen, sie werden über ihre Feinde triumphieren und so die Zukunft des Hell's Fire Motorcycle Clubs sichern.

Aber was ist mit den Schatten meiner Vergangenheit?

War das wirklich James in dem BMW?

Wenn ja, dann kann es nur einen Grund für seine Anwesenheit in Big Lake geben – mich.

Ich kann nur hoffen, dass ich mich getäuscht habe. Sollte mein Ex tatsächlich so verrückt sein und sich in Paxtons Revier trauen, wird das ein böses Ende nehmen.

Salaries hat am eigenen Leib zu spüren bekommen, dass mein Mann nicht davor zurückschreckt, einen Polizisten zu töten.

Sollten Paxton und James jemals aufeinandertreffen, wird das ein verdammt blutiges Ende nehmen!

Mich noch etwas fester an den Outlaw klammernd, dem mein Herz gehört, schließe ich die Augen und bete die Götter dieser Welt an, dass alles gut wird.

Die Konturen der Glock drücken sich gegen meinen Arm und der Geruch des Leders steigt mir in die Nase. Ein großer Schwarm Raben fliegt über unsere Köpfe hinweg Richtung Süden, in meinem Bauch breitet sich ein ungutes Gefühl aus.

Mein Dad hat immer gesagt, dass diese schwarzen Vögel die Boten des Todes sind. Wollen wir hoffen, dass er sich in dieser Hinsicht getäuscht hat ...

21. Kapitel

Paxton

Die letzte Nacht war beschissen.

Erst habe ich Ava so hart gefickt, dass sie mich angefleht hat aufzuhören, dann hat sie so unruhig geschlafen, dass sie mich immer wieder geweckt hat. Obwohl sie es abgestritten hat, weiß ich, dass sie einen Albtraum hatte. Es würde mich nicht wundern, wenn ich in diesem die Hauptrolle gespielt hätte.

Wenn ich an den Sex letzte Nacht denke, breitet sich ein schlechtes Gewissen in mir aus. Ich habe die Kontrolle verloren, ein unverzeihlicher Fehler, der mir nicht mehr passieren darf. Hinter meinen Schläfen pocht es dumpf, der Kaffee schmeckt trotz der Unmengen an Zucker bitter.

Noch ist es dunkel, doch die Sonne ist längst dabei, den Himmel von Osten her blutrot zu färben. Ein schlechtes Omen? Wer weiß!

Der heutige Tag ist entscheidend – es geht um alles oder nichts.

Wenn es uns gelingt, die *Bloods* in die Luft zu sprengen, ist der Krieg vorbei. Es spielt uns in die Hände, dass Sylvester, der Bastard, seine Anwesenheit angekündigt hat. So sind alle wichtigen Führungsmitglieder dabei, wenn es *Boom* macht.

An meiner Kippe ziehend, betrachte ich die Kisten voller Sprengstoff, die Raven zusammen mit Donald bereits hergerichtet hat.

In wenigen Stunden werde ich mein Mädchen alleine lassen und nach Benson aufbrechen ... Es liegt in Teufels Händen, ob ich Ava jemals wiedersehen werde.

Die Aspirinpackung aus der Schublade holend, drücke ich mir zwei der runden Tabletten in die Hand und muss dabei sofort an die Pillenaktion von gestern denken.

Ich wusste, dass Ava etwas vorhatte, sie war seit Tagen nervös. Doch als die Apothekerin plötzlich damit angefangen hat, von den Nebenwirkungen der Pille zu reden, ist mir sämtliche Luft aus den Lungen gewichen.

Es hat sich so angefühlt, als hätte mir jemand eine Faust in den Magen gerammt.

Wenn meine Süße nicht wenige Stunden vorher von Familie und weißen Gartenzäunen gesprochen hätte, wäre ich vielleicht nicht ganz so überrascht gewesen.

Aber so? *Fuck! Fuck! Fuck!*

Das ist nun schon das zweite Mal, dass ich von dieser Frau verraten wurde, ich weigere mich darüber nachzudenken, was das zu bedeuten hat!
Ich bin absolut nicht bereit, in Betracht zu ziehen, dass sie eventuell doch nicht die Richtige für mich ist.

„Miese Laune?"

Die Stimme meines Sergeants reißt mich aus meinen Überlegungen.

„Das beschreibt es nicht annähernd."
Er lacht und betritt das Büro.

„Lass mich raten, es hat was mit Ava zu tun?"

Milo setzt sich, mustert die Menge an TNT und Plastiksprengstoff und stößt einen anerkennenden Pfiff aus.

„Holy Shit, Präs! Das wird heftig."

Ich nicke, trinke den widerlich schmeckenden Kaffee aus und ziehe mein Handy hervor.

„Ich will, dass wir zwei Stunden, bevor es losgeht, in Benson sind. Wir müssen mit Komplikationen rechnen, ein reibungsloser Ablauf erscheint mir unwahrscheinlich."

Seufzend streckt er die Füße aus und überkreuzt die Knöchel.

„Wer will schon reibungslos? Wäre doch ätzend, wenn wir nicht die Gelegenheit bekommen, einigen dieser Wichser das Genick zu brechen. Ich finde ja, dass diese Dreckschweine viel zu gut davonkommen, immerhin haben sie Luthor getötet."

Milo und sein trockener Humor.

„Du empfindest es als gut, in die Luft gesprengt zu werden? Interessant?"

Einen Fluch ausstoßend, sieht er mich direkt an.

„Du weiß ganz genau, wovon ich spreche, Paxton."
Ja, das tue ich.

„Hör zu, Bro. Völlig egal wie wir handeln, es wird nie genug sein und es wird Luthor nie zurückbringen. Alles was wir tun können, ist, dafür zu sorgen, dass die *Bloods* für unseren MC keine Gefahr mehr darstellen."

„Weise gesprochen, Präsident."
Mit diesen Worten steht er auf und klopft mir auf die Schulter.

„Wann willst du, dass wir aufbrechen?"

Gute Frage.

„Punkt 13:00 Uhr! Informier alle darüber. Sollte es jemand wagen, zu spät zu kommen, werde ich ihm ein verdammtes TNT-Päckchen in den Arsch schieben."

Lachend holt er seinen Tabak raus, dreht sich eine Kippe, leckt über das Paper, betrachtet sein Werk und zündet es anschließend an.
„Irgendetwas läuft bei dir falsch, Präs?“
Da ich keine Ahnung habe, wovon er redet, ziehe ich fragend eine Augenbraue nach oben.
„Was meinst du?“
„Du hattest schlechte Laune, als Ava weg war. Verständlich. Aber jetzt, wo du sie wiederhast, bist du genauso grimmig wie zuvor. Also, was läuft falsch? Die meisten Kerle nehmen sich eine Lady und sind dann irgendwie glücklich. Bei dir hat das nicht funktioniert.“ Er zuckt mit den Schultern. „Du solltest dir Gedanken darüber machen, warum das so ist? Liegt es an dir oder an deinem Mädchen?“
Bevor ich ihm eine Kugel verpassen kann, zieht er den Kopf ein und verpisst sich. *Was definitiv sein Glück ist ...*
Dumm nur, dass seine Frage absolut berechtigt ist.
Während ich es kaum erwarten kann, meine Frau zu schwängern, unternimmt sie alles in ihrer Macht Stehende, um genau das zu verhindern.
Was ein Bullshit!
Wütend verpasse ich der Türe einen Tritt und beiße die Zähne zusammen.
Der heutige Tag ist wichtig für den Club, ich kann es mir nicht erlauben, unkonzentriert zu sein. Entschlossen verbanne ich Ava aus meinem Kopf.
Es gilt Prioritäten zu setzen: zuerst der Club, dann mein störrisches, freiheitsliebendes und süchtig machendes Luder.

Der Vormittag vergeht viel zu schnell und ehe ich mich versehe, verlasse ich zusammen mit meinen Brüdern das Gelände des Hell’s Fire Motorcycle Clubs. Auch ohne einen Blick zurück weiß ich, dass Ava neben Luc steht und mir nachsieht.
Obwohl sie gekämpft hat, ist es ihr nicht gelungen, ihre Tränen zu unterdrücken. Keine Ahnung ob sie nur aus Sorge um mich, oder wegen dem, wie es momentan zwischen uns steht, geweint hat. Wenn es die Götter wollen, werde ich zurückkommen und es herausfinden. Wenn nicht? Dann gibt es für Ava zumindest keinen Grund mehr, sich heimlich die Pille zu besorgen.
Schon verrückt! Dass sie heimlich verhüten wollte, hat mich genauso hart getroffen wie ihr Fortgehen damals. Den Schluss unseres Konvois bildet Rolex, den ich dazu verdonnert habe, den Van zu fahren.

Er war, wie nicht anders zu erwarten, wenig begeistert, hat aber eingesehen, dass ich den Transport des Sprengstoffs nicht unserem völlig verblödeten Prospect überlassen kann.

Dieser Idiot würde wahrscheinlich einen Unfall bauen und sich dabei selbst in die Luft jagen. Sobald der heutige Tag hinter uns liegt, werde ich ihm sein Leder abnehmen. Luc wird nie das Zeug zum Member haben – er ist einfach nicht für unsere Welt geschaffen.

Seltsamerweise kann ich ihn mir eher als Salaries Nachfolger vorstellen, als dass er jemals meinen Posten einnehmen wird.

Einzig dem Umstand, dass Picasso sich schweren Herzens angeboten hat, in Big Lake zu bleiben, um auf den Club und Ava aufzupassen, verdanke ich es, dass ich einigermaßen beruhigt nach Benson fahre.

Picasso hat genug Eier, sich Ava in den Weg zustellen, sollte sie versuchen, das Clubgelände zu verlassen. Ihm traue ich sogar zu, dass er sie an mein Bett fesselt, wenn sie ihm Probleme bereiten sollte.

Die nächsten 100 Meilen vergehen wie im Flug, knapp 120 Minuten später kommen wir, zwei Querstraßen entfernt von der Adresse, auf die wir es abgesehen haben, an.

Raven, Donald, Milo und Storm bleiben neben mir stehen und ziehen sich die Helme ab. Rolex parkt den Van und steigt aus.

„Wie geht es jetzt weiter, Präs?“

Ganz einfach.

„Zu Fuß. Wir liegen gut in der Zeit! Unser Vorteil ist das Überraschungsmoment. Was bedeutet, dass wir dafür sorgen müssen, dass unsere Anwesenheit nicht bemerkt wird. Solltet ihr entdeckt werden, killt die Drecksau, die euch erwischt hat, bevor sie Alarm schlagen kann.“

Rolex lacht.

„Shit! Das klingt nach einem verdammten Videospiel.“

„Es ist aber das *real life*. Es gibt keine Level, keine Powerpilze und auch keine zehn Leben. Wenn du erwischt wirst, bist du tot. So einfach ist das!“

Ein Grunzen ausstoßend, holt Milo sich einen Rucksack voller TNT aus dem Wagen.

„Scheint so, als hätte unser Anführer heute schlechte Laune.“

Raven beginnt ebenfalls zu lachen.

„Die hat er doch immer. Vor allem seit sein Mädchen wieder in seinem Bett liegt.“

Genervt ziehe ich meine Waffe, ziele auf das Knie meines VPs und löse die Sicherung.

„Der nächste, der es wagt, sich über meine Lady zu äußern, bekommt von mir eine Kugel verpasst.“ Der Reihe nach sehe ich meinen Brüdern in die Augen – die Warnung scheint angekommen zu sein. „Verstanden?“ Alle nicken. Sehr schön.

Jeder von uns nimmt sich eine ballistische Schutzweste aus dem Van und zieht sie an. Erst als ich die Klettverschlüsse an den Seiten fest aufeinandergepresst habe, nehme ich mir die Zeit und zünde mir eine Lucky an.

Angespannt lehne ich mich an mein Bike, delegiere die verschiedenen Aufgaben und warte ab, bis endlich alle bereit sind.

Mit der Glock in der einen und einer Tasche voller Sprengstoff in der anderen Hand, führe ich meine Männer zu dem Gebäude, in dem die Versammlung der *Bloods* stattfinden soll.

Das dreistöckige, etwas ältere Haus befindet sich am Stadtrand und ist ziemlich heruntergekommen. Graffitis zieren die Außenwände, ein Fenster wurde eingeschlagen.

Irgendwo in der Ferne bellt ein Hund, das Geschrei eines Babys wird laut.

Vor langer Zeit scheint das Grundstück rundherum eingezäunt gewesen zu sein, mittlerweile sind die Pfosten umgekippt und der Maschendrahtzaun liegt nutzlos auf dem mit Müll und Unrat verdreckten Boden.

„Das gefällt mir nicht, Alter. Ich habe ein ganz beschissenes Gefühl bei der Sache.“

Da geht es meinem Sergeant wie mir.

Hinter einem verrosteten Jeep, an dem die Kennzeichen fehlen, bleiben wir stehen und checken die Lage.

„Wir teilen uns auf. Milo und Rolex, ihr geht mit Raven, ich folge Donald und du, Storm, bleibst hier und stehst Wache. Sobald sich jemand blicken lässt, gibst du uns Bescheid. Alle anderen verteilen so viele Päckchen wie möglich an den tragenden Mauern.

Verriegelt die Fenster, von mir aus nagelt sie zu, passendes Werkzeug befindet sich in den Taschen. Ich will, dass diese Wichser in der Falle sitzen. Ach, und Raven, ich erwarte, dass die Hintertüre ebenfalls gesprengt wird. Nur tote *Bloods* sind gute *Bloods*.“

Zustimmendes Gemurmel wird laut – endlich geht es los!

Reines Adrenalin rauscht mir durch die Adern, mein Puls schnellt in die Höhe. Genau wie besprochen, teilen wir uns in zwei Gruppen auf. Ich folge Donald in das Haus. Noch bevor wir das erste Zimmer betreten, taucht plötzlich ein dunkelhäutiger Hüne vor uns auf. Über seiner Schulter hängt ein neu aussehendes Maschinengewehr. Er ist so überrascht, dass er es nicht mal mehr schafft, danach zu greifen, ehe Donald ihm auch schon mit einem langen Schnitt die Kehle aufgeschlitzt hat. Gurgelnd fasst er sich an den Hals, Blut strömt ihm über die Finger, dann kippt er mit panisch aufgerissenen Augen um, eine Minute später ist er tot. Sein Blut breitet sich aus, benetzt meine Stiefelspitzen.

„So schnell wie in deinen besten Zeiten, Respekt Bro!"

Donald flucht, wischt seinen Dolch an der Hose des Toten ab und steckt ihn wieder weg.

„Das war knapp, Präs!"

„So wie ich das sehe, wird die ganze Aktion heute knapp. Es wäre ein Wunder gewesen, wenn wir keinem der *Bloods* begegnet wären."

Ein Zischen ausstoßend, steigt er über die Leiche.

„Was sollen wir mit ihm machen, Boss? Liegen lassen? Dann wissen seine Brüder doch, dass etwas nicht stimmt!"

Ach, Mist ...

„Daran hättest du denken sollen, bevor du ihn aufgeschlitzt hast."

Mit den Schultern zuckend, grinst er mich dämlich an.

„Sorry. War 'ne Art Reflex."

Lachend betrachte ich die Sauerei.

„Alles klar ... Wir haben keine Zeit, die Folgen deines Reflexes zu beseitigen. Vielleicht denken die Idioten ja, dass es einen internen Streit gab. Wir dürfen nur keine Spuren hinterlassen, die auf unsere Anwesenheit hindeuten. Dann sollte das alles kein Problem sein."

Endlich den Raum rechts von uns betretend, stelle ich die Tasche ab, ziehe eines der vorbereiteten Päckchen hervor und befestige es mit zwei Streifen Panzertape unter der Platte des Konferenztisches, der mitten in dem Zimmer steht, und an dem das Treffen wahrscheinlich stattfinden wird. Die Feinarbeit überlasse ich Donald. Mit ruhigen Fingern kümmert er sich um die Zündung, die wir später aus sicherer Entfernung aktivieren werden. Die nächsten dreißig Minuten wiederholen wir diesen Vorgang in den unterschiedlichsten Räumen. Erst als wir all unsere Geschenke in dem Haus verteilt haben, informieren wir Raven und die anderen darüber, dass wir fertig sind und eilen zurück zu Storm.

Noch bevor wir die Straße komplett überquert haben, fällt mein Blick auf ein paar ausgelatschte Turnschuhe, die neben Storm auf dem Asphalt liegen. Erst ein paar Schritte später sehe ich den toten Jungen, zu dem die Sneakers gehören.

Genervt sehe ich zu Storm. Seine Nase ist platt und blutet, in seinem Oberarm steckt ein Messer.

„Scheiße! Was ist hier passiert?"

„Ich hatte Besuch, um den ich mich kümmern musste.“
Donalds amüsiertes „Jetzt sind es schon zwei Leichen!“ lässt Storm hellhörig werden.
„Zwei? Habt ihr auch einen kaltgemacht?“
Um die Spuren zu beseitigen, schiebe ich den Toten unter den alten Geländewagen.
„Aye ... Donald hatte da so einen Reflex.“
Storm wischt sich mit dem Handrücken das Blut aus dem Gesicht, zieht anschließend den kleinen Dolch aus seinem Arm und wirft ihn Donald zu.
„Den Reflex kenne ich. Ist unmöglich, dagegen anzukommen. Was, Alter?“
Mein Handy vibriert, ich ziehe es aus der Tasche und gehe ran.
„Raven was ist los?“
„Wir hatten da einen kleinen Zwischenfall.“
Verdammter Bullshit!
„Lass mich raten, ihr hattet einen Besucher und habt diesen reflexartig kaltgemacht?“
Donald und Storm grinsen dämlich, sie scheint der immer höher werdende Stapel an Leichen, den wir in Benson hinterlassen werden, nicht zu stören.
„Was? Nein! Wir sind im Keller auf drei Typen getroffen, die damit beschäftigt waren, jede Menge Kocks in kleine Tütchen abzufüllen. Milo hat sich um die Arschlöcher gekümmert, wir haben die Überreste hinter einem Stapel Holzkisten versteckt und sind dabei auf einen Koffer voller Dollarbündel gestoßen.“
1 + 1 + 3 macht 5! Verdammt! So viel zum Thema unauffällig!
„Seid ihr eure Päckchen losgeworden?“
„Jepp. Wir machen uns jetzt auf den Weg zu den Bikes.“
Zumindest etwas.
„Alles klar, und VP? Versucht nicht, noch mehr Blut zu vergießen!“
Ich höre ihn lachen, dann wird die Verbindung unterbrochen.
Das alles verwandelt sich nach und nach in eine Katastrophe.
Ein Toter wäre ärgerlich, aber nicht sonderlich schlimm gewesen, fünf hingegen? Die *Bloods* sind blöd, aber nicht völlig bescheuert. Sie werden merken, dass etwas nicht stimmt. Wenn sie aus Sicherheitsgründen die Versammlung absagen, war der ganz Aufwand umsonst und wir haben Sprengstoff im Wert von 3000 Dollar verschwendet.
Fuck off!
Storm und Donald sehen mich neugierig an.

„Was ist los, Paxton?"
„Wir verschwinden von hier."
Einen letzten Blick auf den Toten unter dem Auto werfend, gehe ich voran zu unseren Harleys. Jetzt heißt es abwarten. Wenn ab *jetzt* alles reibungslos verläuft, *könnte* unser Plan noch aufgehen. Ich zünde mir eine Kippe an, lehne mich an mein Bike und warte auf die Rückkehr meines VPs. Es kostet mich einiges an Beherrschung, dass ich nicht kurz bei Picasso anrufe und mich nach Ava erkundige.
Doch ich widerstehe dem Drang, und beiße die Zähne zusammen.
Was kann sie in den paar Stunden meiner Abwesenheit schon anstellen?
Der Schizo in mir zählt mühelos ein Dutzend Katastrophen auf – verdammt!
Schlussendlich ziehe ich doch das Telefon hervor, tippe seine Nummer und warte gebannt, dass er endlich ran geht.
„Paxton, was ist los? Seid ihr schon fertig?"
Schön wär's.
„Nein, ich wollte nur mal hören, ob bei euch alles ruhig ist."
Er gibt ein Grunzen von sich. Natürlich weiß er genau, warum ich anrufe.
„Deinem Mädchen geht es gut. Sie ist gerade nackt auf ihrem Rad in die Stadt gefahren, um sich einen neuen Lover zu suchen."
Blöder Wichser!
„Wenn sie nackt ist – töte ich dich. Sollte sie das Clubgelände tatsächlich verlassen haben – töte ich dich, und für den Fall, dass ihr ein anderer Mann zu nahe kommt ..."
Picasso unterbricht mich und führt meinen Satz zu Ende.
„Ja, ja ich weiß, dann tötest du mich. Du wiederholst dich, Präs. Was genau muss ich denn tun, dass ich den heutigen Tag überlebe? Ava in Luftpolsterfolie einpacken und anschließend in deinen Safe sperren?"
Er lacht, ich schnippe die Kippe auf den Boden und versuche, ruhig zu bleiben.
„Reg dich ab, Paxton. Deine Kleine ist bei mir in guten Händen!"
Der Dämon in meinem Inneren fletscht die Zähne, fordert Picassos Tod.
„Das war eine ziemlich unglückliche Wortwahl, Bruder!"
Noch immer lachend, legt er einfach auf.
Dafür werden wir ihm den Kopf abreißen ...
Ich stimme meinem Schizo zu und packe das Handy weg.

Raven und die anderen kommen auf uns zu. Sie wirken zufrieden. Milo trägt einen Koffer bei sich, wirft mir diesen zu und legt die Stirn in Falten.

„Das sind, grob geschätzt, 8000 Flocken. Die *Bloods* scheinen gut im Business zu sein, anders kann ich mir nicht erklären, dass sie so eine Summe einfach mal so im Keller stehen haben."

Ich klappe die silbernen Verschlüsse auf und nehme mir eines der Bündel heraus.

„Ihr habt gesagt, dass ihr sie dabei erwischt habt, wie sie Koks abgepackt haben?"

Mein Vize nickt.

„Die Typen scheinen ihren Wirkungskreis erweitert zu haben. Es ist gut, dass wir hier sind, um sie auszuschalten, ansonsten wäre es nur eine Frage der Zeit, bis sie angefangen hätten, in Big Lake zu dealen und unser Revier mit ihrem Gift zu überschwemmen."

Den Koffer wieder schließend, stelle ich ihn neben meinem Motorrad ab.

„Hat euch jemand gesehen? Also jemand, der noch atmet?"

„Nein. Und die Leichen haben wir gut versteckt. Es sollte niemand merken, dass wir da gewesen sind."

Das können Donald und ich nicht behaupten.

„Gut. Dann bleibt uns nur zu hoffen, dass der Tote oben im Flur nicht allzu verdächtig ist."

Milo ist nicht begeistert.

„Hättet ihr den nicht wegschaffen können?"

Storm grinst blöd, mit seiner gebrochenen Nase, dem vielen Blut auf seiner Kutte und dem unheimlichen Funkeln in seinen Augen wirkt er wie ein Irrer, der aus einer Psychiatrie abgehauen ist.

„Na ja, unter dem Jeep war ja, dank des Typen, den ich kaltgemacht habe, kein Platz mehr."

Raven flucht, sieht zu Storm und betrachtet dessen Verletzungen.

„Ich trau mich kaum zu fragen, Bro."

„Ist auch besser so, meine Reflexe sind eben nicht so gut wie die von Donald."

Von Idioten umzingelt ...

Schnell alle unsere Optionen durchgehend, beschließe ich, dass es besser ist, Storm aufgrund seines aktuellen Gesundheitszustands zurück nach Big Lake zu schicken. Das zertrümmerte Nasenbein ist eine Sache, die Stichverletzung an seinem Arm eine ganz andere. Zwar ist die Blutung nicht so schlimm, was bedeutet, dass keine Arterie verletzt wurde, aber er ist in seinem Handlungsspielraum eingeschränkt, und das ist nicht gut.

„Okay. Storm, für dich ist der Ausflug beendet, Milo, du begleitest ihn zurück nach Big Lake. Es ist zu gefährlich, alleine unterwegs zu sein. Meidet den Highway und nehmt Nebenstraßen. Ich will nicht, dass die *Bloods* einen von uns in ihrem Revier entdecken. Das würde sie aufschrecken und sie wüssten sofort, dass wir da sind. Es ist nur eine Frage der Zeit, bis die Toten entdeckt werden."

Wie zu erwarten, will er mir widersprechen, doch er kommt erst gar nicht dazu, weil Milo sich einmischt.

„Wenn du denkst, dass ich euch hier alleine lasse, täuschst du dich, Paxton. Ich bin der Sergeant, diese Scheiße ist mein Aufgabengebiet!"

Damit mag er recht haben, doch das interessiert mich nicht sonderlich. „Und ich bin der Präsident, und was ich sage, wird gemacht! Storm muss versorgt werden, die Stichwunde gehört genäht. Sorg dafür, dass er heil im Club ankommt."

Er stürmt auf mich zu, baut sich vor mir auf und starrt mich an.

„Willst du mich herausfordern, Bruder?"

Ohne unseren Blickkontakt zu unterbrechen, atmet er tief ein, presst die Lippen zu einem dünnen Strich zusammen und schüttelt nach einigen Herzschlägen den Kopf.

„Nein, Präs. Das will ich nicht."

Das wird auch sein Glück gewesen sein.

„Gut! Dann steig auf dein Bike und tu, was ich von dir verlange!"

Einen Fluch ausstoßend, wendet er sich von mir ab, schwingt sich auf seine Harley und startet den Motor. Storm, der dank seinen Verletzungen leichte Probleme damit hat, das Gewicht seines Motorrads zu halten, braucht etwas länger, bis er sicher im Sattel sitzt.

„Wird es gehen?"

Ich spiele mit dem Gedanken, Rolex mit Storm zurückzuschicken, aber dann ist der Van weg und den will ich für eventuelle Notfälle dabehalten. Wenn die Scheiße hier eskaliert, was durchaus im Bereich des Möglichen liegt, und einer von uns getroffen wird, brauchen wir eine Transportmöglichkeit.

„Ja, alles gut, Boss."

Dank der Anstrengung und der Schmerzen hat sein Gesicht sämtliche Farbe verloren.

„Sicher?"

„Scheiße, ja!

Schweißperlen bilden sich auf seiner Stirn, Zweifel steigen in mir auf. Bevor ich neue Anweisungen geben kann, gelingt es ihm den Ständer einzuklappen und Gas zu geben. Mit einem unsicheren Gefühl sehe ich den beiden nach, bis sie die erste Abbiegung genommen haben – wenn das mal alles gut geht.

Raven flucht, Rolex steht mit versteinerter Miene da, während Donald bereits damit beschäftigt ist, die Zündvorrichtung fertig zu machen.

Milo und Storm sind vor einer Stunde aufgebrochen, dass wir bis jetzt nichts von ihnen gehört haben, müsste ein gutes Zeichen sein.

Die Rückfahrt dauert gut zwei Stunden, was bedeutet, dass sie sich jetzt genau zwischen Benson und Big Lake befinden müssten.

Rolex, den ich vor zehn Minuten losgeschickt habe, um die Lage an dem mit Bomben versehenen Gebäude zu prüfen, taucht wieder auf.

Die Art und Weise, wie er sich die Hände reibt, verrät mir, dass er es kaum erwarten kann, endlich loszulegen.

„Und, wie sieht es aus?"

„Wie in einem Bienenstock. Dutzende Motorräder stehen vor dem Gebäude. Es herrscht einige Aufregung, was an dem Toten liegen könnte, den sie gerade aus dem Haus getragen und in den großen Müllcontainer geworfen haben. Kann sein, dass ich mich täusche, aber die Typen wirken nervös ..."

Das wäre nur verständlich.

„Hast du Sylvester irgendwo gesehen?"

Rolex schüttelt den Kopf.

„Nein. Ich geh wieder vor und behalte alles im Auge. Sollte ich ihn entdecken, sage ich Bescheid."

Sylvester ist der Anführer dieser Organisation. Er hält den Haufen krimineller Bastarde zusammen. Wenn wir ihn ausschalten, haben wir gewonnen. Sollten wir nur das Haus und seine Männer erwischen, wäre das ein harter Schlag für die *Bloods,* doch sie würden sich nach einiger Zeit von dem Anschlag erholen und früher oder später Rache üben.

„Tu das!"

Auf die Uhr sehend, zünde ich mir eine Lucky an und drehe mich zu Donald um.

„Wie sieht es aus? Bist du fertig?"

„Ja! Na ja fast! Noch ein paar Minuten."

Die kann er haben. Offiziell beginnt die Versammlung um 17:00 Uhr, uns bleiben also noch dreiundzwanzig Minuten, ehe es ernst wird.

Ich kann es kaum erwarten!

Raven, der bis eben telefoniert hat, taucht neben mir auf.

„Der Tag der Vergeltung ist gekommen."

„Ja, das ist er, ich kann es kaum erwarten, diese Arschlöcher brennen zu sehen.“
Er nickt und zündet sich ebenfalls eine Kippe an.

Die Warterei ist nervenaufreibend. Vor Ungeduld beginne ich, auf und ab zu laufen, dass Donald immer wieder ein gezischtes „Scheiße!“ von sich gibt, verrät mir, dass irgendetwas mit der Fernzündung nicht funktioniert.

Keine Komplikationen wären auch zu schön gewesen ...

„Noch zehn Minuten. Bist du endlich so weit?“

Donald legt die Elektrik beiseite, steht auf und wischt sich die verschwitzten Handflächen an der Hose ab.

„Der Funkverstärker ist defekt.“

Das klingt nicht gut.

„Wie kann das sein?“

Er zuckt die Schultern.

„Diese Teile sind empfindlich. Was weiß ich.“

Bloody Hell!

„Was bedeutet das für uns?“

„Es ist nicht alles verloren. Die Sprengsätze sind scharf, die machen uns keine Schwierigkeiten. Wir müssen nur näher ran, um sie knallen zu lassen.“

Zumindest eine gute Nachricht.

„Wie nah?“

Donald spuckt auf den Boden und reibt sich über die Stirn.

„Je dichter wir an das Haus rankommen, umso besser. Je weiter wir weg sind, umso höher ist die Wahrscheinlichkeit, dass nicht alle Päckchen hochgehen.“

Das sind dann die erwarteten schlechten Nachrichten.

Verdammter Mist!

„Gut, dann pack alles zusammen, ich werde mich darum kümmern.“

Vehement den Kopf schüttelnd, legt er mir seine Hand auf die Schulter.

„Nein, Paxton das ist mein Job.“

Wenn Donald denkt, dass er von mir das okay bekommt, eine Lone-Ranger-Nummer durchzuziehen, hat er sich getäuscht.

„Falsch, ich bin der Präsident, das war mein Plan und ich führe ihn zum Ende.“

„Verflucht Junge, sei nicht so stur.“ Hat der Alte mich tatsächlich gerade *Junge* genannt? Das hat er schon seit mindestens zehn Jahren nicht mehr. „Der Club braucht dich. Wir haben bereits einen Präsidenten verloren. Luthors Tod haben wir weggesteckt, deinen könnte der MC nicht verkraften. Du *bist* der Club, kapierst du das denn nicht, Paxton?!"

Fuck! Bis zu einem gewissen Grad muss ich ihm zustimmen.

So mancher Rockerclub ist schon an weniger zerbrochen.

Ach verdammt ...

„Okay, aber geh kein Risiko ein."

Donald nickt, „Das werde ich nicht." In genau dem Moment kommt Rolex auf uns zu.

„Sylvester hat das Gebäude gerade betreten, seine Horde ist ihm ins Innere gefolgt. Sieht so aus, als würde die Besprechung jetzt losgehen.

Das wurde aber auch Zeit.

Donald schnappt sich den Fernzünder, der ironischerweise nur aus der Nähe funktioniert, und wir machen uns auf den Weg. Raven wirkt nervös, er zieht seine Waffe und lässt den Blick über das Gelände gleiten.

„Was meint ihr, wie viele *Bloods* befinden sich in dem Haus?"

Rolex schnalzt mit der Zunge.

„Grob geschätzt um die einhundert."

An dem Jeep, unter dem sich der Tote befindet, stoppen wir.

„Okay Donald, leg los."

Er nickt und eilt mit großen Schritten auf das Gebäude zu. In seiner rechten Hand befindet sich der Zünder.

Mit rasendem Puls beobachte ich, wie er hinter dem Müllcontainer, in dem sich die Überreste des Toten befinden, dem Donald die Kehle aufgeschlitzt hat, Deckung sucht.

Indem er seine Faust in die Luft reckt, zeigt er uns, dass es jetzt losgeht. Schweigend zähle ich von drei rückwärts. Kaum das ich bei eins angekommen bin, ertönt ein ohrenbetäubender Knall. Der *Boom* ist so gewaltig, dass der Asphalt unter meinen Füßen erbebt. Die Glasscheiben des Geländewagens, hinter dem wir uns verstecken, zerplatzen genau wie die Fenster des Hauses. Tausend kleine Glassplitter surren wie durchsichtige Geschosse durch die Luft. Einige davon treffen mich im Gesicht, zerschneiden meine Haut – ich spüre keinen Schmerz.

Alles was ich sehe, ist, wie der Container durch die von der Detonation ausgelösten Druckwelle durch die Luft geschleudert wird, Donald trifft und unter sich begräbt.

Fassungslos starre ich auf die Stelle, an der eben noch unser Bruder gestanden hat.

Raven reagiert schneller als ich, stürmt an mir vorbei und versucht, den verbogenen Stahlkasten von Donald runter zu bekommen.

Ich renne ebenfalls los und höre, wie Rolex ein „Fuck!" ausstößt, dann ertönt auch schon das Rattern eines Maschinengewehrs.

Ein paar der *Bloods* haben die Explosion überlebt und eröffnen nun das Feuer auf uns. Eine Kugel streift mich am Arm, Hitze flutet meine Nervenbahnen – ich renne einfach weiter. Bei meinem Vize angekommen, lasse ich mich auf die Knie fallen und sehe in die toten Augen meines ältesten Freundes. Donalds Gliedmaßen sind unnatürlich verdreht, drei Finger seiner linken Hand wurden abgetrennt.

Wie erstarrt sitze ich mitten im Kugelhagel und versuche, das eben Geschehene zu begreifen. Das war definitiv nicht der Plan!

Jemand rüttelt an meiner Schulter. Raven schreit mich an, dass wir hier verschwinden müssen. Anstatt auf ihn zu hören, sehe ich mich in dem Chaos um. Brennende Holzdielen liegen auf der Straße verteilt, von dem Gebäude an sich ist nichts mehr übrig, nur noch Schutt und Asche ... Ich entdecke den Schützen, ziehe meine Waffe, ziele und drücke ab. Mein Projektil trifft das Arschloch direkt zwischen die Augen. Die plötzlich einkehrende Stille wird nur von dem Klingeln in meinem Inneren unterbrochen.

„Zum Teufel! Sie sind alle tot!“

Unter anderen Umständen hätte es mich gefreut, gut einhundert meiner Feinde auf einen Streich erwischt zu haben, so aber fahre ich mit zitternder Hand über Donalds Gesicht und schließe auf ewig seine Augen.

„Wir müssen ihn mitnehmen!“

Rolex packt unseren toten Bruder an den Armen, Raven nimmt sich die Füße.

Wie betäubt stehe ich auf, betrachte das komplette Ausmaß der Zerstörung und weiß instinktiv, dass sich die *Bloods* von diesem Schlag niemals erholen werden.

Wir haben gewonnen, dennoch fühlt es sich an wie eine Niederlage!

22. Kapitel

Ava

Von einer inneren Unruhe getrieben, habe ich Paxtons komplette Wohnung geputzt. Nicht, dass es viel zum Abstauben gegeben hätte, schließlich legt er keinen Wert auf Kerzen, Deko, Zimmerpflanzen oder andere Dinge, die eine Wohnung gemütlich machen.

Dafür habe ich mehrere Höschen gefunden, die definitiv nicht von mir sind, und unzählige Waffen, die an den unglaublichsten Stellen deponiert wurden.

Eine Tatsache, über die ich lieber gar nicht genauer nachdenken will.

Doch jetzt, wo ich damit fertig bin, weiß ich nichts mehr mit mir anzufangen. Es fühlt sich so an, als hätte jemand in meinem Leben den Pausenknopf gedrückt – irgendwie hängt alles in der Schwebe.

Weder weiß ich, ob ich bereits schwanger bin, noch, ob wir jemals in mein kleines Haus ziehen werden. Überhaupt scheint nichts wirklich sicher zu sein. Es ist zum verrückt werden. Dank Picasso weiß ich, dass es meinem Rockerpräsidenten und den anderen gut geht, zumindest hat es das noch vor zwei Stunden, als Paxton angerufen hat.

Jetzt sitze ich mit Yetta, einer der vielen Clubbitches, an der Bar und trinke Orangensaft. Zwar wäre mir der mit Wodka lieber, aber na ja ... So lange ich eine Schwangerschaft nicht hundertprozentig ausschließen kann, werde ich keinen Alkohol anrühren. Obwohl heute so ein Tag ist, an dem ein paar Umdrehungen nicht schaden könnten.

Es juckt mich in den Fingern, mir einen neuen Test zu besorgen, aber das kann ich vergessen. Wirklich ärgerlich, dass der andere samt der Pillenpackung vor dem Gefängnis liegen geblieben ist ...

Picasso lässt mich keine Sekunde aus den Augen. Ich weiß nicht, was Paxton ihm genau angeschafft hat, aber als ich es vorhin gewagt habe, auch nur in die Nähe des Tors zu kommen, stand er plötzlich hinter mir, hat mich kurzerhand über seine Schulter geworfen und mich gefragt, was ich vorhabe und ob ich seinen Tod will.

Zwei äußerst merkwürdige Fragen, wenn man bedenkt, dass ich nur den Müll rausgebracht habe. Ob er bei den anderen Frauen auch so ein Theater machen würde?

Yetta stupst mich mit der Schulter an.

„Hast du mir überhaupt zugehört?"

Ups ... Erwischt.

„Nein, sorry. Eigentlich habe ich mich gerade gefragt, ob du kommen und gehen kannst, wie du willst?“

Sie sieht mich überrascht an.

„Ja, natürlich. Wer sollte mich daran hindern wollen?“

So *natürlich* ist das in meinem Fall leider nicht.

Ihre Antwort bringt mich auf eine Idee.

Ohne mir genau darüber bewusst zu sein, ziehe ich die zwanzig Dollar, die in meiner Hosentasche stecken, hervor und lege sie vor ihr auf die Theke.

Sie sieht mich irritiert an.

„Was soll das?“

„Kannst du mir einen Gefallen tun?“

Yetta runzelt die Stirn.

„Sollte es mir Sorgen machen, dass du mich bestechen willst?“

Erst verstehe ich nicht, was sie meint, dann muss ich lachen.

„Ich will dich nicht bestechen. Ich will, dass du bitte losfährst und mir einen Schwangerschaftstest besorgst.“

Nicht sicher, wie sie reagiert, warte ich ab.

„Du denkst, dass du Paxtons Baby in dir hast?“

Ich nicke und kralle mich an meinem Saftglas fest.

Wodka – ich brauche W.O.D.K.A!

„Oh wow! Das ist ja der Hammer. Aber warum besorgst du dir den Test nicht selbst?“

„Weil Paxton mich nicht vom Gelände lässt, so lange die Sache mit den *Bloods* nicht ein für alle Mal ausgestanden ist.“

Sie lacht und zündet sich eine Zigarette an.

„Falls es dir nicht aufgefallen ist, Süße, aber dein Macker ist gerade über 100 Meilen von dir entfernt.“

Ach, was sie nicht sagt.

„Ja, aber Picasso nicht, und der wacht wie ein Adler über mich. Ich wette die zwanzig Dollar, dass er wie aus dem Nichts auftauchen wird, wenn ich jetzt aufstehe und Richtung Tor marschiere.“

Yetta wackelt mit den Augenbrauen, dann streckt sie mir ihre Hand entgegen.

„Die Wette gilt. Wenn du recht hast, fahre ich sofort los und spendiere dir den Test plus eine große Tafel Schokolade.“

Das ist meine Chance.

Ich schlage ein, trinke meinen Saft aus und stehe auf.

Bis jetzt ist von meinem Wachhund nichts zu sehen, vielleicht gelingt es mir ja dieses Mal tatsächlich, für eine Stunde oder so abzuhauen, und einfach mal ungestört zu sein. Die Vorstellung, für eine kleine Weile allein in meinem Haus zu sein und über alles nachdenken zu können, ist geradezu himmlisch.

Bis jetzt habe ich es mir strengstens untersagt, die Möglichkeit in Betracht zu ziehen, dass James wirklich hier in Big Lake ist.

Ich habe verzweifelt versucht, mir einzureden, dass ich mich getäuscht habe und dass der Fahrer in dem BMW meinem Ex einfach nur sehr ähnlich gesehen hat. Yetta, die mir grinsend nachsieht, ruft mir ein „Go – Ava – Go!" hinterher. Überraschenderweise komme ich doch tatsächlich unglaubliche dreißig Schritte weit, ehe sich ein zwei Meter großer, wütender Rocker vor mir aufbaut, seine mit schwarzen Tattoos überzogenen Arme vor der Brust verschränkt und sich lautstark räuspert.

„Willst du mir sagen, warum du unbedingt meinen Tod willst, Mädchen?"

„Den will ich nicht, ich wollte Yetta nur etwas demonstrieren."

Picasso sieht mich fragend an.

„Ach, und was?"

„Glaub mir, das musst du nicht wissen."

Mit grimmig verzogener Miene, beobachtet er, wie Yetta lachend auf uns zukommt, mich kurz umarmt, anschließend in ihr Auto steigt und sich daran macht, ihre Wettschulden einzulösen.

„Euch Weiber werde ich nie verstehen."

„Das ist nur fair. Für mich seid ihr Kerle auch nur große Fragezeichen."

Sich über die Glatze reibend, stößt er ein Knurren aus.

„Sei so gut und geh jetzt wieder in Paxtons Wohnung. Bleib da, bis er zurück ist."

Ich tue so, als würde ich über seinen Vorschlag nachdenken.

„Nein, das ist mir zu langweilig. Ich setze mich jetzt hier auf die Bank und warte, bis Yetta zurückkommt."

Nicht bereit, mir zu vertrauen, wartet er, bis ich mich tatsächlich gesetzt habe.

„Wo ist die Bitch denn hin?"

„Schokolade kaufen."

Dem armen Outlaw fallen fast die Augen aus dem Kopf.

„Schokolade? Willst du mich verarschen, Süße?"

Mir ist klar, dass jetzt, wo ich Yetta gebeten habe, mir den Test zu besorgen, bald alle erfahren werden, dass ich vermutlich schwanger bin, trotzdem will ich das Picasso nicht auf die Nase binden. Zumindest ein bisschen Privatsphäre würde ich mir gerne bewahren.

„Hat Paxton sich noch mal gemeldet?"

Zwischen seinen Brauen bilden sich zwei tiefe Falten.

„Nein, nichts."
An dem Klang, den seine Stimme angenommen hat, erkenne ich, dass er sich Sorgen macht.
„Denkst du, dass alles in Ordnung bei ihnen ist?"
Ich hätte Paxton längst selbst angerufen, aber er hat heute aus Sicherheitsgründen nicht sein normales Handy, sondern ein nicht zurückverfolgbares Prepaid dabei, von dem ich die Nummer nicht habe. Keine Ahnung ob das mit seiner Paranoidität zu tun hat, aber er ist sich sicher, dass ihn die GANG IDENTIFICATION TASK FORCE noch immer überwacht.
„Das kann ich dir nicht sagen. Sorry. Der Ausgang des heutigen Tages ist völlig offen. Vom ersehnten Sieg bis zur befürchteten Niederlage ist alles möglich."
Na klasse!
„Und das soll mich jetzt beruhigen?"
„Wäre es dir lieber, wenn ich dir versprochen hätte, dass alles gut geht? Willst du belogen werden?"
Ach verdammt ...
„Nein!"
Er nickt zufrieden.
„Gut, davon bin ich auch nicht ausgegangen."
Für eine Weile sitzen wir einvernehmlich schweigend einfach nur so da.
Ich versuche auf mein inneres Gefühl zu hören, um herauszufinden, wie es in Benson läuft, aber das funktioniert auch nicht wirklich. Zwar kann ich spüren, dass es meinem Rocker gut geht, aber wie es um seine Brüder steht, ist noch mal eine andere Sache.
Geschätzte fünfzehn Minuten später taucht Yetta wieder auf.
„Deine Schokolade ist da."
Während er das sagt, sieht Picasso mich prüfend an.
„Ja, anscheinend."
Vor Aufregung beginnen meine Finger zu prickeln, mein Magen zieht sich schmerzhaft zusammen. In wenigen Minuten werde ich endlich wissen, ob ich schwanger bin oder nicht. Seltsamerweise habe ich kein Wunschergebnis – ich weiß nicht, wie ich will, dass der Test ausgeht. Einerseits wünsche ich mir nichts sehnlicher als ein Baby, andererseits hingegen spricht es nicht gerade für die Familienplanung, dass mein Mann gerade dabei ist, hundert Meilen von mir entfernt unzählige Menschen zu töten.
Sollte ich aber tatsächlich schwanger sein, werde ich dieses Mal kein Risiko eingehen.

Die Schokoladentafel aus einer neutralen schwarzen Tüte holend, kommt Yetta auf mich zu, packt mich am Arm und zieht mich ins Clubhaus.

Oben an der Wohnung angekommen, drückt sie mir ihre Einkäufe in die Hand und zieht mich in eine kurze, jedoch freundschaftliche Umarmung.

„Viel Glück, Liebes. Von mir wird keiner etwas erfahren. Ich hoffe, das Ergebnis ist so, wie du es dir wünschst."

Mit diesen Worten lässt sie mich stehen und verschwindet wieder nach unten.

Tja! Wenn ich jetzt nur wüsste, was ich mir wünsche, wäre die ganze Sache um einiges leichter. In Paxtons Wohnung gehe ich direkt ins Badezimmer, setze mich auf den geschlossenen Klodeckel und ziehe den Test raus.

Soll ich oder soll ich nicht?

Jetzt, wo Paxton nicht da ist, ist der beste Zeitpunkt, um endlich Gewissheit zu bekommen. Denn falls ich tatsächlich sein Baby in mir habe, kann ich mir aussuchen, wann und wie ich es ihm sage. Vielleicht nehme ich mir sogar ein paar Tage Zeit, um mich selber erst an den Gedanken zu gewöhnen. Sobald mein Biker erfahren wird, dass sein Plan aufgegangen ist und er mich geschwängert hat, wird nichts mehr so sein wie zuvor. Einen Moment sitze ich einfach nur da, dann gebe ich mir einen Ruck und lese mir die Anleitung durch. Das Prinzip ist eigentlich ganz einfach, ich muss nur die Testspitze für fünf Sekunden in den Urinstrahl halten, die Schutzkappe wieder aufstecken und anschließend den Teststab auf eine gerade Oberfläche legen und drei Minuten lang warten. Wenn danach zwei rote Striche zu sehen sind, trage ich tatsächlich einen Minirocker unter meinem Herzen. Entschlossen gehe ich die Sache an, halte mich an die Anleitung und stütze mich anschließend am Waschbeckenrand ab. Unsicher starre ich meinem Spiegelbild in die Augen und zähle langsam bis 180.

Unzählige Fragen huschen wie ein Schwarm Fische durch meinen Kopf. Tausend *was – wenn* und *wie's* ploppen wie Seifenblasen auf, nur um sofort wieder zu zerplatzen.

Als die drei Minuten endlich vorbei sind, überkommt mich eine merkwürdige Ruhe.

Noch bevor ich auf den Test sehe, weiß ich, dass ich tatsächlich schwanger bin. Woher? Keine Ahnung, weibliche Intuition vielleicht. Trotzdem sehe ich sicherheitshalber noch mal nach. Die zwei Streifen, die mir in dem intensivsten Rot der Weltgeschichte entgegenleuchten, treiben mir die Tränen in die Augen.

Instinktiv lege ich mir die Hände auf den Bauch, genau wie vor all den Jahren breitet sich schlagartig eine unglaubliche Liebe in mir aus.

Es mag sein, dass dieses Kind zu einem ungünstigen Zeitpunkt gezeugt wurde, aber verdammt, ich werde ihm die beste Mutter sein, die es sich wünschen kann.

Den Test und die Verpackung in den Müll werfend, hole ich die Schokolade heraus und gönne mir ein großes Stück.

Gott bin ich erleichtert, dass ich vorhin keinen Alkohol getrunken habe.

Ich werde absolut nichts tun, was mein kleines Würmchen gefährden könnte.

Die Anspannung der letzten Tage macht sich bemerkbar und ich beschließe, dass es nicht schaden kann, mich für ein paar Stunden ins Bett zu legen. Mit ein bisschen Glück sind Paxton und seine Männer wieder zurück, wenn ich aufwache.

Als ich das nächste Mal die Augen öffne, ist es vor den Fenstern bereits dunkel, verschlafen strecke ich mich, streiche über meinen noch flachen Bauch und kann nichts gegen das glückliche Grinsen tun, zu dem sich meine Lippen verziehen.

Obwohl ich es noch nicht darauf angelegt hätte, sofort schwanger zu werden, bin ich jetzt, wo es so weit ist, mehr als zufrieden.

Wie Paxton wohl reagiert, wenn ich es ihm sage?

Wahrscheinlich wird er einen Freudensprung machen, mich fest in seine Arme nehmen und nie wieder loslassen ...

Gähnend stehe ich auf, riskiere einen Blick aus dem Fenster und atme vor Erleichterung, als ich Paxtons Motorrad auf dem Hof stehen sehe, tief durch.

Endlich! Sie sind wieder da!

Noch bevor ich mich auf den Weg nach unten machen konnte, höre ich, wie die Wohnungstüre geöffnet wird. Schritte werden laut, im Flur wird das Licht eingeschaltet.

Ich gehe den Geräuschen entgegen, doch anstatt auf meinen Rocker zu treffen, entdecke ich nur ein blutdurchtränktes Halstuch auf dem Boden liegen. Ein paar Schritte weiter finde ich die ebenfalls mit Blut befleckte Kutte und das Waffenholster, einen Meter davon entfernt liegt Paxtons Pullover. Er ist, genau wie die anderen Sachen, voller Blut, außerdem ist er mit kleinen Brandlöchern übersät. Die Klamotten stinken nach Rauch und noch etwas, das ich nicht genau benennen kann.

Um Gottes willen ...

Ohne auch nur ein Teil aufzuheben, folge ich der Kleiderspur, stoße die Badezimmertüre auf und stehe prompt Paxton gegenüber. Wobei der Mann, der gerade damit beschäftigt ist, seinen Gürtel zu öffnen, nicht viel mit der Person gemein hat, die ich über alles liebe.

Paxtons Augen sind dunkel, fast schwarz. Sein Gesicht ist blutverschmiert, vereinzelte Rußflecken sorgen dafür, dass er wie der Leibhaftige persönlich aussieht. Die Muskeln in seinen Armen wölben sich und zucken. Sein Sixpack ist angespannt. Die Maske der Zivilisation, unter der er für gewöhnlich sein wahres Ich zu verstecken versucht, ist verrutscht und offenbart den Killer, der er tief in seinem Inneren ist.

Aggression, Wut, Gewalt und Gnadenlosigkeit schlagen mir entgegen und sorgen dafür, dass sich die Härchen in meinem Nacken aufstellen.

Erst bei genauerem Hinsehen bemerke ich, dass seine Hände zittern und dass nur ein Teil des vielen Blutes von ihm zu sein scheint. Seine Schulter sieht schlimm aus, wenn ich raten müsste, würde ich auf einen Streifschuss tippen.

Irgendetwas muss schrecklich schiefgelaufen sein!

„Was ist passiert?"

Anstatt mir zu antworten, zieht er eine weitere Knarre aus seinem Hosenbund hervor, legt sie ins Waschbecken und steigt aus seinen Stiefeln.

Sein Schweigen macht mir Angst.

„Paxton? Rede mit mir. Bitte!"

Endlich bin ich so weit zu ihm vorgedrungen, dass er mich zumindest ansieht.

„Donald ist tot."

Fassungslos sehe ich ihn an. Zwar habe ich gehört, was er gesagt hat, doch ich will es einfach nicht wahrhaben.

„Was meinst du damit?"

„Was verstehst du an *tot* nicht, Ava?"

Meine Knie werden weich, ich lasse mich auf den Wannenrand sinken und versuche, ruhig zu bleiben.

„Wie ist das passiert?"

Ein freudloses Lachen ausstoßend, reibt er sich mit den Händen übers Gesicht.

„Nichts lief nach Plan. Kaum dass wir das Haus betreten hatten, kam uns ein Schwarzer entgegen, dem Donald die Kehle aufgeschlitzt hat. Wir konnten die Leiche nicht verstecken, also ließen wir sie einfach liegen. Als wir dann endlich alle Sprengsätze deponiert hatten, wurde Storm angegriffen. Der Rest des Teams ist ebenfalls auf Widerstand gestoßen ... Schlussendlich ging die Fernzündung nicht. Aus dem Grund war Donald zu nah dran und wurde von einem Müllcontainer erschlagen.“

Obwohl seine Stimme emotionslos klingt, weiß ich genau, wie schwer ihn dieser Verlust trifft. Mit Donalds Tod sind es nun schon drei Member des Hell’s Fire Motorcycle Clubs, die innerhalb kürzester Zeit vom Sensenmann abgeholt wurden.

Ich stehe auf, lehne mich an ihn und schlinge ihm die Arme um die Mitte. Es ist mir egal, dass ich jetzt ebenfalls voller Blut bin. Alles was für mich zählt, ist, seine Nähe und seine Kraft zu spüren. Seine Hände legen sich auf meine Taille, ich spüre, wie er seine Nase in meinem Scheitel vergräbt und meinen Geruch inhaliert.

„Ich danke dem Schicksal, dass es dich zu mir zurückgeschickt hat.“

Mich auf die Zehenspitzen stellend, küsse ich ihn sanft und stöhne zufrieden auf, als er mir seine Zunge in den Hals schiebt und mich mit einem so verzehrenden Hunger küsst, als würde sein Leben davon abhängen.

Erst als wir beide atemlos sind, gibt er mich wieder frei und sieht mir tief in die Augen.

„Es hätte mich beinahe erwischt, Baby.“

Kälte breitet sich in mir aus.

„Wie meinst du das?“

„Ich wollte die Sprengung auslösen. Donald hat mich davon abgehalten. Im Nachhinein scheint es fast so, als ob er geahnt hätte, was passieren würde.“

Plötzlich fällt mir das Atmen schwer.

Zu erfahren, dass Paxton beinahe gestorben wäre – dass ich ihn fast verloren hätte – treibt mir die Tränen in die Augen. Ein Zittern setzt ein, meine Zähne schlagen aufeinander und mein Puls rast.

„Ava?“

Mein Rocker klingt besorgt, was völlig verrückt ist, schließlich ist er derjenige, der verwundet wurde.

Ich löse mich von ihm, sinke auf die Knie und schlinge mir die Arme um den Bauch.

An manchen Tagen ist das Leben einfach zu heftig, um stark sein zu können.

„Baby was ist los? Geht es dir nicht gut?“

Er klingt so besorgt, dass ich erst recht zum Weinen anfangen muss. Der Knoten, zu dem ich die letzten Monate all meine Probleme verschlungen habe, platzt, und ich breche endgültig zusammen. Schniefend sehe ich zu ihm hoch, betrachte seine markanten

Gesichtszüge, das viele getrocknete Blut und den Muskel, der an seinem Kiefer zuckt.

„Wie soll es mir gut gehen, wenn ich erfahren muss, dass ich dich beinahe für immer verloren hätte? Wie soll es mir gut gehen, wenn dich der Tod auf Schritt und Tritt verfolgt? Sag es mir, Paxton. Wie?“

Mir ist klar, dass ich jetzt lieber die Klappe halten sollte, doch die Worte sprudeln nur so aus mir heraus – lassen sich einfach nicht stoppen. „Ich will nicht jedes Mal, wenn du den Club verlässt, befürchten müssen, dich nie wiederzusehen. Da werde ich verrückt. Wenn dir dasselbe passiert wie Luthor, wie soll ich dann weiterleben?“

Nachsichtig sieht er mich an, bückt sich zu mir und hebt mich hoch. In seinen muskulösen Armen liegend, kralle ich mich an ihm fest, schließe die Augen und berge mein Gesicht an seinem Hals. Paxton ist so warm, kraftvoll und stark, dass es mir nur zu leichtfällt, zu vergessen, dass auch er nur aus Fleisch und Blut besteht.

Mit seinen Lippen über meine Stirn streifend, setzt er sich mit mir in seinen Armen auf den geschlossenen Klodeckel und flüstert mir beruhigende Worte zu.

Erst als die Schluchzer, die mich durchschütteln, nachlassen, redet er weiter.

„Du kennst die Welt, in der ich lebe, du weißt, wie gefährlich sie ist, und du weißt, dass ich vorsichtig bin. Der Sensenmann bekommt mich nicht so schnell. Versprochen! Endlich gehörst du wieder mir. Ich habe nicht vor zu sterben, dafür habe ich noch viel zu viel mit dir vor, Baby.“

Ich muss hicksen, was seine Mundwinkel zum Zucken bringt.

„*Nicht so schnell* klingt nicht wirklich beruhigend, Mr. Rockerpräsident.“

Er pinnt mir einen Kuss auf die Lippen und drückt mich fest an sich.

„Für dich, my Lady, werde ich versuchen, hundert Jahre alt zu werden.“

Schon besser.

„Nur der Versuch alleine reicht mir nicht!“

Das Schwarz in seinen Iriden zieht sich zurück, sodass das Blau wieder zum Vorschein kommt. Die Düsternis, die in seinen Augen lag, als er heimgekommen ist, löst sich nach und nach auf.

„Du warst schon immer verdammt anspruchsvoll.“

Fürsorglich wischt er mir die Tränen von den Wangen.

„Ich will dich ja nicht langweilen.“

Brummend schüttelt er den Kopf.

„Keine Sorge, Baby. Das würdest du nicht schaffen, selbst wenn du es versuchen würdest.“

Hmmm … soll das ein Kompliment oder eine Beschwerde sein?

Jetzt, wo ich mich wieder etwas beruhigt habe, betrachte ich die Wunde an seiner Schulter genauer.

„Was ist da passiert? Wir sollten Kevin rufen, der muss sich das ansehen."

Sanft streift er mit seinen rauen Fingerspitzen über meine Schläfe, ehe er seine große Hand auf meinen Bauch legt.

Unserem Baby so nah …

„Das ist nur ein Streifschuss. Etwas sauberes Wasser, Desinfektionsmittel, und die Sache ist erledigt."

Wenn er meint.

„Ist der Krieg vorbei?"

Meine Frage sorgt dafür, dass die Muskeln in seinen Armen erneut zu zucken beginnen. Sein Bizeps schwillt an und wölbt sich.

„Ja, fürs Erste sollte es ruhig bleiben. Wir haben die Bastarde ausgeräuchert. Es wird Jahre dauern, bis die sich neu organisiert haben."

Keine Ahnung, ob mich das sonderlich beruhigen soll.

„Das heißt, wir können in unser Haus ziehen?"

Die Stirn runzelnd, sieht er mich an.

„Ja, das können wir."

Trotz der Trauer, die ich für Donald empfinde, verspüre ich auch einen Hauch Vorfreude.

Nichts gegen den Club, ich mag diese nach Leder und Schießpulver riechende Welt, aber wohnen will ich hier nicht.

„Das bedeutet Sex auf dem Küchentisch."

Paxton nickt.

„Und auf der Couch, im Flur, auf dem Boden, in der Dusche, im Garten und auf jeder halbwegs waagrechten Fläche, die ich finden kann, Baby! Wenn ich mit dir fertig bin, wirst du nicht mehr laufen können."

Ooohhhh …

„Das klingt gut – verdammt, schrecklich und extrem gut!"

„Dachte ich mir schon, dass dir das gefällt, du sexgeiles Luder."

Widerwillig löse ich mich von ihm und mache Anstalten, von seinem Schoß zu steigen.

„Was soll das werden, Baby?"

„Na ja ich dachte mir, du willst dir vielleicht das Blut abwaschen."

Fluchend lässt er mich los.

„Scheiße! Das habe ich ganz vergessen."

Eine Tatsache, die für sich spricht.

Seine Hose ausziehend, steigt er unter die Dusche und dreht das Wasser an.

„Was ist los? Kommst du?“

Irritiert sehe ich ihn an.

„Du willst, dass ich mit dir dusche?“

„Ich will dich *immer* bei mir haben!“

Das alles könnte sehr romantisch sein, wenn man außer Acht lassen würde, dass er sich gerade das Blut seiner Opfer von der Haut wäscht. Das Wasser, das im Abfluss verschwindet, hat sich rot verfärbt.

Während ich mich ausziehe, fällt mein Blick auf den kleinen silbernen Mülleimer, in dem der positive Schwangerschaftstest liegt.

Jetzt ist nicht der richtige Zeitpunkt, um Paxton von unserem Baby zu erzählen, aber bald wird er kommen und dann können wir endlich damit anfangen, unsere Zukunft zu planen ...

Meinen Slip auf den Stapel Klamotten legend, steige ich zu meinem Outlaw unter den heißen Wasserstrahl und schmiege mich an ihn.

Zärtlich streife ich mit meinen Lippen über die seinen, liebkose sie mit meiner Zunge und dringe langsam, jedoch tief, in seinen Mund ein.

Paxton brummt leise, seine Hände legen sich auf meine Hüften, ehe er mich mit Leichtigkeit hochhebt. Automatisch schlinge ich ihm die Beine um die Mitte und vertiefe unser Zungenspiel.

Dieser Kuss schafft es, mich alles vergessen zu lassen. Die Realität rückt in weite Ferne – nichts ist mehr von Bedeutung, nichts zählt mehr – nichts außer uns.

Ich sehne mich nach diesem Mann wie ein Ertrinkender nach dem nächsten Atemzug.

Unser Kuss wird immer wilder, zwischen meinen Beinen breitet sich ein sehnsüchtiges Pochen aus.

„Ich werde dich jetzt duschen, ficken und anschließend ins Bett stecken. Und während ich mich mit meinen Brüdern bespreche, wirst du dich ausruhen und eine Runde schlafen.“

Eigentlich sollte es mich als emanzipierte Frau stören, dass er mich bevormundet, aber erstaunlicherweise tut es das nicht, ganz im Gegenteil. Ich mag es, wenn er sich Sorgen um mich macht und sich um mich kümmert. Paxton knabbert an meinem Ohrläppchen und saugt sich an meinem Hals fest. Er spürt instinktiv, dass ich nicht in der Verfassung für einen harten Fick bin, sondern dass ich es jetzt zärtlich brauche. Es ist fast schon unheimlich, wie gut er mich kennt. Das Donnern meines Herzens hallt in meinen Nervenbahnen wider, meine Lippen prickeln erwartungsvoll und meine Sinne spielen, wie immer in seiner Nähe, verrückt.

Dieser Biker gibt mir das Gefühl, die begehrenswerteste Frau auf diesem Planeten zu sein und ich sehne mich danach, ihn bis zum letzten Zentimeter in mir aufzunehmen.

Es ist offensichtlich, dass er mit seiner Beherrschung ringt und darum kämpft, sanft zu mir zu sein. Langsam stellt er mich ab. Der Dämon in seinem Inneren will die Kontrolle übernehmen. Sollte ihm das gelingen, kann ich mich auf eine gnadenlose und schmerzhafte Inbesitznahme einstellen.

Paxtons Hände ballen sich zu Fäusten, so, als müsste er sich davon abhalten, mich zu packen, gegen die Wand zu schleudern und sich in mich zu rammen. Ich will, dass er mich berührt und kostet, mich festhält und nie mehr loslässt – *oh Gott* – ich will einfach alles ...

Gierig lasse ich meine Augen über seinen Körper gleiten.

Alles an ihm ist stark und kraftvoll. Seine Haut ist übersät mit Tattoos und Narben, sein Gesicht ist markant und sein Schwanz dick und lang – ich habe nie einen schöneren Mann gesehen. Obwohl ich mir nicht ganz sicher bin, ob das Wort *‚schön'* wirklich zutrifft. Tödlich würde viel besser passen.

Das Wasser prasselt auf seinen Rücken, wabernder Dampf hängt wie dichter Nebel in der Luft. „Wenn du wüsstest, wie dringend ich dich besitzen will ..."

Nervös lecke ich mir die Lippen, prickelnde Vorfreude rieselt an meiner Wirbelsäule hinab. Mich an ihn lehnend, lege ich meinen Kopf in den Nacken und stöhne wohlig auf, als das heiße Wasser meine angespannte Muskulatur lockert.

Seine Pupillen weiten sich.

„Womit zum Teufel habe ich ein Mädchen wie dich verdient?"

Ich strecke meine Hand nach ihm aus, spure mit den Fingerspitzen die Konturen des Totenkopftattoos nach und gehe langsam vor ihm auf die Knie.

Schlagartig werden seine Augen wieder schwarz wie die Nacht, seine Bauchmuskeln spannen sich an, sodass die Konturen seines Sixpacks noch etwas deutlicher hervortreten. Fasziniert beobachte ich, wie seine Oberschenkel erwartungsvoll zu zucken beginnen. Mit meiner rechten Hand umfasse ich seinen harten Schwanz, massiere die komplette Länge und streiche sanft über den kleinen Schlitz an seiner Eichel. Es fühlt sich richtig an, so vor ihm zu knien und mich ihm zu unterwerfen - ich stehe unter seinem Schutz, gehöre zu seinem Club und vertraue ihm mein Leben an. Dank meiner Berührungen schwillt sein Glied noch etwas mehr an. Reckt sich mir in seiner ganzen Pracht entgegen. Ich beuge mich zu ihm vor, lecke über seine saftige Eichel und suche seinen Blick.

Noch bevor ich ihn richtig in den Mund genommen habe, legt er mir seine Hand auf den Hinterkopf. Ich stütze mich an seinem Bein ab, öffne meine Lippen noch ein Stückchen weiter und sauge seinen Schwanz so tief wie möglich in meine Kehle.

Sein herbes Aroma flutet meine Geschmacksnerven – er schmeckt köstlich.

Ich verwöhne ihn mit meiner Zunge, presse meine Lippen fest zusammen und wippe vor und zurück. Meine Pussy zuckt, ich kann es kaum erwarten, von ihm gebumst zu werden.

Sein dunkles Knurren in Verbindung mit seinem lauten Stöhnen treibt mich an.

Ich vergesse zu atmen, sauge an ihm und lasse ihn meine Zähne spüren.

„Du kleines Luder."

Gerade als ich mich wieder etwas zurückziehen will, presst er mich noch etwas fester auf sich. Meine Nasenspitze stößt gegen seinen Bauch, während ich seine Eier an meinem Kinn spüre.

Meine Atmung stockt, automatisch schießen mir Tränen in die Augen und ich muss würgen.

„Fuck! Das ist der Wahnsinn."

Als er seine Hüfte nach vorne schiebt, verkrampft sich mein Hals und ich versuche, mich gegen ihn zu wehren, es ist zwecklos.

„*Schhhh,* entspann dich, Baby."

Ich versuche es – wirklich, doch es gelingt mir nicht.

Anstatt mich freizugeben, bohrt er sich noch tiefer in mich. Das Wasser, das mir über das Gesicht strömt, und sein gnadenloser Griff bringen mein Herz aus dem Takt.

„Baby! So lange du gegen mich ankämpfst, lasse ich nicht locker."

Er klingt so entschlossen, dass ich erschaudere.

Wimmernd lecke ich über die empfindliche Unterseite seines Schwanzes, verwöhne das Frenulum und ignoriere meine krampfende Lunge. Alles Unbehagen fällt von mir ab, ich entspanne mich und überlasse mich vollkommen seiner Führung.

Paxton spürt, dass ich mich ihm unterworfen, und knurrt zufrieden.

„Braves Mädchen. Er tätschelt mir über den Kopf und zieht sich ein kleines Stückchen zurück, sodass ich nach Luft schnappen kann. Unter gesenkten Lidern sehe ich zu ihm hoch, betrachte seinen eckigen Kiefer und mache mich mit voller Hingabe daran, meinen Rocker zu verwöhnen.

23. Kapitel

Paxton

Ich spüre, wie mir die Kontrolle entgleitet, ziehe mich aus Avas Mund heraus und beiße die Zähne so fest zusammen, dass es knackt.

Wir müssen sie uns nehmen. Jetzt! Wir brauchen sie. Wir wollen, dass sie unseren Samen schluckt. Lass es uns tun ... Sofort! Wir wollen ihre Tränen, wir brauchen sie – dringend!

Die Stimmen in meinem Kopf werden immer lauter, übernehmen die Kontrolle und machen mich fertig. Ich will Ava nicht wehtun, zumindest nicht schlimm. Dennoch will ich, dass sie endlich kapiert, wer hier das Sagen hat. Wie sie so vor mit kniet, mit nassen Haaren, zusammengeklebten Wimpern und geschwollenen Lippen.

Fuck! Fuck! Fuck!

So devot, vertrauensvoll und schutzlos.

Mein Mädchen ist ein gefallener Engel, der in den tödlichen Fängen eines Teufels gelandet ist. Mein Bedürfnis, sie für den Rest ihres Lebens zu beschützen, steht im starken Kontrast zu dem immer stärker werdenden Drang, sie so hart zu benutzen und zu ficken, dass sie zerbricht. Ich will meine Süße in ihre Einzelteile zerlegen und sie nach und nach – Stück für Stück wieder zusammensetzen. Ich will einen Teil von mir in sie einfügen, sodass sie von mir abhängig ist und nie wieder vor mir flüchten kann.

Der Dämon in mir brüllt immer lauter, reißt sich von seinen Ketten los und füllt meine Gedanken mit seinen gefährlichen Fantasien.

Ohne den Blick von Ava abzuwenden, umfasse ich meinen Schwanz, reibe über die Härte und drücke so fest zu, dass mir der Atem stockt.

Erst als ich es kaum noch aushalte und sich schwarze Flecken vor meinen Augen ausbreiten, führe ich die blau gewordene Spitze wieder an ihre Lippen.

Nach kurzem Zögern öffnet sie ihren Mund, leckt über die empfindliche Haut an der Unterseite und saugt mich Stück für Stück tiefer in ihre enge Kehle.

Samtig weich und zugleich fest massieren ihre Lippen meinen Schwanz.

Ich gebe dem Drang, zuzustoßen, nach und ramme mich mit einem kraftvollen Stoß bis zum Anschlag in ihren Rachen.

Ava zuckt zurück, ich packe ihre Haare und ziehe sie wieder in Position.

Keine Gnade ...

Ohne den Blick von ihrem Mund zu lösen, falle ich in einen schnellen und sehr tiefen Rhythmus. Das leise Röcheln, das sie von sich gibt, wenn ich mich vollständig in sie schiebe, lässt mich immer noch härter werden.

Zufrieden beobachte ich, wie sich ihre Tränen mit dem heißen Wasser vermischen. Der Mascara verläuft, hinterlässt schwarze Spuren auf ihrer hellen Haut.

Ein Fauchen ausstoßend, genieße ich ihren Anblick.

Fest entschlossen, mir alles zu nehmen und sie an ihre Grenzen zu bringen, packe ich sie an den Haaren, drücke sie gegen meinen Bauch und schiebe mich noch etwas mehr in ihre Kehle. Sie würgt, ihre Atmung stockt und meine Hoden zucken.

Wohl wissend, dass ich so tief in ihr stecke, dass sie keine Luft mehr bekommt, verharre ich in dieser Position. Ava zappelt und strampelt, versucht mir auszuweichen – ich lasse es nicht zu.

Sie gehört uns! Nur uns! Wir müssen sie es spüren lassen!

Ich ficke sie ohne Gnade, empfinde kein Mitleid und weide mich an der Angst, die in ihren Iriden aufblitzt.

Wieder und wieder, tiefer und tiefer stoße ich zu, verliere mich in meiner Lust und in ihrem Leid. Avas Gegenwehr wird immer stärker, was mich nur noch härter werden lässt. Erst als sie wankt und ihre Pupillen unnatürlich geweitet sind, gibt sie endlich auf. Ihre Hände fallen herab, ruhen nachgiebig auf ihren Oberschenkeln. Sie ergibt sich ihrem Schicksal. Genauso muss es sein.

Sie ist mein Eigentum und ich entscheide, was mit ihr passiert.

Dank ihrer Fähigkeit zu leiden, ist Ava die perfekte Frau für mich.

Vielleicht sollte ich sie in den nächsten Stunden so lange ficken, bis es mir gelungen ist, sie für immer an mich zu binden, und ich nicht mehr befürchten muss, sie jemals wieder zu verlieren. Der heutige Tag hat mir klargemacht, dass das Leben eine unberechenbare Schlampe ist. Ich kann es mir nicht leisten, abgelenkt zu sein – dafür warten einfach zu viele Dinge darauf, von mir geregelt zu werden. Der Club verlässt sich auf mich.

So in Gedanken versunken, habe ich gar nicht bemerkt, dass ich mich bis zum Schaft in ihren Hals gerammt und dann in dieser Position gestoppt habe.

Ava beginnt erneut zu zappeln, ihre Fingernägel zerkratzen meine Haut, doch ich weiche nicht zurück. Ich bin viel zu sehr von dem hilflosen Ausdruck, der sich in ihren Augen spiegelt, gefangen. Gott, ich liebe es, wenn sie so vor mir kniet. Meinen Schwanz bis zum Anschlag in ihrem Rachen und meine Eier an ihrer Unterlippe.

Ihr Blick wird glasig und ihre Kehle krampft hektisch an meiner Eichel. Erst als ihre Augen nach hinten rollen und ich befürchte, dass sie während des Blowjobs umkippt, ziehe ich meinen Schwanz ein Stück aus ihr heraus.

Sie hustet und schnappt nach Luft. Während sie versucht, ihre Lunge mit Sauerstoff zu füllen, ziehe ich sie grob an den Schultern nach oben, drehe sie um und drücke sie mit dem Gesicht gegen die geflieste Wand.

Mit den Knien spreize ich ihre Beine. Mit dem Daumen reibe ich durch ihre Arschbacken und massiere den engen Muskel. Sie zuckt erschrocken zusammen. Ich verpasse ihrer Pussy einen leichten Schlag.

„Wie willst du uns? Sag es, Baby. Sollen wir dich so hart ficken, dass du nicht mehr stehen kannst und zusammenbrichst, oder willst du es wirklich langsam?"

Ava antwortet nicht, was meinen Dämon extrem wütend macht.

Die Zähne zusammenbeißend, verpasse ich ihr einen harten Schlag auf den Arsch. Sie zuckt zusammen, keucht leise.

Noch immer auf ihre Antwort wartend, umfasse ich ihre schmale Taille und bringe mich hinter ihr in Position.

„Was jetzt, Baby?"

„Hart. Ich brauche dich hart!"

Absolut perfekt und wie für mich geschaffen!

Mit einem tiefen Stoß schiebe ich mich in ihre samtene Mitte und genieße die nasse Enge. Ihre Hitze erfüllt meinen Schwanz, schleicht an meiner Wirbelsäule nach oben und lässt mich erschaudern.

Zur Hölle!

Ich erhöhe das Tempo, nagle mich in Avas zitternden Körper und pinne sie fester an die Wand.

„Wem gehörst du, Baby?"

Atemlos dreht sie den Kopf zur Seite, sieht mich über ihre Schulter hinweg an und schnappt nach Luft.

„Dir, nur dir. Für immer!"

Stoß für Stoß ficke ich meine Frau, schließe die Augen und blende alles um mich herum aus. Ein heißer Blitz zuckt über mein Rückgrat, meine Hoden ziehen sich zusammen, es fühlt sich an, als würde mein Glied jede Sekunde explodieren.

Meine Süße keucht, zuckt und bricht zusammen. Einzig mein Schwanz und mein fester Griff halten sie aufrecht. Ihr gellender Schrei hallt durch das Bad, lässt mich zufrieden knurren. Ihre Zuckungen sind heftig, ich beobachte, wie ihre Augen nach hinten rollen und ihr Kopf zur Seite kippt.

Mit aller Kraft pumpe ich mein Sperma so tief wie nur möglich in ihren engen Kanal und genieße das Gefühl völliger Befriedigung.

Ja, das ist es ... Dafür lebe ich!

Ein paar Atemzüge lang bleibe ich reglos stehen, dann ziehe ich mich zurück und fange mein völlig entkräftetes Mädchen auf. Ihre rechte Wange ist durch die Reibung an den rauen Fliesenkanten ganz rot geworden, ihre langen haselnussbraunen Haare kringeln sich auf ihren Schultern.

Sie sieht sexy, befriedigt und wunderschön aus.

Mit Leichtigkeit hebe ich sie hoch, drücke sie an meine Brust und schalte das Wasser aus. Ich setze sie auf dem Waschbecken ab, wickle sie in ein großes Handtuch und rubble sie trocken. Erst als sie nicht mehr wie eine nasse Katze aussieht, binde ich mir das Tuch um die Hüften und trage sie ins Schlafzimmer. Ava ist so erledigt, dass sie einfach alles mit sich machen lässt.

Genauso, wie ich sie ins Bett lege, bleibt sie liegen und sieht mich aus halbgeöffneten Augen an.

„Das war heftig."

Aye, das stimmt. Ich habe die Kontrolle verloren – mal wieder.

„War ich zu grob zu dir?"

Sie leckt sich über die Unterlippe und seufzt.

„Ich bin wund, sehr sogar. Aber ansonsten geht es mir gut."

Erleichterung breitet sich in mir aus.

Im Gegensatz zu mir ist sie so klein und schutzlos. Ich könnte ihr alle Knochen brechen und müsste mich nicht mal dabei anstrengen.

„Ich ... Fuck! Es tut mir leid, Baby."

Sie grinst frech.

„Das muss es nicht. Ich mag es, wenn du beim Sex ganz der böse Outlaw bist, der mich an meine Grenzen bringt."

Warum wundert mich das nicht?

Meine Süße konnte noch nie einschätzen, wie gefährlich ich für sie bin.

„Du spielst gern mit dem Feuer?"

Sie schnurrt, dreht sich auf die Seite und legt sich eine Hand unter die Wange.

„Gerade eben war es wohl eher Wasser. Aber nein, in Wirklichkeit spiele ich einfach nur gerne mit dir."

Das wird auch ihr Glück sein. Denn ich werde dafür sorgen, dass ich der einzige Mann bin, der sich ihr nähert. Ava gehört mir. Ihr Herz, ihre Seele, ihr Körper und einfach alles, was sie ausmacht, gehört für immer nur mir. Und jeder, der sie mir wegnehmen will, wird eines äußerst qualvollen Todes sterben. Bevor ich sie zudecke, präge ich mir jeden

Zentimeter ihres Körpers ein. Sich eine Hand auf den Bauch legend, sieht sie zu mir hoch.

„Paxton?"

„Ja, Baby."

Sie zögert, was mir verrät, dass sie mir etwas verheimlicht und gerade mit dem Gedanken spielt, sich mir anzuvertrauen.

Als sie nichts sagt, hallt ein wütendes Knurren durch meinen Kopf.

Mich neben ihr auf die Matratze setzend, ziehe ich die Decke bis über ihre Schultern.

„Was ist los?"

Ihre Augen funkeln, es wirkt, als würde mein Mädchen von innen heraus leuchten.

„Ich ..."

Ihre Stimme bricht, sie wirkt unsicher, noch verletzlicher als sonst.

Was, wenn ich sie doch zu hart angepackt habe?

Ich verfluche mich selbst, stehe auf und fahre mir mit den Fingern durch die nassen Haare.

Der Tag war lang, aber er ist noch lange nicht vorbei.

„Schlaf eine Runde. Ich muss noch mal nach unten."

Ihre Lider fallen zu, sie nickt und kuschelt sich ins Kissen.

Bevor der Schlaf sie endgültig übermannt, flüstert sie meinen Namen.

„Paxton ..."

Ich hole mir eine frische Jeans aus dem Schrank und ziehe sie mir an.

„Schwöre mir, dass du uns bis zu deinem letzten Atemzug beschützen wirst."

Uns? Ich schiebe die merkwürdige Formulierung darauf, dass sie schon halb im Land der Träume ist.

„Ich werde dich immer beschützen, Baby. Du bist der Mittelpunkt meiner Welt. Lieber sterbe ich, als dass ich zulasse, dass dir was passieren wird."

Das scheint sie zu beruhigen, denn sie schläft mit leicht geöffneten Lippen ein.

Für eine Weile bleibe ich einfach nur stehen, betrachte meine Frau und frage mich, was sie so beunruhigt, dass sie diese Versicherung gebraucht hat.

Irgendetwas stimmt da nicht. Gleich morgen werde ich herausfinden, was es ist. Jetzt hingegen muss ich die Schusswunde an meiner Schulter versorgen und mich anschließend um meinen toten Bruder kümmern.

Die *Bloods* mögen erledigt sein, doch das bedeutet noch lange nicht, dass wir uns auf dem Sieg ausruhen können. Jetzt gilt es,

Schadensbegrenzung zu betreiben, unsere Spuren zu verwischen und Donald zu beerdigen.

Da es ihn erwischt hat, als wir ein Haus in die Luft gejagt haben, können wir schlecht einfach so zum Bestatter gehen. Die Cops würden eins und eins zusammenzählen und wüssten sofort, dass wir hinter dem Anschlag in Benson stecken. Donald hatte keine Familie, was es uns erleichtert, ihn verschwinden zu lassen.

Wie werden seine Überreste im Krematorium verbrennen lassen und seine Asche auf dem Clubgelände verstreuen. Ich bin mir sicher, dass er das genauso gewollt hätte ...

Ben, der Inhaber des Krematoriums, ist einer unserer Hangarounds und zudem chronisch pleite. Zu einem gut gefüllten Umschlag hat er noch nie Nein gesagt, zumindest muss ich mir darum schon mal keine Sorgen machen. Ich gehe ins Bad und hole die Tasche mit dem Verbandszeug hervor. Ich bin es gewohnt, mich selbst zu verarzten. Stich- und Schusswunden gehören nun mal zu meinem Alltag.

Die Kugel, die mich an der Schulter erwischt hat, hat zum Glück keine tiefe Verletzung hinterlassen. Die Wunde desinfizierend, packe ich eine sterile Mullbinde darauf, befestige diese mit Tape und werfe die Verpackung in den Mülleimer.

Anschließend streife ich mir einen Hoodie über, befreie meine Kutte von den größten Blutspuren und mache mich auf den Weg nach unten.

Ich muss nach Storm sehen und mich mit meinem Vize besprechen.

24. Kapitel

James

Die Nacht ist still, bis auf die Blätter, die im Wind rascheln, höre ich nur meinen eigenen Atem. Mit dem Daumen streife ich immer wieder über den glatten Griff der Halbautomatik, die auf meinem Schoß liegt, und darauf wartet, zum Einsatz zu kommen.

Ich bin ein kein besonders geduldiger Mann, die letzten zwei Tage habe ich damit verbracht, Ava zu beobachten, das hat mich fast in den Wahnsinn getrieben. Ich musste dabei zusehen, wie sie in den Armen eines anderen lag und sich von diesem Kriminellen hat küssen lassen.

Blödes Miststück!

Mein eigentlicher Plan war einfach und unkompliziert. Ich wollte nach Big Lake, mir meine Frau zurückholen und wieder nach Chicago fahren. Der Umstand, dass Ava nicht nur mit dem örtlichen MC in Kontakt steht, sondern ausgerechnet für den Anführer die Beine spreizt, hat mein Vorhaben etwas verkompliziert.

Dieser Paxton hat sich genommen, was mir gehört, dafür wird er sterben. Der Hass, der sich in meinem Inneren aufgestaut hat, beschränkt sich nicht nur auf diesen Rocker, sondern auch auf Ava.

Etwas über ein Jahr lang habe ich viel Zeit investiert, um aus ihr eine gute Frau zu machen. Bisweilen hat sie sich etwas ungeschickt angestellt, aber nach der einen oder anderen Bestrafung war sie endlich auf dem richtigen Weg. Sie musste einfach etwas Demut, Gehorsam und Unterwürfigkeit lernen – ich mag es nicht, wenn mir widersprochen wird.

Erst als Ava abgehauen ist, wurde mir klar, dass sie mir nur etwas vorgespielt und über einige Wochen hinweg ihr Verschwinden geplant hat. Die Tatsache, dass sie lieber die Hure eines Bikers ist, als meine Frau zu sein, ist absolut inakzeptabel – das werde ich ihr nicht durchgehen lassen. Von meiner Position aus kann ich beobachten, wie Paxton und ein paar seiner Männer auf den Hof kommen, die Türen eines Vans öffnen und sich unterhalten. *Das ist meine Chance …*

Die Waffe entsichernd, schnappe ich mir die vorbereitete Tasche, steige aus dem Wagen, lege den Finger auf den Abzug und schleiche mich im Schutz der Dunkelheit auf das Gelände des Hell's Fire Motorcycle Clubs. Das Tor ist nicht verschlossen, einer der Rocker sitzt in dem zerstörten Wachhaus auf einem Stuhl und schnarcht. Die Glock ist ihm aus der Hand gerutscht und liegt neben ihm auf dem Boden. Es ist fast schon zu leicht, an ihm vorbeizukommen.

Genau wie geplant umrunde ich das Clubhaus, nehme die Feuerschutztreppe und komme so mit Leichtigkeit in den ersten Stock.

Nun stehe ich in einem langen, dunklen Gang. Dank meiner Recherche weiß ich längst, in welcher der Wohnungen sich Ava befindet. Mit großen Schritten arbeite ich mich vor, öffne Türen und stehe wenige Minuten später vor meiner schlafenden Frau.

Wie sie so daliegt, ihre Haare auf dem Kissen verteilt, das Mondlicht erlaubt mir einen Blick auf ihre zarten Gesichtszüge ... Ich habe alles getan, um sie zu vergessen, es ist mir nicht gelungen. Kein Wunder, selbst in Chicago, als sie noch die meine war, konnte ich sie kaum aus den Augen lassen. Es ist zu meiner Besessenheit geworden, sie zu beobachten, nachts in ihre Wohnung einzubrechen und Fotos von ihr zu machen.

Diese Frau ist einzigartig, ich werde ihr nicht erlauben, mich zu verlassen.

Darauf bedacht, sie nicht zu wecken, hole ich das Klebeband und die zwei Paar Handschellen hervor. Ava merkt erst, dass sie nicht mehr alleine ist, als es mir bereits gelungen ist, ihre Hände am Bettgestell zu fixieren, und ich dabei bin, ihren Mund mit einem großen Stück Tape zuzukleben. Ihre Augenlider flattern, in dem Moment, in dem sie erkennt, wer in ihrem Schlafzimmer steht, ist sie schlagartig wach und versucht sich aufzurichten. Was dank der Handschellen natürlich nicht möglich ist.

„Hallo meine Liebe.“

Ich bleibe ruhig, widerstehe dem Drang, unser Gespräch mit ein paar Schlägen zu beginnen, und atme tief ein. Ihre Pupillen weiten sich entsetzt, ein unverständliches Wimmern von sich gebend, reißt sie mit ihren Händen an der Fesselung.

Süß! Aus Erfahrung sollte sie wissen, dass ich keine Fehler mache.

In der Vergangenheit habe ich sie unzählige Male an mein Bett gefesselt und gefickt.

Manchmal hat sie es genossen, manchmal hingegen ...

„Hast du gedacht, dass ich dich nicht finde?“

Bei dem Versuch, genug Luft zu bekommen, blähen sich ihre Nasenflügel. Ihre Beine rutschen auf dem Laken hin und her. Ich ziehe die Decke weg und betrachte ihre nackten Rundungen. Als mir die dunklen Fingerabdrücke auf ihrer Hüfte auffallen, ballen sich meine Hände zu Fäusten.

Mir war natürlich bewusst, dass dieser Rocker sie gebumst hat, doch seine Zeichen auf ihrer Haut zu sehen, ist noch mal eine ganz andere Nummer. Ihre vollen Titten wackeln hin und her, mein Schwanz wird hart. Mich auf die Matratze kniend, lasse ich meine Hand über ihren Bauch hinab zu ihrer glattrasierten Muschi gleiten.

Sie wehrt sich, ich verpasse ihr einen Schlag ins Gesicht.

„Halt still."

Anstatt auf mich zu hören, wird sie immer wilder.

„Wenn du nicht brav bist, muss ich dich betäuben."

Um ihr zu zeigen, wie ernst es mir ist, hole ich das Chloroform aus der Tasche, schraube den Deckel ab und tropfe etwas davon auf ihre Bettdecke.

Da es nicht das erste Mal ist, dass ich dieses Mittel bei ihr anwende, weiß Ava genau, was sie erwartet. Sie beobachtet mich mit vor Entsetzen aufgerissenen Augen und hört sofort auf, sich zu bewegen.

Sehr schön. Ich will nicht, dass sie das Bewusstsein verliert, sondern dass sie alles, was ich ihr antue, spüren kann.

Später werde ich ihr die Chance geben, nach Hilfe zu schreien, doch bis es so weit ist, dauert es noch etwas.

Bevor ich sie mit nach Chicago nehme, werde ich Paxton zeigen, wie beschissen es ist, wenn man dabei zusehen muss, wie die Frau, die man für sich will, von einem anderen Typen berührt wird.

Ich will, dass dieser Rocker dabei zusieht, wie ich *meine* Frau ficke, ich will, dass er an nichts anderes mehr denken kann – dass ihn die Bilder verfolgen und so lange quälen, bis ich ihm eine Kugel verpasse.

„Hast du mich vermisst, mein Schatz?"

Brav wie sie ist, nickt sie, ich weiß, dass sie lügt. Dennoch freut es mich, dass sie sich wieder an ihre Erziehung erinnert. Ohne den Blick von ihr zu lösen, öffne ich meine Hose, hole meinen Schwanz raus und beginne damit, ihn zu reiben.

Erst als sich meine Hoden schmerzhaft zusammenziehen, setze ich mich auf sie, ziehe das Klebeband ab und reibe mit der Eichel über ihre Lippen.

Sie schnappt nach Luft, was ich dazu nutze, in ihren Mund einzudringen.

„Du weißt, wie ich es gern habe!"

Sie nickt, zögerlich kreist ihre Zunge um meinen Penis. Ich stütze mich an der Wand ab, stoße mich tiefer in ihre Kehle und stöhne zufrieden.

„Braves Mädchen. Das ist doch mal eine angemessene Begrüßung."

Ava würgt, ihre Mimik drückt reine Furcht aus.

„Hast du das mit diesem Bastard von einem Rocker auch getan? Hast du ihm die Eier gelutscht und seinen Saft geschluckt?"

Ich lasse sie nicht antworten, sondern stoße mich tiefer in ihren krampfenden Hals und spritze ab. Ich ziehe mich zurück und verpasse ihr mit dem Handrücken einen Schlag ins Gesicht. Ihre Augenbraue platzt auf, etwas Blut tropft auf das Kissen. Ava schluchzt, reißt erneut an den Handschellen, was zur Folge hat, dass sich der Stahl tief in ihre Haut gräbt – noch mehr Blut.

„Wie in alten Zeiten, mit keinem Mädchen war es wie mit dir.“

„James ... Bitte ...“

Avas Flehen hängt im Raum, ich denke, es ist an der Zeit, Paxton dazu zu holen.

Um sicherzugehen, dass er sie bis nach draußen hört, öffne ich das Fenster, drehe mich zu meiner Frau um und schlage erneut zu.

Ihr Hilfeschrei hallt durch das Zimmer, genau wie geplant stürmen die Rocker zurück ins Haus. Entspannt lehne ich mich an das Fensterbrett, strecke den Arm aus, sodass sich die Mündung meiner Waffe gegen ihre Schläfe drückt, und packe mit der freien Hand meinen Schwanz weg. Ich mache mir nicht die Mühe, die Hose zu schließen, schließlich bin ich noch lange nicht mit Ava fertig.

Jetzt kommen wir zum Höhepunkt meines Plans, und für den brauchen wir Zuschauer. Je mehr dieser Biker dabei zusehen, wie ich Ava ficke, umso besser.

Zum Schluss wird kein Zweifel mehr daran bestehen, wem dieses Mädchen gehört.

Schritte werden laut, die Türe wird so kraftvoll aufgestoßen, dass sie gegen die Wand knallt und Putz auf den Boden rieselt.

„Baby, was ist los?“

Vier breitschultrige Kerle stürmen auf Ava zu. In der Sekunde, in der sie mich und die Waffe, die auf ihren Kopf gerichtet ist, entdecken, bleiben sie abrupt stehen und ziehen ihre Knarren.

„Fuck! Was ist hier los?“

Der Präsident sieht mich aus zusammengekniffenen Augen an, seine Lippen kräuseln sich, die Muskeln in seinen Armen beginnen zu zucken.

„Lass mich raten, du bist James.“

Einer seiner Männer, soweit ich weiß, wird er Storm genannt, stößt einen Fluch aus. Die zwei anderen wirken genauso überrascht wie wütend. Ich muss raten, aber ich denke, der Typ mit den kurz rasierten schwarzen Haaren ist der Vizepräsident dieses Clubs.

„Hat sie dir von mir erzählt?“

Die Waffe fester gegen Avas Kopf drückend, sehe ich den Oberrocker herausfordernd an. Ihre Schluchzer hallen von den Wänden wider, sind Musik in meinen Ohren.

Ich erkenne den Moment, in dem Paxton meine offene Hose bemerkt. Ein Ruck geht durch seinen Körper, er macht einen Schritt auf mich zu.

„Was ist hier passiert? Wenn du sie angerührt hast, bist du tot."
Der große Glatzkopf, stößt ein Grunzen aus. „Er ist so oder so tot!"
Lachend schüttle ich den Kopf.
„Falsch! Keiner von euch wird mir etwas tun, ihr werdet dabei zusehen, wie ich mir meine Frau nehme und mit ihr diese Stadt verlasse. Solltet ihr den Fehler machen und uns verfolgen, werde ich sie töten und aus dem Wagen schmeißen. Dann könnt ihr ihre Überreste vom Highway kratzen."
Um eventuellen Zwischenfällen vorzugreifen, ziehe ich die Kabelbinder-Packung aus der Tasche und werfe sie Paxton zu.
„Jetzt nehmt eure Waffen runter, legt sie auf den Boden und tretet zwei große Schritte zurück."
Die Arschlöcher zögern, ich hole aus und verpasse Ava einen Schlag in den Magen. Sie krümmt sich, schnappt nach Luft und schreit gepeinigt auf.
„Nein! Nicht! Mein Baby!"
Überrascht sehe ich sie an.
„Was?"
Ich muss mich verhört haben. Sollte sie tatsächlich einen Bastard in sich tragen, töte ich sie! Der Präsident sieht Ava mit weit aufgerissenen Augen an. Glück und Entsetzen steht ihm ins Gesicht geschrieben, diese Info scheint auch für ihn neu zu sein.
„Wiederhole das!"
Das Miststück zögert, ihr scheint erst jetzt klar zu werden, was sie uns verraten hat.
Unsicher huscht ihr Blick zu dem Biker, der vor Anspannung regelrecht vibriert.
„Ich bin schwanger."
Ihre Worte dröhnen durch mein Hirn, lassen mich rotsehen.
Ohne lang darüber nachzudenken, schlage ich erneut zu. Wieder und wieder landet meine Faust auf ihrem Körper. Ich treffe ihre Schulter, das Bein, ihre Titten und ihre Wange. Es ist mir egal, wo und wie ich sie verletzte, alles was ich will, ist, ihr Schmerz zuzufügen.
Erst als ein wildes Brüllen durch den Raum hallt, stoppe ich und drehe mich zu den Rockern um.
„Hör auf! Wenn du sie noch einmal berührst, schlitze ich dich vom Sack bis zur Nasenspitze auf!"
Leere Drohungen haben mich noch nie beeindruckt.
„Und wie willst du das bewerkstelligen?"
Er sagt nichts, starrt mich nur aus schwarzen Augen an.
„Nehmt die Kabelbinder, fesselt euch gegenseitig an den Heizkörper!"

Der Typ namens Storm verpasst der Wand einen Tritt, während Paxton seinem Vize die Hände zusammenbindet. Ohne die Waffe von Avas Kopf zu nehmen, warte ich, bis die Rocker meinen Befehl ausgeführt haben.

Ich mache mir keine Illusionen, wenn ich nicht aufpasse, werde ich den morgigen Tag nicht erleben. Jetzt, wo ich weiß, dass Ava von einem anderen schwanger ist, hat sich mein Plan geändert. Beschädigte Ware will ich nicht, was bedeutet, dass ich sie nicht mit nach Chicago nehme, sondern einfach nur ficke, vor den Augen ihres Lovers erwürge und anschließend die Bastarde abknalle.

Sobald ich wieder in Chicago bin, werde ich alles daransetzen, diesen Rockerclub zu zerstören. Niemand nimmt mir ungestraft mein Eigentum weg! Niemand! Schon gar nicht so ein kuttentragender Wichser.

„Die Show kann beginnen!“

Jetzt, wo die vier keine Gefahr mehr für mich darstellen, lege ich die Pistole weg und widme mich ganz dem schluchzenden Mädchen, das darauf wartet, von mir gefickt zu werden.

„Du hast mich verraten, Ava!“

Sie schüttelt panisch den Kopf.

„Nein, ich habe dich verlassen.“

Das kommt für mich aufs Gleiche hinaus.

„Nenn es, wie du willst, ich werde dir so oder so nicht verzeihen.“

Avas Blick huscht zu der Waffe auf dem Nachttisch, ihre Furcht überwindend, dreht sie sich zu mir und reckt das Kinn in die Höhe.

„Es interessiert mich einen Scheißdreck, ob du mir verzeihst. Du bist ein krankes, psychopathisches Arschloch und eines Tages wirst du in der Hölle schmoren!“

Dieses Temperament und ihr Kampfgeist haben mich schon immer fasziniert.

Sie ist so klein und dennoch wohnt eine unheimliche Stärke in ihr.

„Sieh dich an ... Welch eine Verschwendung. Es ist fast schon schade, dass ich dich töten werde. Du hättest das Potenzial gehabt, mich glücklich zu machen.“

Angst blitzt in ihren Iriden auf, Paxton knurrt mir zu, dass er mir sämtliche Knochen brechen wird. Ich schenke dem Outlaw keine Beachtung, sondern spucke mir in die Hand, fasse Ava zwischen die Beine und reibe ihre Pussy mit meinem Speichel ein.

„Bitte James, tu das nicht. Du bist Polizist, du bist doch einer von den Guten.“

Ein süßer Versuch.

„Du appellierst an meine Rechtschaffenheit? Du musst wirklich verzweifelt sein, Kleines."

Meinen Schwanz rausholend sehe ich zu Paxton und den anderen Rockern und beginne, mir einen runterzuholen. Erst als ich richtig steif bin, knie ich mich zu Ava aufs Bett und schiebe ihre Knie auseinander. Sie wehrt sich, ich nehme mir meine Pistole und ziele auf sie, ihr Rocker faucht, Ava weint.

„Wenn du dich mir verweigerst, ballere ich dir das komplette Magazin in den Bauch."

Hilfesuchend sieht sie zu ihrem Kerl, ehe sie ihre Beine auseinanderfallen lässt.

Er kann ihr nicht helfen – niemand kann das.

„Braves Mädchen."

„Wenn ich dir jemals etwas bedeutet habe, dann tu das nicht. Ich flehe dich an, James."

Ihr Gejammer macht mich wütend.

Ohne den Outlaws hinter mir Beachtung zu schenken, spucke ich auf ihre Pussy und bringe mich vor ihr in Position.

Gerade als ich mich in sie stoßen will, höre ich das vertraute Klicken einer gelösten Sicherung. Entsetzt drehe ich mich zu Paxton um, entdecke einen alt aussehenden Revolver in seiner rechten Hand und höre auch schon das laute *Peng*. Reflexartig lasse ich mich auf Ava fallen, doch die Kugel trifft mich und bohrt sich durch meine linke Schulter. Ein heftiger Schmerz durchzuckt mich, mir wird schwarz vor Augen.

Shit! Shit! Shit! So war das nicht geplant!

Wieder ertönt ein *Peng*, dieses Mal trifft mich das Projektil etwas weiter unten, ich kann regelrecht spüren, wie es sich einen Weg durch meinen Bauch bahnt, dann breche ich zusammen. Das Letzte, was ich höre, ist Avas Kreischen, das Pochen meines Herzens und Paxtons zufriedenes „Stirb du Sau!".

25. Kapitel

Ava

„Er ist tot – da ist Blut – er ist tot – da ist Blut – er ist tot – da ist Blut ..." Ich wiederhole mich, ich weiß das daher, weil ich mich selbst höre, doch ich kann einfach nicht damit aufhören.

Entsetzt starre ich auf den reglosen Mann, der auf mir liegt und versuche krampfhaft meine Lunge mit frischem Sauerstoff zu füllen.

Irgendwie warte ich darauf, dass Paxton zu mir kommt und mich von der Last befreit, aber er tut es nicht. Unsicher sehe ich zu ihm, und stelle fest, dass er, genau wie die anderen, noch immer an die Heizung gefesselt ist.

„Er ist tot – da ist Blut – er ist tot – da ist Blut – er ist tot – da ist Blut ..."

Mit aller Kraft an seiner Hand reißend, probiert er, sich zu befreien, doch es gelingt ihm nicht. Sein grollendes „Fuck" hallt durch das Zimmer.

„Baby, sieh mich an!"

Ich tue, was er will, und ertrinke in seinem Blick.

„Du musst dich beruhigen, verstanden?"

„Er ist tot – da ist Blut – er ist tot – da ist Blut – er ist tot – da ist Blut ..."

Einen erneuten Fluch ausstoßend schüttelt er den Kopf.

„Verdammt, Ava! Beruhig dich und wirf den Drecksack von dir runter!"

Ich versuche, meine Beine zu bewegen, aber James Leiche ist einfach zu schwer.

An den Handschellen reißend, kämpfe ich gegen die immer heftiger werdende Panik an.

„Du musst atmen, Baby."

Er hat leicht reden, schließlich ist es nicht er, der unter einem Toten liegt und an einem Bett festgebunden ist. Nicht sicher was ich tun soll, kneife ich die Augen zusammen und schreie so laut ich kann nach Hilfe.

Ich höre zwar das Paxton und Picasso irgendetwas sagen, doch das Rauschen in meinen Ohren wird immer lauter, sodass ich nicht verstehen kann, über was genau sie reden.

Schritte werden laut, ich versuche erneut, James von mir zu werfen, und scheitere wieder.

Milo und Luc stürmen herein, Entsetzen zeichnet sich auf ihren Gesichtern ab.

Der Sergeant will als Erstes zu seinem Präsident eilen, doch der befiehlt ihm, sofort den *Wichser* von mir runterzuschaffen. Was ich nicht geschafft habe, ist für Milo eine Leichtigkeit. Mittlerweile hat sich auch der Prospect in Bewegung gesetzt, er zieht sein Messer und schneidet seine Brüder von dem Heizkörper los. Kaum dass er das gemacht hat, verpasst Paxton ihm so einen heftigen rechten Haken, dass es den Anwärter auf den Boden befördert.

„Du verfluchter Hurensohn! Wo zum Teufel warst du? Du hattest heute Wachschicht! Wie konntest du nicht bemerken, dass sich ein verfickter Cop auf unser Gelände geschlichen hat?"

Bevor Luc die Möglichkeit hat, auch nur ein Wort zu sagen, beginnt Paxton immer wieder auf ihn einzutreten. Als seine Stiefel ihn am Kopf treffen, bläst es dem Anwärter die Lichter aus und er verliert das Bewusstsein. Das war sein Glück. In Paxtons Verfassung ist es durchaus möglich, dass er ihn sonst zu Tode geprügelt hätte.

Angewidert spuckt er auf den reglosen Körper und eilt zu mir. Milo, der mich beschämt zugedeckt hat, als er gesehen hat, dass ich nackt bin, weicht zur Seite und prüft die Handschellen. Anschließend macht er sich daran, James Hosentaschen zu durchsuchen. Obwohl das alles innerhalb weniger Minuten passiert, kommt es mir so vor, als würde die Zeit stillstehen. Als er endlich mit einem kleinen silbernen Schlüssel zu mir zurückkommt und meine Handgelenke befreit, zucke ich vor Schmerzen zusammen. Die Blutzirkulation in meinen Armen ist zum Erliegen gekommen und es tut höllisch weh, als sie wieder in Gang kommt.

Paxtons Hände fliegen regelrecht über mein Gesicht, tasten die Platzwunden ab und legen sich schlussendlich auf meinen Bauch.

Nicht fähig, mich mit der ganzen Sache auseinanderzusetzen, rolle ich mich zu einem Ball zusammen, ignoriere die Tatsache, dass ich über und über mit James Blut bedeckt bin, und weine leise vor mich hin.

„Sieh mich an, Süße."

Die Stimme meines Rockers klingt rau und fremd.

Ich schüttle den Kopf und bedecke mein Gesicht mit meinen Armen.

„Verdammt! Sieh mich an!"

Als ich immer noch nicht tue, was er verlangt, packt er sich meine aufgeschürften Gelenke und zieht sie nach unten.

„Geht es dir gut?"

Was? Ist diese Frage ernst gemeint?

„Hast du Schmerzen, Ava? Hast du Schmerzen im Bauch? Was ist mit unserem Baby?"

Seine Mimik ist angespannt, er wirkt so schrecklich besorgt, dass ich mich dazu zwinge ihm zu antworten.

„Ich denke, ich bin nicht schlimm verletzt."

Das reicht meinem Rocker nicht. Er zieht sein Handy hervor und tippt die Nummer des Notrufs. Er schildert in kurzen, knappen Sätzen, was passiert ist und betont ungefähr ein Dutzend Mal, dass seine Frau schwanger ist!

Kaum dass er aufgelegt hat, befiehlt er Raven, den Prospect wegzuschaffen, Storm weißt er an, den Van vom Hof zu fahren, und Picasso schickt er nach Hause, erst dann wendet er sich wieder mir zu.

„Ava, Hilfe ist unterwegs."

Ich weiß, welches Risiko er eingegangen ist, indem er den Notarzt gerufen hat. Die Leitstelle wird umgehend die Bullen informieren. Paxton ist ein vorbestrafter Biker, der gerade einen Polizisten erschossen hat.

Lieber Gott steh uns bei ...

Zitternd setze ich mich auf und zwinge mich dazu, mir James Leiche anzusehen.

Jetzt, wo er mit heraushängendem Schwanz vor mir auf dem Boden liegt, wirkt er gar nicht mehr so furchteinflößend. Seltsam, dass ich mich eine so lange Zeit vor ihm gefürchtet habe.

Eine ungeheuerliche Wut braut sich in meinem Inneren zusammen. Entschlossen springe ich aus dem Bett, ignoriere die Tatsache, dass ich noch immer nackt bin, und verpasse meinem toten Ex einen Tritt in die Eier.

Paxton und Milo beobachten mich, mein Rocker zieht irritiert die Stirn kraus und fängt mich ein.

„Verdammt, Süße. Was machst du da?"

Sein starker Arm schlingt sich um meine Taille, er hebt mich hoch und trägt mich ins angrenzende Badezimmer. Dort setzt er sich mit mir zusammen auf den Boden und hält mich schützend fest.

Erneut kommen mir die Tränen.

Zärtlich streicht er mir die Haare aus der Stirn und wiegt mich sanft hin und her.

„Es ist vorbei, Süße. Dieser Bastard kann dir nie wieder wehtun."

„Wo hattest du so plötzlich die Waffe her? Ich meine, du warst an die Heizung gefesselt."

Ein Schnauben ausstoßend, pinnt er mir einen Kuss auf den Scheitel.

„Die hatte ich für eventuelle Notfälle unten am Fensterbrett festgeklebt."

Komisch, die habe ich bei meiner Putzaktion gar nicht gefunden ...

„Ich würde sagen, das war ein Notfall. Heute Vormittag war ich noch wütend auf dich, weil ich Dutzende Knarren beim Aufräumen entdeckt habe, jetzt hingegen finde ich es gar nicht mehr so schlecht, dass du so

paranoid bist."
Der Hauch eines Lächelns zuckt über sein Gesicht.

„Paranoid schizophren ist der richtige Ausdruck."

„Scheiß auf den richtigen Ausdruck!"

Wir sehen uns an, er nimmt sich eines der Handtücher und beginnt, mir damit das Blut von der Stirn zu tupfen.

„Bist du dir sicher, dass es unserem Baby gut geht?"
Ich nicke.

„Eigentlich wollte ich es dir anders sagen. Vielleicht nachdem wir uns geliebt haben, kurz bevor ich in deinen Armen eingeschlafen wäre ... Oder aber ich hätte einen winzigen Schuh gekauft und ihn als Geschenk verpackt. Keinesfalls wollte ich, dass du es erfährst, während mein verrückter Ex versucht, mich vor deinen Augen zu vergewaltigen."

Ein Ruck geht durch Paxtons Körper, alles an ihm wird steinhart, an seinem Kiefer beginnt es zu zucken.

„Es tut mir so leid, Süße. Ich habe geschworen, dich zu beschützen, und versagt."

Mein sonst so unerschütterlicher Outlaw klingt gebrochen.

„Du musst dich nicht entschuldigen. Keiner von uns konnte ahnen, dass er so weit gehen würde. Wenn überhaupt ist es meine Schuld, ich habe ihn nach unserem Streit an der Mall gesehen und wollte es einfach nicht wahrhaben."

Einen Fluch ausstoßend, schließt Paxton die Augen und füllt seine Lungen mit frischem Sauerstoff. Bevor er noch etwas sagen kann, bricht die Hölle los.

Nicht die erwarteten Sanitäter stürmen in die Wohnung, sondern ein sechsköpfiges Einsatzkommando. Die bewaffneten und vermummten Gesetzeshüter schreien sich Kommandos zu. Als sie mich nackt und blutverschmiert auf dem Schoß des Präsidenten des Hell's Fire Motorcycle Clubs sehen, reagieren sie blitzschnell, ziehen mich von ihm runter und verfrachten Paxton bäuchlings auf den Fliesenboden.

Entsetzt schreie ich das Einsatzteam an, dass der Rocker mir nichts getan, sondern dass er mich beschützt hat, doch keiner hört auf mich.

Diese Idioten sind so darauf trainiert, in Paxton und seinen Brüdern die Bösen zu sehen, dass sie gar nicht auf die Idee kommen, dass es sich ausnahmsweise einmal anders verhalten könnte. Während ich immer hysterischer werde, bleibt Paxton cool, lässt sich die Hände auf dem Rücken fixieren, und befiehlt mir mit entschlossener Stimme, dass ich mich beruhigen soll, weil alles okay ist.

Sehr witzig, okay ist im Augenblick für mich nämlich absolut überhaupt gar nichts.

Jemand wickelt mich in eine weiße Decke und führt mich mit strengem Griff aus dem Haus und raus in den Hof. Dank der vielen Einsatzwagen ist das Clubgelände in blaues Licht getaucht. Ehe ich es mich versehe, sitze ich in einem Krankenwagen und mir werden tausend Fragen auf einmal gestellt. Das alles überfordert mich, mein Hirn schaltet ab und ich ziehe mich in mich selbst zurück. Widerstandslos lasse ich mich auf die Liege schnallen, spüre, wie mein Blutdruck gemessen wird, und bringe gerade noch so heraus, dass ich schwanger bin, ehe ich erneut von Schluchzern durchgeschüttelt werde.

Von Sirenengeheul begleitet, werde ich in die Klinik gebracht, und lasse Paxton mit der Katastrophe, die mein Ex verursacht hat, alleine zurück.

26. Kapitel

Paxton

Ich schmecke Dreck, meine nach hinten gebogenen Schultern schmerzen und selbst der Stiefelabsatz, der sich tief in meinen Rücken drückt, schafft es nicht, mich zu provozieren.

James ist tot und meine Frau ist schwanger!

Aye, im Moment mag alles ziemlich beschissen sein, aber verdammt, das sind nur die Dinge um uns herum – die bekommen wir wieder geregelt.

Soll mich der Teufel holen, aber ich sehe das Licht am Ende des Tunnels.

Die *Bloods* sind erledigt, mein kluger Vize hat nicht nur den so gut wie toten Prospect beiseitegeschafft, sondern zugleich auch unseren Anwalt informiert. Völlig egal wie sehr die Bullen auch versuchen werden, mir die Schuld in die Schuhe zu schieben, sie werden es nicht schaffen. Dieses Mal war einer aus ihren Reihen der Psychopath, eine bittere Pille, die sie wohl schlucken müssen. Der Umstand, dass James ein Cop war, verkompliziert die Sache hier um einiges, dennoch sprechen die Beweise für sich.

Die Wichser werden sich noch ein bisschen aufspielen, doch dann werden sie abrücken müssen. Gesetz ist Gesetz ...

Einzig die Tatsache, dass ich jetzt nicht bei meinem völlig verängstigten Mädchen sein kann, macht mich wütend.

Dabei zusehen zu müssen, wie James Ava geschlagen und beinahe vergewaltigt hat, hat seltsame Dinge mit mir angestellt.

Wenn es ihm gelungen wäre ...

Darüber will ich gar nicht erst nachdenken.

Es hätte mich zerstört, hätte den letzten Rest Menschlichkeit, den ich mir bewahren konnte, zunichtegemacht und mich zu dem Monster werden lassen, das ich tief in meinem Inneren längst bin.

Der Revolver unter der Fensterbank hat uns gerettet. Dieses Mal hat sich meine Paranoia ausgezahlt, ein wenig schizophren zu sein ist also nicht das Schlechteste, was einem Mann passieren kann.

Milo, der ebenfalls gefesselt neben mir liegt, dreht den Kopf in meine Richtung und gibt ein Zischen von sich.

„Diese Arschlöcher sollen das kranke Schwein, das sich Polizist genannt hat, einpacken und sich verpissen."

Geduld war noch nie seine Stärke.

Dennoch hat er recht, ich kann es kaum erwarten, zu Ava in die Klinik zu fahren und mich davon zu überzeugen, dass es ihr den Umständen entsprechend gut geht.

„Sie werden sich Zeit lassen, das ist ihre Art, uns zu zeigen, dass sie am längeren Hebel sitzen, bleib ruhig und mach keinen Ärger. Darauf warten die Wichser nur."

Einen Fluch ausstoßend, versucht er, sein Gewicht etwas zu verlagern, um so seine Arme zu entlasten.

„Meine Nase juckt."

„Dumm gelaufen, Bro."

Er kratzt sich am Asphalt.

„Versprich mir, dass du Luc kaltmachst."

Obwohl ich mir ziemlich sicher bin, dass es James, früher oder später, so oder so gelungen wäre, an Ava ranzukommen, wird der Prospect für seine Nachlässigkeit sterben.

Heute war nicht das erste Mal, dass er versagt hat, aber es wird definitiv das letzte Mal sein.

Die nächste Stunde verbringe ich damit, auf dem Boden zu liegen, angeschrien zu werden und Dutzende Fragen zu beantworten.

Die Sorge um Ava frisst mich regelrecht auf. Erst als ich kurz davor bin, durchzudrehen, kapieren die Bullen endlich, dass ausnahmsweise mal nicht die Rocker die Bösen sind und ziehen sich zurück.

„Das wurde aber auch Zeit, verdammt noch mal!"

Milo reibt sich über die Handgelenke und schließt hinter dem letzten Streifenwagen das Tor. Coleman, unser Clubanwalt, stellt seine Aktentasche ab und stemmt die Hände in die Hüften.

„Es ist mir nur knapp gelungen, zu verhindern, dass sie euch einkassiert haben. Stellt euch darauf ein, die nächsten Tage auf das Präsidium zitiert zu werden, um eure Aussagen zu machen. Wenn ihr bei eurer Geschichte bleibt, dürfte es keine Probleme geben. Wahrscheinlich werdet ihr mal wieder einige Wochen unter Beobachtung stehen, aber das ist ja nichts Neues für euch."

Nein, das ist es nicht.

„Danke, Alter."

Er nickt.

„Schon gut. Die Rechnung wird euch meine Sekretärin zukommen lassen."

An dem Grinsen, zu dem sich seine Lippen verziehen, kann ich ablesen, dass mir die Summe nicht gefallen wird.

Scheiß drauf!

Coleman ist mit Abstand der teuerste Rechtsverdreher, den wir jemals hatten, aber er ist eben auch der beste.

„Danke fürs Kommen."

„Jederzeit wieder."

Mir ist klar, dass er sich nur darauf eingelassen hat, den MC zu vertreten, weil wir ihm genug einbringen, um sich einen schicken Sportwagen nach dem anderen zu leisten.

Aber was soll's. Anwälte sind Blutsauger, das weiß jeder.

Ohne weitere Zeit zu verlieren, eile ich zurück in die Wohnung, wasche mir das Blut von den Händen, ziehe mir was anderes an und steige auf meine Harley.

Es ist mir völlig einerlei, was die Bullen denken, was Coleman mich kosten wird, oder ob Luc sich bereits vor Angst in die Hose scheißt. Selbst Donalds Tod rückt in den Hintergrund, alles was mich interessiert, ist, wie es meinem schwangeren Mädchen geht, der Rest ist absolut nebensächlich!

Mittlerweile ist es kurz vor drei Uhr morgens, das Schwarz der Nacht ist bereits dabei, sich von Osten her aufzulösen. In ein paar Stunden wird die Sonne aufgehen und der neue Tag wird hoffentlich die Schrecken der vergehenden Nacht abmildern.

Die Straßen sind leer, sodass ich keine zwanzig Minuten bis zur Klinik brauche.

Das Bike direkt vor den gläsernen Schiebetüren des Haupteingangs abstellend, stürme ich an den Empfang und erkundige mich nach meiner Lady.

„Wo finde ich Ava Miller?"

Die gelangweilt wirkende Frau sieht mich abschätzend an. Lässt ihren Blick über meine Kutte gleiten und lehnt sich zurück.

„Gar nicht!"

Bullshit!

Wenn die Bitch denkt, dass sie mich abwimmeln kann, hat sie sich geschnitten.

Mehr oder weniger geduldig wiederhole ich die Frage.

„Wo finde ich Ava Miller?"

„Sind sie ein Verwandter?"

Will die mich verarschen?

„Ich bin ihr Mann!"

Sie lächelt siegessicher.

„Können Sie sich ausweisen?“
„Ich kann Ihnen das Genick brechen, wenn sie sich weiterhin weigern, mich zu meiner Lady zu lassen.“
Angst blitzt in ihren Iriden auf. Wie ich sehe, verstehen wir uns endlich.
Sie tippt auf ihrem Computer herum.
„Gynäkologische Abteilung, zweite Etage, Zimmer 3.“
„Geht doch!“
Sollte sie dumm genug sein, den Sicherheitsdienst zu rufen, wird sie die Plexiglasscheibe, hinter der sie sitzt, auch nicht vor den Konsequenzen, die ihr dann drohen, beschützen können.
Den Aufzug ignorierend, eile ich die Treppen hoch und folge den Schildern. Dank meines Lebensstils bin ich mit der Klinik gut vertraut, die Gynäkologische Abteilung hingegen ist völlig neues Terrain für mich.
Zimmer eins und zwei lasse ich hinter mir, vor der dritten Türe bleibe ich stehen und zögere kurz. Sorge wallt in mir auf. Was, wenn dem Baby doch etwas passiert ist? Was, wenn James zu fest zugeschlagen hat? Für einen Moment bereue ich, dass ich ihn bereits erschossen habe. Der Tod, den ich ihm gewährt habe, war zu leicht und zu schnell, ich hätte mir mehr Zeit mit diesem Bastard lassen sollen.
Erst als ich Avas Stimme durch die verschlossene Türe höre, bringe ich genug Überwindung auf, kurz anzuklopfen und einzutreten.
Ich finde sie in einem merkwürdigen Stuhl, mit gespreizten Beinen, die in einer Art Halterung liegen, vor. Sie trägt ein dünnes Krankenhaushemdchen, über ihrem entblößten Unterleib liegt ein grünes Papiertuch, das sie nicht annähernd ausreichend bedeckt.
Was zur Hölle geht hier vor?
Die Platzwunden in ihrem Gesicht wurden versorgt, die violetten Hämatome, die sich bereits auf ihrer Schläfe gebildet haben, entlocken mir ein wildes Knurren, was den Arzt dazu bringt, den Kopf in meine Richtung zu drehen.
Keine Ahnung mit wem er gerechnet hat, mit mir jedoch ganz offensichtlich nicht.
Überrascht rollt er auf seinem Hocker nach hinten und greift nach dem Telefon, das neben dem Ultraschallgerät steht.
„Wer sind Sie?“
Blöde Frage.
„Ihr Mann!“
Überrascht sieht der Doc zu Ava.
Mein Mädchen nickt zustimmend und streckt die Hand nach mir aus.

Der Arzt entspannt sich etwas und legt das Telefon wieder beiseite.
Mit wenigen Schritten durchquere ich das Behandlungszimmer, gehe zu meiner Süßen und verwebe meine Finger mit den ihren.
„Wie geht es dir"
Ihr einen Kuss aufs Haar drückend, stelle ich fest, dass es leicht feucht ist, was bedeutet, dass sie erst vor Kurzem geduscht haben muss.
„Ich denke, es geht uns gut."
Das höre ich gern. Erst jetzt, wo ich bei ihr bin, sie berühren und anfassen kann, wird mir bewusst, wie angespannt ich vor Sorge um sie gewesen bin.
„Ihre Frau hat enormes Glück gehabt. Ihr Blutdruck ist stabil, und auch sonst sieht alles gut aus, wir waren gerade dabei, eine Ultraschalluntersuchung durchzuführen."
Irritiert sehe ich Ava an.
Sich an mich schmiegend, haucht sie mir einen Kuss auf den Handrücken.
„Das heißt, dass wir jetzt unser Baby anschauen können."
Bei allen Göttern!
Der Arzt bedeutet mir, dass ich mich setzen soll. Ich tue es, ohne Ava loszulassen.
Ich war heute so kurz davor, sie und unser Kind zu verlieren, dass ich nicht weiß, ob ich jemals wieder bereit sein werde, sie nicht zu berühren ...
Entsetzt sehe ich dabei zu, wie der Arzt einen langen Stab in die Hand nimmt, ein Kondom darüber zieht und mit dem Ding zwischen Avas Beinen abtaucht.
Was????
„Stopp! Wenn Sie ihren Beruf noch länger ausführen wollen, sollten sie ihre Hand ganz schnell wieder zurückziehen!"
Der Doc zieht irritiert eine Augenbraue nach oben, tut dann jedoch, was ich verlange.
Kluges Kerlchen ...
Und während ich noch immer gegen den Drang ankämpfe, dem Typen die Fresse zu polieren, verdreht meine Süße nur genervt die Augen.
„Verdammt Paxton. Stell dich nicht so an. Er muss das tun. Wenn du ihn mich nicht untersuchen lässt, erfahren wir nie, ob es unserem Kind gut geht!"
An sich ist mir das bewusst, trotzdem sträubt sich alles in mir dagegen, einen anderen Mann an die Pussy *meiner* Frau zu lassen. Vor allem, wenn er so ein langes Ding in sie einführen will.
Tief einatmend, zwinge ich mich, ruhig zu bleiben.

Dem Arzt direkt in die Augen sehend, denke ich, dass es Zeit wird, eine Warnung auszusprechen.

„Sollten sie ihr wehtun oder tiefer eindringen als nötig, sind sie ein toter Mann."

Aufgebracht boxt Ava mir gegen die Schulter, dem Arzt weicht jede Farbe aus dem Gesicht. Ich würde sagen, die Fronten sind damit geklärt ...

Meine Lady entschuldigt sich bei dem Arzt, und wirft mir einen finsteren Blick zu.

Sie ist wütend, die Frage ist nur, warum?

Womit hat sie gerechnet? Dass ich geduldig dabei zusehe, wie ein anderer Typ Dinge in sie einführt? *Keine Chance ...*

„Ich versichere Ihnen, dass ich nichts weiter als die Gesundheit Ihrer Frau im Sinn habe."

„Das will ich Ihnen auch geraten haben."

Ava schlägt mich erneut, und murmelt mir zu, dass ich gefälligst meine Klappe halten soll, wenn ich bei der Untersuchung weiterhin dabei sein will.

Die Zähne zusammenbeißend, sehe ich dabei zu, wie der Arzt da weitermacht, wo ich ihn vor einer Minute unterbrochen habe. In meinem Kiefer knackt es, mein Puls schnellt in die Höhe und mir bricht der Schweiß aus. Meine Süße ist bemüht, sich ihr Unwohlsein nicht anmerken zu lassen, sie scheint echt Angst davor zu haben, dass ich den Doc gegen die Wand schleudere und zerschmettere. Der Schizo in mir schreit mich an, genau das zu tun und unser Eigentum zu verteidigen, doch es gelingt mir mit letzter Kraft, einfach sitzen zu bleiben.

Ich bin so auf das Gesicht meiner Lady konzentriert, dass ich erst auf das, was sich auf dem Monitor abspielt, aufmerksam werde, als Ava meine Finger zusammenquetscht und ein ehrfürchtiges „Sieh mal, Schatz!" haucht.

Alles was ich erkenne, ist ein Durcheinander von schwarz, grau und weiß. Der Arzt deutet auf einen winzigen, ovalen Punkt und erklärt, dass dieser Fleck unser Kind ist. Und obwohl diese winzige Blase absolut nicht nach einem Baby aussieht, breitet sich ein warmes Gefühl in meiner Brust aus.

Der Dämon in meinem Kopf faucht, flüstert mir zu, dass wir nun eine Familie haben, die wir auf ewig behalten und beschützen werden.

Tausend unterschiedliche Emotionen stürmen auf mich ein und zum ersten Mal in meinem Leben kämpfe ich gegen aufsteigende Tränen an.

Sprachlos starre ich auf den Bildschirm, pinne meiner Frau einen Kuss auf die Stirn und raune ihr leise ins Ohr, dass ich sie liebe.

Es ist mir gelungen, Ava auf die urtümlichste Weise der Menschheit an mich zu binden.

Trotz des ganzen Bullshits, der in den letzten Tagen passiert ist, und der zum Teil immer noch darauf wartet, von mir geregelt zu werden, bin ich so glücklich wie noch nie zuvor.

27. Kapitel

Ava

„Fühlst du dich wirklich gut?“

Genervt verdrehe ich die Augen und sehe Paxton an.

„Wenn du mich das noch einmal fragst, schlage ich dich.“

Meine Drohung erzielt leider nicht die gewünschte Wirkung. Anstatt vor Angst zu schlottern, schüttelt mein Rockerpräsident nur lachend den Kopf.

„Das solltest du lieber nicht tun, zum Schluss tut dir nur wieder tagelang die Hand weh.“

Damit könnte er recht haben, manchmal denke ich, mein Mann besteht aus Granit oder so etwas.

„Ich werde heute nach Hause gehen. Wenn ich noch einen einzigen Tag in dieser Klinik verbringe, werde ich wahnsinnig.“

Seit dem Vorfall mit James, über den ich nicht genauer nachdenken will, sind bereits drei Tage vergangen. Die Schmerzen in meinem Gesicht haben zum Glück nachgelassen, zu meinem Leidwesen sind die Prellungen jedoch leider noch sehr gut zu sehen. Die Ärzte haben darauf bestanden, mich hierzubehalten. Meinem toten Ex habe ich nicht nur ein violettes Gesicht, sondern auch eine Gehirnerschütterung zu verdanken. Außerdem wollte mein Gynäkologe auf Nummer sicher gehen und dafür sorgen, dass es unserem Baby wirklich gut geht. Laut ihm sind die ersten drei Monate die gefährlichsten, vor allem bei Frauen, die schon mal eine Fehlgeburt erlitten haben.

Seit Paxton gehört hat, dass ich in eine Art Risikogruppe gehöre, verhält er sich so überbeschützend, dass es ein Wunder ist, dass er mir mein Essen nicht auch noch vorkauen will.

Aber ich werde mich nicht beschweren, ich finde seinen ausgeprägten Beschützerinstinkt extrem sexy und werde diesen die nächsten Monate mehr als genießen. Was kann sich eine Frau mehr wünschen als einen Mann, der für ihre Sicherheit sorgt? Er hat mich die letzten Tage zwar immer wieder mal besucht, aber er war längst nicht so oft da, wie ich es mir gewünscht habe.

Nach der Aktion in Benson, dem Vorfall mit James und all dem anderen Scheiß, um den sich der Club kümmern musste, war das absolut okay für mich.

Das Leben im Club wird nicht immer einfach sein, aber ich bin fest entschlossen, es zu genießen.

„Gut, dann werde ich euch beide mal hier rausbringen."
Die Tatsache, dass Paxton immer von *uns* spricht, ist ein klarer Beweis dafür, wie sehr er sich über dieses Baby freut.
„Hast du alles klären können?"
Er nickt, Trauer huscht über seine markanten Gesichtszüge.
„Aye, alles ist gut, sobald du endlich wieder in meinem Bett liegst."
„Und was ist mit Donald und Luc?"
Mit meiner Tasche in der Hand setzt er sich zu mir aufs Bett.
Sanft lässt er seine Finger über meine Schläfe gleiten, reibt mit seinem Daumen über meine Unterlippe.
„Donald wird nun auf ewig ein Teil des Clubs sein ... Was mit Luc passiert ist, willst du lieber nicht wissen."
Damit könnte er recht haben.
Ich kenne die Gesetze des MCs, der Anwärter konnte keine Gnade erwarten.
Seufzend lehne ich mich an seine Schulter, schließe die Augen und spüre seine Lippen auf den meinen. Wir küssen uns, sanft und zärtlich wühlt er sich durch meinen Mund, stiehlt mir den Atem und bringt mein Herz aus dem Takt.
Erst als ich völlig atemlos bin, löse ich mich wieder von ihm. Ein Zittern durchläuft mich, meine Sinne spielen verrückt. Unsere Blicke begegnen sich, in seinen Iriden spiegelt sich dasselbe Verlangen, das auch in mir tobt.
„Komm schon, my Lady, ich bringe euch nach Hause."
Er schnappt sich meine Hand, verschlingt seine Finger mit den meinen und haucht mir noch einen zärtlichen Kuss auf die Stirn, ehe wir das Krankenhaus und all den Ärger hinter uns lassen. James, Salaries, die *Bloods* und alle anderen, die sich mit dem Hell's Fire Motorcycle Club angelegt haben, gehören nun der Vergangenheit an – endlich können wir uns auf unsere gemeinsame Zukunft konzentrieren.

Anstatt, wie erwartet, führt er mich nicht zu seiner Harley, sondern zum Pick-up. Irritiert sehe ich ihn an.
„Wo ist dein Bike?"
Ein Grunzen von sich gebend, öffnet er die Türe, hebt mich auf den Beifahrersitz und schnallt mich an.
Erst als er sich versichert hat, dass der Gurt nicht zu eng an meinem Bauch anliegt, küsst er mich kurz, wirft die Tasche auf die Ladefläche und umrundet das Auto.
Kaum dass er eingestiegen ist, wiederhole ich meine Frage.
„Wo ist dein Bike, Outlaw?"

Den Schlüssel ins Zündschloss steckend, ignoriert er mich einfach weiter.

Erst als ich fluche und ihm gegen die Schulter boxe, sieht er mich genervt an.

„Was denkst du wohl, Mädchen? Es steht am Club.“

„Und warum hast du den Wagen genommen?“

Die Augenbrauen nach oben ziehend, legt er den Kopf leicht schief und sieht mich ungläubig an.

„Das fragst du mich nicht ernsthaft, oder?“

Oh, und wie ich das tue.

Aufgebracht verschränke ich die Arme vor der Brust.

„Doch, tue ich.“

Seine Hände schließen sich um das Lenkrad, es wirkt fast so, als wäre er kurz davor, wütend auf mich zu werden. Aber warum?

„Erstens hast du eine Tasche dabei, die passt nicht auf mein Motorrad und zweitens wurdest du gerade aus dem Krankenhaus entlassen. Deine Ärzte meinten, du musst dich schonen und sollst jegliche Anstrengung und Aufregung vermeiden. Dieses Auto ist die sicherste Möglichkeit, um meine schwangere Lady abzuholen.“

Echt jetzt?

So langsam wird mir klar, dass die nächsten neun Monate wohl verdammt anstrengend werden.

„Wirst du mich daheim in Watte packen?“

Er zuckt mit den Schultern.

„Wenn es nötig ist, um deine Sicherheit zu garantieren, werde ich es in Betracht ziehen.“

Arghhh ...

„Du übertreibst! Das ist dir doch hoffentlich klar.“

Sein lautes „Fuck, Baby!“ hallt durch die Fahrerkabine. Blitzschnell beugt er sich zu mir rüber, vergräbt seine Finger in meinem Kinn und sieht mich finster an.

„Ich habe dabei zusehen müssen, wie dir dein Ex eine Knarre an den Kopf gehalten und dich beinahe vergewaltigt hat. Ich habe dabei zuhören müssen, wie dieser Bastard dir damit gedroht hat, unser Baby in deinem Bauch abzuknallen. All das hat mich an einen finsteren Ort gebracht, es hat mich verändert und mir klargemacht, was auf der Welt wirklich zählt: du und unser Kind. Also verzeih mir, wenn ich absolut alles in meiner Macht Stehende tun werde, um euch vor den Gefahren dieser Welt zu beschützen.“

Während er gesprochen hat, ist das Blau aus seinen Augen verschwunden, alles was ich nun in ihnen erkennen kann, ist dämonische Schwärze.

„Ich werde bei dieser Schwangerschaft kein Risiko eingehen – ich werde, wenn es um dich geht, kein Risiko eingehen. Die nächsten Monate werde ich verdammt gut für dich sorgen, also hör auf zu zicken und akzeptiere die Tatsache, dass du geliebt wirst."

Sprachlos sehe ich ihn an, Tränen verschleiern mir die Sicht.

Gott wie sehr ich diese Rockerromantik liebe ...

Den letzten Zentimeter Abstand, der unsere Münder voneinander trennt, überwindend, vergrabe ich meine Hände in seinem langen Haar und wispere ihm leise zu, wie sehr ich ihn liebe, ehe ich ihn küsse.

Völlig egal was die Zukunft auch für uns bereit halten mag, tief in meinem Inneren kann ich spüren, dass verdammt glückliche Jahre vor uns liegen ...

Ende

Buchempfehlung

Kennt Ihr die weiteren Rocker Romane von Bärbel Muschiol?

1. Rocker Dämon – Ace und Amy
2. Rocker Devil – Slide und Ellen
3. Rocker Bastard – Razzor und Nicki
4. Rocker Heart – Spider und Abigail
5. Rocker Ghost – Ghost und Angel

Ihr könnt die Rocker Romane als Taschenbücher und eBooks lesen!

„Rocker Dämon – Ace und Amy“

Klappentext:
Es ist ein Deal, um ihren Vater zu retten. Amy liefert sich Ace, dem dämonischen Präsidenten der Dead Riders aus. Doch schon bald genießt sie diese neue und gefährliche Welt des gefürchteten Rockerclubs. Das vollkommene Ausgeliefertsein, Aces Gier und der harte, bedingungslose Sex führen sie in immer neue Höhen. Aber die Schatten der Vergangenheit drohen das neue Glück zu zerstören. Gewalt bricht über die Familie der Riders herein und führt in ein tödliches Blutbad. Prickelnde Erotik, gnadenlose Härte und Dominanz und wahre Freundschaft zeichnen diese spannende Geschichte aus, die mehr als eine Lovestory ist: furchteinflößend, dabei sexy, verdammt heiß und voller Gefühl!

Taschenbuch ISBN: 978-3-95573-549-4
eBook ISBN: 978-3-95573-550-0

Klarant Verlag

Lernen Sie die Titel des Klarant Verlages kennen und besuchen Sie uns im Internet unter:

www.klarant.de

Sie können dort Näheres über unsere Autoren erfahren, viele weitere interessante Bücher und eBooks finden und Leseproben herunterladen.

Mit dem kostenlosen Newsletter unter

www.liebe-lesen.de

erhalten Sie aktuelle Informationen rund um das Verlagsprogramm, wie beispielsweise spannende Neuerscheinungen und Gewinnspiele.